안에
언가가 있다.

할버트
Halbert Magna

마왕령

그란 케이오스 제국
(흰 선은 속국을 포함한 영토)

노툰
용기사
왕국

라스타니아
왕국

성룡 산맥

동방 제국(諸國) 연합

프리도니아 왕국

용병 국가
제무

톨기스
공화국

구두룡
제도 연합

성룡 산맥

동방 제국 연합

붉은 용 성읍

라군 시티

항모 [히류]
도크

반

랜들

파르남

아미도니아
지방

용병 국가
제무

우르술라
산맥

네르바

아르토믈라

신호의
숲

베네티노바

엘프리덴 지방

톨기스
공화국

구두룡
제도 연합

「태양이이이이이이이이이이이이이!!」

「이 멍청이이이이이이이이이이이이이이이이이이이!!」

나덴
Naden Delal

# VI 현실주의 용사의 왕국 재건기

Re:CONSTRUCTION
THE ELFRIEDEN KINGDOM
TALES OF REALISTIC BRAVE

도조마루
일러스트 ✛ 후유유키

「……요, 용이 청춘을 보내고 있어.」

소마 카즈야
Souma Kazuya

아이샤
Aisha Udgard

루비
Ruby

# 현실주의 용사의 왕국 재건기

## Re:CONSTRUCTION
### THE ELFRIEDEN KINGDOM
### TALES OF
### REALISTIC BRAVE

**도조마루**
일러스트 ✤ 후유유키

# Contents

Re:CONSTRUCTION
THE ELFRIEDEN KINGDOM
TALES OF
REALISTIC BRAVE

V

이 세계의 지도를 보면 마름모꼴의 란디아 대륙과 그 주위에 있는 크고 작은 여러 섬으로 구성되어 있다. 그런 대륙의 중앙에 [란디아의 배꼽]이라고도 불리는, 해발 3천 미터 급의 산들이 이어지는 [성룡 산맥]이 있다.

모룡 신앙의 대상이기도 한, 살아있는 신수 마더 드래곤을 중심으로 드래곤들이 사는 장소다. 국가라고 바꿔 말해도 된다. 성룡 산맥의 산들은 바로 그들, 드래곤들의 나라라는 것이 인류 측 국가의 인식이었다. 명확한 국경선이 있는 것도 아니지만 강력한 힘을 지닌 드래곤들과 적대하면서까지 그들의 영토를 침범하는 나라도 없기에 자연스럽게 경계가 생겼다.

대륙에서는 마왕령 출현 이후로 동란의 시대가 이어지고 있음에도 불구하고 성룡 산맥은 그런 시대의 흐름에서는 동떨어진 천험지지(天險之地)였다.

그런 성룡 산맥의 중앙에 있는 고지 [드라클]은 드래곤들의 낙원이었다.

마더 드래곤의 위업 덕분인지, 해발 5천 미터가 넘는 고지임에도 기후는 항상 봄 날씨에 풍부한 녹지와 깨끗한 물이 넘치는 풍요로운 대지였다.

　드라클에서는 커다란 몸, 웅대한 날개, 우람한 뿔과 이빨을 가지고서 인간의 말도 이해할 수 있는 드래곤들이 독특한 생활을 영위하고 있었다.

　또한 드래곤들은 아름다운 사람의 모습이 될 수도 있기에, 동맹 관계인 노툰 용기사 왕국의 용기사와 [기승 계약]을 맺어 그 용기사의 [애마]가 아닌 [애룡]이 되어서 함께 싸울 것을 맹세하고, 동시에 반려가 되어 그 기사의 자식을 잉태한다고 한다.

　드래곤이라는 종족은 성별이 애매해서 그들 사이에서는 자식을 만들 수 없다. 다시 말해 드래곤이 노툰의 기사와 함께 싸우는 대신, 기사는 드래곤의 자손 번영을 약속하는 것이었다.

　드래곤과 기사 사이의 자식은 기사의 종족, 드래고뉴트, 드래곤 가운데 하나로 태어난다.

　이 중에 드래곤으로 태어나는 경우에만 알의 상태가 되어, 산란된 알은 부모의 곁을 떠나 성룡 산맥의 마더 드래곤에게 맡겨지는 것이 관례였다. 이것은 태어난 드래곤의 혈통이 중시되지 않도록 한다는 배려의 측면도 있지만, 드래곤의 알은 언제 부화할지 모르고 길어질 경우에는 백 년 이상도 걸리는 터라 부모 곁에 둘 수 없다는 이유도 있었다.

　그 반려의 계약은 매년 봄의 끝에 열리는 [계약의 의식]에서 신인 용기사들과 드래곤들 사이에 맺어진다. 그 시기는…… 바로 코앞까지 다가왔다.

──────대륙력 1547년 3월 중순

성룡 산맥의 중심에 있는 고지 [드라클]의 동쪽 끝에 있는 숲.

항상 봄인 성룡 산맥에서 숲은 항상 신록으로 물들어 있다. 잎은 푸르고 무성하여 숲속에서 위를 올려다보면 나무들 사이로 비치는 햇빛 가운데 반짝반짝 빛났다. 다만 그보다 아래, 숲속에서 땅을 보면 비치는 빛이 적어 어스름했다. 그런 어스름한 숲속에 작은 동굴이 있었다.

지금 그 동굴 앞에 백룡 한 마리가 내려앉았다.

빛을 받아 빛나는 하얀 비늘. 바람을 타고 길게 나부끼는 백은빛 갈기. 머리에는 산양 같은 모양의 멋진 뿔 두 자루. 그런 백룡은 커다란 날개를 접고 목을 뻗어 동굴 안을 들여다봤다.

[나덴, 여기 있지?]

백룡이 동굴 안쪽을 향해 말했다. 말을 했다고는 해도 입은 벌리지 않았다. 드래곤은 목소리를 내지 않더라도 생각으로 대화를 나눌 수 있는 것이었다. 백룡의 말에 대답은 없었지만 안에서는 아주 살짝 무언가 소리가 새어 나왔다. 안에 없는 척하는 것이리라.

[정말이지, 무시하지 말고! 있다는 건 알고 있으니까!]

백룡은 기가 막힌다는 듯이 말하더니 크게 숨을 들이켰다. 들이킨 공기를 다시 입안으로 되돌렸을 때, 입가에서는 오렌지색 불꽃이 화르르 새어나왔다. 이제 입을 열면 [드래곤 브레스]라는, 나라마저도 불태운다는 화염 방사가 펼쳐진다.

[그렇게 말 안 들으면 확 태워 버릴 거야.]

"자, 잠깐만 파이! 책을 태워 버리면 안 되지!"

동굴 안에서 당황한 소녀의 목소리가 들렸다. 그 목소리를 듣고 파이라 불린 백룡은 불꽃을 삼키더니 대신에 한숨을 푹 내쉬었다.

[정말……. 틀어박혀 있지 말고 빨리 나오렴.]

"모처럼 [뮤직 포트]를 보고 있었는데……."

[뮤직 포트? 그건 뭐야?]

"그란 케이오스 제국에서 하는 음악 방송이야."

[그란 케이오스 제국?!]

그란 케이오스 제국은 대륙의 서쪽에 확고한 세력을 가진 강국이다. 마왕령 출현 이후로 수세에 몰렸다고는 하지만 아직 인류 측 최고의 저력을 자랑하는 나라이기도 했다.

제국은 일찍이 대륙에서 패권을 장악했던 시대에 이곳 성룡 산맥으로 쳐들어온 적이 있었다. 총병력 수십만의 최전성기 제국을 상대로, 성룡 산맥의 드래곤은 천 마리 정도였지만 소국이라면 한 마리로도 멸망시킬 수 있다고 하는 드래곤인 만큼 제국 군을 압도하여 끝내 제국군은 철수할 수밖에 없었다. 이 싸움 이후, 제국과의 관계는 양호하다고 할 수는 없었다.

[제국과는 적대 관계라고?! 무슨 생각이야!]

"딱히 지금은 전쟁 중인 것도 아니잖아. 지금 여황제인 마리아는 온화해 보이는 미인이니까, 지금은 사이가 좋다고 봐도 될 거야."

[아무리 그래도…… 티아마트 님이 아시면 화내시지 않을까?]

티아마트란 인류 측에서는 [마더 드래곤]이라고도 불리며 숭배되는, 이곳 성룡 산맥의 수장에 해당하는 드래곤이다. 이 땅에 사는 모든 드래곤들의 어머니 같은 존재로서, 그런 티아마트의 이름을 언급하자 동굴에서 들리는 소녀의 목소리에 조금 당황한 기색이 어렸다.

"아하하……. 그건 무섭네. 무서우니까 비밀로 해 줘."

[정말이지…….]

파이가 한숨을 내쉬고, 그녀의 몸이 빛나더니 순식간에 살갗이 희고 백은색 긴 머리카락을 찰랑거리는 원피스 차림의 미소녀가 되었다.

어디를 어찌 봐도 인간이지만 머리카락 위로는 산양 같은 뿔이 있고 엉덩이에는 하얀 꼬리가 있는 점이, 그녀가 조금 전까지의 백룡임을 이야기했다.

파이는 동굴 안으로 발길을 들였다. 겉보기와 달리 음습하지는 않았다. 오히려 공기는 맑았다. 성룡 산맥의 동굴은 보통 이러했다.

파이가 동굴 안으로 나아가자 갑자기 트인 장소로 나왔다.

눈앞에 그때까지의 암반과는 전혀 다른, 여자아이다운 방이 나타났다. 귀여운 옷장이랑 침대. 책장에는 인류 측 국가의 책(주로 연애 소설)이 꽂혀 있었다. 파이는 그런 방 한가운데서 국왕 방송의 간이 수신기를 바라보는 작은 뒷모습을 향해 말을 건넸다.

"나덴도 참, 또 간이 수신기를 보고……."

"상관없잖아. 내가 뭘 보든."

그렇게 대답한 것은 나덴이라 불린 검은 머리, 검은 원피스 차림 소녀였다.

길고 볼륨감 있는 머리카락 양옆으로는 뿔이 나 있고, 엉덩이에서는 검은 꼬리가 나 있었다. 외모는 열다섯 정도일까. 키도 작고 스타일도 평균 이하였다. 다만 옆얼굴에는 미소녀의 편린이 있어서 제대로 단장만 하면 귀여워질 것이다.

그 사실을 아는 만큼 파이는 이 친구의 안타까운 모습에 한숨을 내쉬었다.

"하아…… 연애 소설을 읽고 꿈을 꾸던 시절과 비교하면 어느 쪽이 더 나은지 모르겠네."

"엇흠!"

갑자기 옛날이야기를 꺼내자 나덴은 헛기침을 했다.

"도, 독서를 했을 뿐이야! 연애 소설밖에 안 읽었던 것도 아니니까!"

"몰두했었잖아. '나라면 사명보다 사랑을 선택할 거야!' 같은 이야기도 했고."

"평범한 모험 소설 같은 것도 읽었어!"

"애당초 드래곤은 인류 측에서 쓴 책 같은 걸 안 읽는데……."

이유는 간단했다. 성룡 산맥과 국교를 맺고 있는 나라가 노튼 용기사 왕국밖에 없기에, 인류 측 국가의 물품은 좀처럼 들어오지를 않는 것이었다. 성룡 산맥에서 인류 측 국가의 물품을 손

에 넣고자 한다면 직접 밖으로 나가는 수밖에 없었지만, 애당초 드래곤들은 바깥 세계에서도 인류 측의 물품에 별로 흥미를 가지지 않았다.

나덴처럼 틈만 나면 밖으로 나가서 물품을 가져오는 경우가 드물었다.

"그보다도 간이 수신기를 어디서 손에 넣었어?"

"으응? 제국령의 벼룩시장에서 발견했어. 그때는 부서져서 잡동사니나 마찬가지였지만 내가 파직 했더니 나오게 됐거든. 후후, 싸게 잘 샀지."

그러면서 나덴은 꼬리에서 살랑 뻗은, 검은 도마뱀 같은 꼬리에 간이 수신기를 가져다 댔다. 그러자 파직 소리가 나고 간이 수신기의 영상이 꺼졌다.

나덴은 몸에 전기를 저장할 수 있었다. 그렇게 저장한 전기를 흘려 넣으면, 나덴 본인도 원리는 알 수 없었지만 간이 수신기를 켜고 끌 수 있는 것이었다.

몸에 전기를 저장할 수 있는 생물은 확실히 존재하지만 이렇게까지 재주 좋게 사용할 수 있는 것은 나덴 정도뿐이리라.

그런 광경을 보고 파이는 어쩔 수 없다는 듯 어깨를 으쓱였다.

"나덴은 묘한 쪽으로 솜씨가 좋네."

"기껏 전기를 쓸 수 있는 체질인데 사용하지 않으면 아깝잖아."

"그렇다고는 해도, 드래곤으로서는 좀 어떨까 싶네……."

항상 봄인 드라클에서, 아직 기사와 계약하지 않은 드래곤들은 자유로이 살고 있었다.

드래곤의 모습으로 하늘을 날아다니거나, 멱을 감거나, 사냥을 하거나. 그런 느낌이었다.

이따금 티아마트 휘하의 무녀 드래곤에게 드래곤으로서의 관습, 글과 계산, 바깥 세계에 관해 배우는 시간도 있지만 그 밖의 시간은 개개인이 마음대로 보냈다.

그런 변함없는 생활을 보내는 드래곤 가운데, 바깥 세계의 도구를 솜씨 좋게 사용하는 이는 나덴 정도였다. 파이는 어이없다는 듯 말했다.

"너, 정말로 드래곤이야?"

"……그건 내가 더 알고 싶네."

그러면서 시선을 화면으로 되돌리는 나덴을 보고 파이는 "실수했다."라는 표정을 지었다.

이런 화제는 나덴에게는 고통스러우리라.

"저, 저기……. 그래서, 음악 방송이라고? 그건 뭔데?"

화제를 바꾸고자 파이는 이야기를 돌렸다.

"귀여운 여자애들이 귀여운 옷차림으로 노래하고 춤추는 걸, 국민들에게 방송하는 거야. 보고 있으면 무척 즐거워. 뭐, 방송 프로그램의 본가는 제국이 아니라 엘프리덴 왕국이라고 그러지만. 이 간이 수신기에 나오지 않는 게 아쉽네."

"엘프리덴 왕국? 용사가 소환되어서는 왕이 되었다는 그 나라 말이야?"

엘프리덴 왕국이라는 말을 듣고 파이는 예스러운, 나쁘게 말하면 낡아 빠진 나라라는 이미지밖에 떠오르지 않았다. 그런 파이를 보고 나덴은 "쯧쯧쯧." 손가락을 흔들었다.

"예전의 엘프리덴 왕국이라고 생각하지는 않는 게 좋아. 아, 지금은 프리도니아 왕국이었나? 제국에서 들어오는 정보밖에 없으니까 자세히는 모르겠지만, 국왕이 된 용사가 국정 개혁을 진행하고는 척척 힘을 기르고 있다나 봐."

나덴은 꼬리로 간이 수신기를 들고 만지작거렸다.

"왕족이 국민에게 결정 사항을 일방적으로 전하기만 할 뿐이었던 국왕 방송을 이용해서 음악 방송 같은 즐거운 것을 만들어 낸 선견지명은 굉장하다고 생각해. 언제까지고 변하지 않는 이 나라와는 달리, 프리도니아 왕국은 착착 진보하고 있어. 그 용사왕이라는 인물도 한번 보고 싶네. 다음에는 프리도니아 쪽으로 내려가 볼까?"

즐겁게 그런 이야기를 하는 나덴의 모습에 파이는 발을 동동 굴렀다.

"정말이지, 무슨 생각이야! 이제 곧 [계약의 의식]이 있다고? 우리의 미래가 결정되는 중요한 시기에 그런 행동이 허락될 리가 없잖아!"

"딱히…… 뭐, 어때. 어차피 나를 선택할 기사님은 없을 텐데. 어차피 나는 '날지도 못하고 불도 못 뿜는' 드래곤이니까."

"…………."

나덴이 체념한 시선으로 그리 말하니 파이는 아무런 말도 할 수 없었다.

그녀, 나덴 데랄은 성룡 산맥에 사는 드래곤이면서도 하늘을 날 수 있는 날개가 없고 불을 뿜지 못했다. 또한 그녀의 모습은 다른 드래곤과는 명확하게 구별되었다.

그렇기에 다른 드래곤들은 [웜(길기만 한 생물)]이라고 수군거리며 그녀를 깔봤다. 나덴이 동굴 안에 틀어박힌 것도 그것이 이유였다. 파이는 그런 나덴의 몇 안 되는 친구이지만 이것만큼은 어떻게 해 줄 수도 없었다.

"으음……. 하, 하지만 나덴은 전기도 뿜을 수 있잖아!"

"……그게 뭐 어떻다고. 어떤 기사도 나를 파트너로는 선택하지 않아. 날 고르면, 용기사대 가운데 날 수 없는 건 자기뿐일 테니까 말이지?"

파이의 시선을 피하며 나덴은 울적하니 그렇게 말했다.

노툰 용기사 왕국의 용기사대는 대륙 전체에 명성을 떨치는 부대다.

안 그래도 강인, 강력한 드래곤을 타는 용기사는 하늘을 내달려 돌진해서는 적진을 가르고 드래곤의 불꽃으로 모든 것을 불태운다. 소규모 국가이면서도 방어전에 한정하면 제국과도 맞설 수 있다는 노툰 용기사 왕국의 무용은 이들 용기사대가 책임지고 있다.

그런 용기사대에, 불꽃도 못 뿜고 하늘도 못 나는 나덴이 있을 곳은 없으리라.

"파이는 좋겠네. 파이처럼 아름다운 백룡이라면 마음대로 골라잡을 수 있겠지."

"……말에 가시가 있네."

용기사의 계약의 의식에서는 우선 기사가 애룡이 되는 드래곤을 고르고, 드래곤이 이를 받아들일지 말지를 결정한다. 복수의 기사가 계약을 청한 드래곤은 마음대로 골라잡을 수 있다는 의미였다. 파이라면 틀림없이 그렇게 되겠지, 자기와 달리…… 나덴은 그런 생각을 했다.

"차라리 이 나라를 나갈까? 교룡족이라고 그러면 통할 것 같으니까."

이야기에 따르면 교룡족이라는 종족과 인간 형태의 나덴은 무척 닮았다나.

다른 점이라면 나덴 쪽이 머리의 사슴뿔은 더 크다는 점과 교룡족에게는 드래곤 같은 변신 능력이 없다는 점이지만, 숫자가 적으니 말하지만 않으면 알 수 없으리라.

"정말이지! 비굴한 태도는 마음까지 비굴하게 만들어!"

"하지만……."

"게다가 티아마트 님께서 예언하셨잖아? 괜찮다고."

그해에 치러지는 계약의 의식에 나오는 드래곤은 티아마트가 결정한다. 개인의 의사나 몇 년을 살았는지는 관계가 없는 모양이었다. 그리고 선택된 드래곤들은 그해에 처음으로 마더 드래곤에게서 신탁을 받게 된다. 나덴도 그중 하나였다.

[언젠가 당신의 가치를 아는 사람이 나타납니다. 그때가 당신이 떠날 때입니다.]

장래를 포기하다시피 했던 나덴에게 티아마트는 분명히 그렇게 말했다. 딸을 지켜보는 어머니 같은 온화한 눈빛으로, 말이다.

나덴도 티아마트가 거짓말을 했다고 생각하지는 않았다. 하지만 그 예언이 적중하리라는 생각 역시 들지 않았다.

"그건…… 당연히 티아마트 님이 날 위로하시려던 게 아닐까. 내 가치라니 스스로도 모르겠는걸. 생판 남이 대체 뭘 알아준다는 건데."

"하지만 티아마트 님의 예언은 빗나간 적이 없다고 그러잖아?"

"그럼 내가 빗나간 예언 제1호겠네. 축하해―."

"참…… 정말로 비굴하다니까."

"파이도 계속 끙끙거리다가는 검은 반점이 생겨서 소처럼 변해 버릴걸?"

"으으, 정말이지!"

마구 화내는 파이를 흘끗 쳐다보며 나덴은 한숨을 내쉬었다.

'혹시 정말로 나라는 존재에 가치가 있고 그걸 알아주는 사람이 있다면…… 얼마나 멋진 일일까. 그런 기적 같은 일이 일어나서, 항상 봄이고 아무런 자극도 없는 이런 시시한 곳에서 나를 데려가 준다면…… 뭐, 그런 건 무리겠지.'

그런 애절한 바람을 나덴은 가슴속 깊은 곳에 묻었다.

─────대륙력 1547년 4월 15일

프리도니아 왕국 북서부에 있는 널따란 평원.

전망 좋은 그 평원에 폭이 넓은 한 줄기 길이 이어지고, 그 길의 양옆으로는 [신호의 숲]에서 나는 [파마수(破魔樹)]가 같은 간격으로 심어져 있다. 교통망을 정비할 때 가설된 국도 중 하나였다. 이 한 줄기 길을 나아가다 보면 가끔 모험가가 호위하는 대상(隊商)의 마차나 라이노사우루스가 끄는 화물열차와 마주치겠지.

맑고 온화한 봄날. 그런 국도를 느긋한 페이스로 나아가는, 두 마리 말이 끄는 포장마차가 있었다. 포장으로 덮인 차량 부분은 여행 중인 행상인이 자주 사용하는 지극히 일반적인 대차였지만, 차량을 끄는 두 마리 말은 상당히 늠름한 체구였다.

그런 포장마차의 차량 안에, 지금 우리가 있었다.

나는 포장마차의 뒤를 '달려서 따라오는 녀석'에게 말을 걸었다.

"할. 직접 가설한 길을 달리는 기분은 어때?"

"감회가, 없지는, 않지만…… 네가, 그러니까, 좀 짜증 나는 데……."

밖에서 달리던 할버트가 불평하듯 그렇게 말했다.

지금 포장마차에는 나, 아이샤, 카에데, 토모에까지 네 사람이 타고 있었다.

마더 드래곤에게 직접 초대를 받아 성룡 산맥으로 가는 멤버였다.

다만 이것은 의도조차 알 수 없는 초대라서 극히 일부의 신하에게만 알렸기에 은밀한 행동이 요구되었다. 그래서 나는 평소에 이용하는 구두룡 제도의 여행자 의상인 삿갓에 여행용 두루마기, 토모에는 백마도사 분위기의 후드 달린 로브, 아이샤와 할과 카에데는 모험가 느낌의 가벼운 복장으로 변장을 했다.

물론 성룡 산맥으로 들어갈 때는 마차에 실어 놓은 정장으로 갈아입을 예정이었다.

참고로 동행 멤버 중 마지막 한 사람인 카를라는 우리보다 앞서 정찰을 보내 두었다. 드래고뉴트는 하늘을 날 수 있으니 이럴 때는 편리했다.

나와 아이샤는 마차 안에서 느긋하게, 토모에는 마부석에서 카에데에게 마차를 모는 방법을 배우고 있었다. 토모에와 카에데 두 사람은 요랑족과 요호족이라 닮은 면도 있어서 나란히 마부석에 앉은 모습은 진짜 자매같이 보여 흐뭇했다.

할도 처음에는 마차 안에 있었지만 "이래서는 몸이 둔해져." 라더니 밖으로 나가서 달리기를 시작한 것이었다.

"드라트루퍼로서 지독하게 훈련했잖아? 이럴 때 정도는 느긋하게 보내도 될 텐데."

"그러는 너는, 너무 유유자적, 하다고……."

할이 어쩐지 싸늘한 시선으로 바라보며 말했다. 응…… 뭐, 그럴지도 모르겠다.

지금 나는 마차의 천막 안에서 아이샤의 무릎을 베고서 누워 있었다. 삿갓을 가슴 위에 올려놓고 지나칠 정도로 늘어져 버렸다. 나는 고개를 뒤로 젖혀서는, 칠칠치 못한 표정으로 헤실헤실 웃으며 내 머리를 쓰다듬는 아이샤에게 물었다.

"아이샤, 괜찮아? 안 무거워?"

그러자 아이샤는 정신을 번쩍 차린 듯 있는 힘껏 고개를 가로저었다.

"전혀요! 오히려 폐하께선 딱딱하지 않으신가요? 전 근육이 있으니까……."

"아니, 적당한 탄력이 있어서 좋은 느낌이라고 생각하는데? 자, 손가락도 들어가고."

"앗, 잠깐, 간지러워요."

허벅지 쪽을 쿡 찔렀더니 아이샤가 몸부림쳤다. 조금 재밌는데.

"……정말이지. 이런, 분위기에서, 마차 안에는, 못 있겠다고……."

할이 어울려 주질 못하겠다는 듯 그렇게 말했다. 응, 나도 할 입장이었다면 도저히 여기 있을 수는 없었을 테지. 카에데도 토모에가 데려가 버렸으니까.

"하지만 내가 동행자로 선택하지 않았다면 너희는 평소처럼 [히류]에서 훈련했을 거 아냐? 느긋하게 보낼 수 있으니 좋은 거 아닌가?"

"그건 그렇지만…… 애당초 어째서 이렇게, 느긋하게 여행을 하는데? 상대 쪽에서 맞이하러 나오는 건, 국경선이잖아? 거기까지 와이번으로, 가면 되는 거, 아닌가."

할의 말대로 성룡 산맥에서 우리를 맞이하러 나오는 곳은 프리도니아 왕국 북서부의 국경선 마을로 정해졌다. 그곳으로 가면 드래곤이 성룡 산맥까지 실어다 준다나. 그러니까 효율만 생각한다면 직전까지 왕도에 있다가 지정된 날의 전날에 와이번을 이용해서 약속한 마을로 가면 되겠지. 하지만 그래서는 역시나 재미가 없다.

"모처럼 제대로 된 휴가를 받았거든. 너무 다급하게 구는 것도 아깝잖아?"

"그런가? 여행이라니, 즐거운 게, 아니라고 생각하는데……."

이런 부분은 이 세계의 사람들과 현대인의 감각 차이겠지.

흉포한 야생 생물이나 몬스터까지 나오는 이 세계에서는, 설령 국내라고 해도 마음 편히 여행할 수는 없다. 지구 측의 역사에서도 가볍게 여행할 수 있게 된 것은 극히 최근이다.

치안이 비교적 안정되어 있던 에도 시대에도 마츠오 바쇼가 여행을 나설 때 '살아서 돌아오지 못할 각오'를 다졌을 정도니까. 그렇게 생각해 보면 음식에 대한 탐구심만으로 돈을 써 가면서까지 각국을 돌아다닌 폰초가 얼마나 굉장한지 새삼스레 알 수 있구나.

"나는 여행을 좋아하지만 말이지. 모르는 지역의 풍경을 보면 역시 마음이 들떠. 할아버지도 할머니도 여행을 좋아해서 자주 데려가셨지."

"폐하의 할아버님과 할머님이 말씀이신가요?"

"응. 뭐, 연세가 연세여서 절이랑 성을 보러 다닌 적이 많았지만."

*아오니요시 나라의 가을. 낙엽과 사슴 전병. 그리운 추억이다.

그 무렵에는 킨키 정도로도 굉장히 멀리 온 것처럼 느꼈는데, 설마 몇 년 뒤에 다른 세계로 오게 되리라고는 상상도 하지 않았다.

그렇게 추억에 잠긴 사이에 아이샤가,

"그러고 보니 좀 신경 쓰이던 게 있는데……."

의아하다는 듯 물었다.

"이 마차는 흔들리지 않네요? 보통은 이렇게까지 느긋하게 있지는 못할 텐데요?"

"뭐, 겉모습은 포장마차지만…… 다른 사람도 아니고 지냐가 설계했으니까."

"저기, 왜 갑자기 지친 표정을?"

"라이노사우루스 트레인은 지금 화물 운송을 메인으로 운용

---

* 나라를 수식하는 시구. 과거에 나라 부근에서 청토(靑土)가 많이 나서 푸른색 염료를 가리키는 단어를 사용하였으나, 현대에는 사실상 의미가 없는 상투적인 수식어로 쓰인다.

되고 있는데, 사람을 옮기는 객차를 연결해서 열차로 활용하기에는 진동이 문제였거든."

"그러고 보니, 다크 엘프의 숲에 갔을 때도, 엄청 흔들렸지."

그때를 떠올렸는지 할은 질색하는 표정을 짓고 있었다. 그때는 재해 구조를 위해서 일각을 다투는 상황이었다. 그러니까 진동 같은 건 개의치 않고 달렸으니 타고 있던 금군 병사들 대부분은 멀미로 고생한 모양이었다.

"그래서 지냐한테 마차의 진동을 줄일 수 있는 구조 개발을 의뢰했어. 다만…… 내 예상을 초월하는 게 역시나 지냐라는 느낌이지만."

내가 예상했던 것은 스프링 같은 물건이었다.

문과 출신이라 공학 관계로는 어두워서 자세한 구조까지는 모르겠지만, 오버 사이언티스트인 지냐라면 내 이미지만 전달해도 그것에 가까운 물건을 만들어낼 수 있지는 않을까 기대했던 것이다. 그러나 지냐는 내 상상을 뛰어넘는 물건을 개발해 버렸다.

"설마 [충격 흡수 소재]를 먼저 들고나올 줄이야……."

"추, 충격 흡수……인가요?"

"나는 실물을 본 적은 없지만 이 대륙에는 너무도 커서 이건 글립토돈이 아닐까 싶을 만큼 거대한 아르마딜로가 있다지?"

"글립토돈이라는 녀석이 뭔지는 모르겠지만, 기간트 아르마딜로 말씀이시군요. 주로 삼림 지대에 서식하고 있어요. 갑각이 두꺼워서 저라도 쪼개려면 꽤 힘이 들죠."

"아니, 잠깐만?! 쪼갤 수 있어?!"

바깥에서 달리던 할이 놀라서 소리쳤다.

"그 녀석의 갑각은 물리 공격으로 쪼개기란 거의 불가능하다고 그러잖아?!"

"그런가요? 대검을 교체하면서 열 번 정도 두들기니까 쪼개지던데요?"

""………….""

나도 할도 그만 말을 잃고 말았다. 지냐 말고도 규격을 벗어나는 사람은 있었구나…….

"음, 뭐 그건 제쳐 놓고 말이지. 지냐는 기간트 아르마딜로가 단단한 갑각으로 물리 공격을 막아내는 건 알겠지만 공격을 받았을 때의 충격은 어떻게 처리하는 건지 의문을 느꼈나 봐. 아무리 외상이 없는 것처럼 보이더라도 충격은 부드러운 내장까지 전달되지는 않을까 싶어서 해부해 봤더니 글쎄, 갑각 안쪽의 지방 부분에서 강한 충격 흡수 성능을 발견했다고 해."

그 갑각의 안쪽 살점의 질감 말인데, 현대인이 알아듣기 쉽도록 설명한다면 거의 고무 같은 성질의 물체인 듯했다. 나는 마차의 바닥을 탁탁 두들겼다.

"이 마차의 차축이나 바퀴 부분에는 갑각 안쪽의 그 지방을 가공한 물체가 사용되었거든. 그래서 이 마차는 다른 마차와 비교해서 진동이 별로 없어."

"과연…… 역시 지냐 양이로군요. 이런 걸 척하니 만들어 버리다니."

아이샤는 순수하게 감탄했지만 나로서는 조금 복잡했다.

욕심을 부리자면 조금 더 일반화하기 편한 소재를 개발하고 싶었다. 기간트 아르마딜로의 지방은 귀중해서 이 포장마차는 겉보기와는 달리 상당히 비싼 물건이 되었다. 이걸로 진동이 없는 열차를 만들려고 한다면 기간트 아르마딜로를 난획해야만 한다.

'일반 시민이 이용하기 위해서는 좀 더 저렴한 물건이어야 하는데······.'

하지만 개발자인 지냐는 순수한 천재형이라서 한 번 만들어낸 물건에는 그 이상 비용을 절감한다든지 기능을 향상시킨다든지, 그런 생각은 하지 않는 성격이었다.

어쩔 수 없으니 나는 착실한 연구반에 소재를 넘기고 양산이 가능한 대체 소재를 만들 수는 없을지 연구를 맡기기로 했다.

그 성과 말인데, 아무래도 어떤 누에종의 고치가 이 소재와 비슷한 충격 흡수 성능을 지녔다고 한다. 고치라면 양산이 가능하다는 의미이니 앞으로의 연구 발전을 기대하고 있다. 물론 스프링에 대해서도 내가 알고 있는 만큼 가르쳐서 연구를 맡겼다.

정말로 이 나라를 떠받치는 사람은 나 같은 위정자도 지냐 같은 천재도 아닌, 이름도 알려지지 않은 연구자들인 것이었다. 이건 잊지 말아야 할 일이겠지.

아이샤의 무릎 위에서 눈을 감고 그런 생각에 잠겼을 때였다.

"음. 카를라 양이 돌아온 모양인데?"

할의 그 말에 나는 몸을 일으켰다. 마부석의 토모에와 카에데에게 말해서 마차를 세우고 하차했더니 마침 하늘에서 카를라가 내려왔다.

수직 강하가 아니라 착륙하는 여객기처럼 몸을 기울여서 대각선으로 착지했다. 에이프런 드레스의 치마 안이 보이지 않도록 고려한 착륙 방법이었다.

"정찰을 마치고 돌아왔습니다. 주인님."

착지할 때 살짝 흐트러진 치맛자락을 바로 잡으며 카를라가 그렇게 보고했다. 카를라도 미니스커트 취급에 무척 익숙해진 모양이었다.

카를라를 동행시키겠노라 결정했을 때, 아무리 그래도 여행용 복장으로 메이드복은 걸맞지 않겠다고 생각해서 전투 중에 사용하던 갑옷 착용을 허락하려고 했다. 하지만 메이드장 세리나가,

[이런 일도 있을까 하여 여행용 메이드 옷을 만들어 두었습니다.]

……라면서 시원스러운 표정으로 이 메이드 옷을 건넨 것이었다.

나도 딱히 사용처가 없었던 급료로 [무사시 도련님]을 특수 소재 등으로 마개조했는데, 저 메이드 옷에도 비슷한 소재가 사용된 모양이었다. 방검, 방시(防矢), 내산(耐酸), 내한, 내열, 쉽게 더러워지지 않으면서도 세척하기는 편하다는 뛰어난 옷이었다.

……그 메이드장의 열정은 대체 어디서 와서 어디로 가려는 걸까.

그건 제쳐놓고, 나는 카를라를 치하했다.

"수고했다. 어땠어?"

"앞길에 위험한 생물 등등은 없었습니다……. 그렇지만."

카를라는 그렇게 모호한 대답을 하더니 자신의 날개가 있는 등 쪽을 봤다.

무슨 일일까 싶어서 카를라를 보고 그녀의 양쪽 옆구리 아래쪽에서 자그마한 두 발이 튀어나와 있다는 것을 깨달았다. 카를라가 반대쪽으로 빙글 몸을 돌리자 다섯 살 정도의 작은 인간족 남자아이가 등에 매달려 있었다. 남자아이는 겁먹은 듯 카를라의 등에 찰싹 매달려 있었다. 카를라는 곤혹스러운 듯 말했다.

"도중에 있는 산의 트인 장소에서 혼자 울고 있는 이 아이를 발견해서, 그대로 방치해 둘 수도 없어서 데려왔습니다. 어쩐지 겁을 먹은 모양이라…… 내려오질 않는군요."

카를라는 영문을 모르겠다는 느낌으로 어깨를 으쓱였지만…….

"아니, 겁먹은 건 네가 하늘을 날아서 그런 거 아냐?"

상당한 고고도를 날아온 모양이라, 이 남자아이는 떨어지지 않도록 필사적으로 매달렸을 테지. 그렇게 지적하자 카를라는 눈을 번쩍 떴다.

"아! 그, 그렇군요. 인간은 날지 못한다는 사실을 깜박했습니다."

"이것 봐……."

내가 어이없다는 눈빛으로 바라보자 카를라는 노골적으로 시

선을 피했다. 카에데와 토모에가 다정하게 말을 건네어 어찌어
찌 남자아이를 카를라의 등에서 떼어냈지만, 그것으로 긴장의
끈이 풀렸는지 남자아이는 엉엉 울음을 터뜨리고 말았다.

아마로 근처 마을의 아이가 산에 들어가서 미아가 된 거겠지.

이름을 물어도 모르고 집을 물어도 모르고, 그저 울기만 하는
남자아이. *개 순경 아저씨였다면 곤란하다며 멍멍 짖을 것 같
은, 두 손을 다 들 수밖에 없는 상태였다. 아무래도 이 아이와 친
해졌는지 또다시 매달리는 통에 허둥대고 있는 카를라에게 물
었다.

"단서가 될 만한 건 뭐 없나?"

"어……. 아, 그러고 보니 산에 이상한 남자들이 다수 있는 게
보였습니다."

"이상한 남자들?"

"예. 산적 같은 너저분한 용모의 남자들입니다. 그런 자들이 주
위를 어슬렁거리기도 해서 이 아이를 데려오기로 했습니다."

"산적? 영내에 도적이 출몰한다는 보고는 없었는데……."

내가 왕위를 막 물려받았을 무렵에는, 국내에 아직 도적이나
산적이 출몰한다는 보고가 다소 있었다.

그러나 교통망을 정비하여 국내 각지로 신속하게 군을 보낼
수 있게 되자, 모험가의 직업명인 [도적]은 제쳐놓고, 영내에서
도적 같은 부류가 출몰한다는 보고는 들어오지 않았다. 피해 보

---

* 일본의 동요. 의인화된 개 순경이 울고 있는 아기 고양이에게 집을 물어봐도 울기만 해서 곤란해 하는 내용의 가
사이다.

고가 있다면 즉시 토벌, 무장 집단의 존재가 확인되면 군을 보내서 정찰하고 위험하다 판단되면 토벌하는 방식으로 단속했으니까.

그렇게 도적들 대다수는 토벌되거나 스스로 폐업했다고 한다. 뭐, 그런 도적 가운데는 일부 무해한 자들도 있어서 그런 자들은…… 아.

"저기, 카를라. 그 남자들의 옷 색깔을 기억하나?"

"……그러고 보니…… 다들 똑같이 오렌지색의 갑옷을 입고 있었습니다."

"아, 역시……."

"주인님은 뭔가 알고 계신가요?"

"알고 있다마다……."

그 남자들을 조직한 것은 다름 아닌 나였다.


그 후로 대략 30분 정도 지났을까. 보호한 남자아이를 데리고 그 남자들을 봤다는 산기슭까지 오니, 오렌지색 갑옷을 입은 남자들이 한데 마중을 나왔다. 먼저 카를라를 파견해서 남자들에게 사정을 설명토록 한 것이었다.

카를라의 말대로 확실히 남자들의 외견은 산적 같았다.

피부는 햇볕에 타서 거무스름, 수염은 덥수룩, 체구는 늠름한 사내들. 그들을 보고 아이샤와 할은 무의식중에 전투태세를 취했을(토모에는 카에데와 함께 포장마차 안에서 대기) 정도였지만, 남자들은 살기등등한 분위기도 아니고 긴장한 모습도 보이지 않았다.

그리고는 남자들 가운데 한층 커다란 남자가 걸어 나왔다.

"형씨들입니까? 아이를 보호해 주셨다는 건."

남자는 호들갑스럽게 팔을 벌리더니 싱긋 웃으며 말했다.

"예. 산에 홀로 있는 걸 우리 쪽 사람이 보호했어요."

정체를 밝히면 귀찮아질 것 같아서 나는 정중한 말투로 그렇게 대답했다.

"남자아이의 가족분은 오셨나요?"

"물론입니다. 야, 이 자식들아! 빨리 부모님을 데려와!"

체구 큰 남자가 그렇게 명령하자 남자들 가운데 한 사람이 "예잇!" 하고 대답하더니 뒤쪽으로 달려갔다. 대화가 완전히 두목과 부하네. 잠시 후, 남자들 사이를 가르듯 마을 아낙네 분위기의 여성이 나타났다. 남자들 사이를 곤혹스러워하는 표정으로 걸어온 그 여성은, 나를 보더니 매달리듯 필사적으로 호소했다.

"아, 아들은…… 아들은 무사합니까?! 멋대로 산으로 들어와서는 행방불명이 되어서!"

이 여성이 저 남자아이의 어머니인가. 무척 걱정했을 테지.

"안심하세요. 다친 곳은 없어 보였으니까요."

나는 카를라에게 남자아이를 데려오라고 말했다. 카를라와 함께 마차에서 나온 남자아이는 여성의 모습을 발견하더니 일직선으로 달려가서 그녀의 품으로 뛰어들었다.

"엄마아아아아아아아!!"

여성도 남자아이를 단단히 끌어안았다.

"다행이야……. 정말이지, 애도 참! 정말로 걱정했잖니!"

"죄…… 죄, 송해……."

"정말……. 무사해서 다행이야……."

어머니와 아들의 재회와 포옹. 그 모습을 보며 체구 큰 남자가 내게 말을 건넸다.

"정말로 형씨들한테는 신세를 졌습니다. 우리 부대가 흩어져서 찾으러 다녔는데 좀처럼 찾을 수가 없어서. 어쩌면 좋을지 고민하던 참이었거든요."

"아뇨, 좀 전에도 말했지만 발견한 건 우연이었으니까요."

"그래도 고맙수다. 나는 이 부대를 지휘하는, 곤잘레스라는 사람입니다. 행상하시는 분입니까?"

"예. [은빛 사슴 가게]의 카즈마 소야입니다."

국왕임을 들키면 성가실 터이기에 준비해 둔 가짜 이름을 대기로 했다. 그러자 곤잘레스는 "응?" 하며 미간을 찌푸렸다.

"형씨……. 이전에 어디서 나랑 만난 적 없수?"

"그런가요? 이 지방에 오는 건 처음인데……."

"기분 탓인가? 어디서 본 적이 있는 것 같은데……."

"그렇다면 앞으로도 기억해 주셨으면 좋겠네요. [은빛 사슴 가게]를 잘 부탁드립니다."

"앗핫핫! 역시 상인이시네!"

곤잘레스는 마음에 들었는지 내 등을 퍽퍽 두들겼다. ……좀 아픈데.

그런 느낌으로 얼버무리며 동료들에게 돌아가니 할이 "이제 무슨 상황인지 좀 가르쳐줘." 라고 말했다.

"결국에 이 남자들은 뭔데? 보기에는 완전히 산적인데⋯⋯."

"뭐, 원래는 산적이었던 녀석들이니까."

"어어?! 뭐라고?!"

"진정해, 할. 산적한테도 급이 있거든."

산적 중에는 산을 지나가는 행상인이나 마을 사람 등을 습격하여 금품을 빼앗거나 여자들을 납치하거나, 끝내는 사람을 살상하는 자들이 있다. 이 녀석들은 흉적(凶賊)이라 불러 마땅한 존재다.

하지만 그와는 달리 일부 산길을 점유하고 그곳을 지나가는 행상인에게 통행료를 받는 대신 그 길에서 호위를 맡는, 비교적 정당(?)한 산적도 있는 것이다.

전자가 나타났다는 보고가 들어오면 군을 파견하여 섬멸하면 그만이지만, 후자의 경우에는 그러기에는 조금 아쉬운 인재였다. 그들은 말하자면 산의 전문가다.

그 지역에 뿌리를 박고 근처 마을과 양호한 관계를 구축한 경우도 있으니, 그들의 지식이나 경험을 그저 내버리는 것도 아까웠다. 그래서, 말이다.

"그런 산적을 채용해서 [산악 구조대]를 결성하게 했거든."

"산악 구조대?"

"이번처럼 산에서 조난된 사람이 나오면 수색을 하거나, 산에 이변이 일어나지는 않았는지 순찰하거나, 이제까지처럼 산길 호위도 하는 부대야. 급료는 나라에서 지불하지. 산길 호위를 할 때는 보수를 받지만, 그 매상은 나라에 바치도록 했어. 바가지를 씌워서 차액을 횡령하려고 든다면 당연히 산적으로 처벌을 받지."

"허어, 너도 참 이것저것 많이도 하는구나……."

할이 감탄한 듯 그렇게 말했기에 나는 쓴웃음을 짓고 말았다.

"뭐, 이래 보여도 국왕이니까."

"그러고 보니 그랬네. 가끔은 잊어버리게 되지만."

"응. 나도 그래."

남자 둘이서 얼굴을 마주 보고 함께 웃었다.

그 후, 우리는 곤잘레스가 이끄는 산악 구조대와 미아 모자에게 작별을 고하고 또다시 여행길에 올랐다. 만남이 있으면 이별이 있고, 또 다른 누군가와 만난다.

이 여행길에서 어떤 녀석과 만나게 될까. 갑자기 기대되는데.

## ♚ 제2장 ✦ 움직이기 시작하는 시간

"하아~……. 절경이네, 절경이야."

나는 무심코 감탄을 흘렸다.

이곳은 프리도니아 왕국의 북서부, 루나리아 정교황국과의 국경선 인근 마을이었다.

마을 한가운데에서 서쪽 방향을 바라보면 성룡 산맥의 푸른 산들이 굉장한 존재감을 발하며 자리 잡고 있었다. 성룡 산맥까지 아직 거리가 상당함에도 저렇게나 크게 보이다니. 후지산 수준의 산들이 이어져 있기에 박력도 납득이 갔다.

저 웅대한 산들 한가운데에 드래곤들이 산다는 고지 [드라클] 이 있는 건가.

대체 어떤 곳일까. 어째 상상이 가질 않았다.

"왜 그러세요? 오라버니."

멍하니 산을 바라보고 있었더니 토모에가 말을 건넸다.

"응─? 산들이 커다랗구나 싶어서."

"그러네요. 엄청 커요."

함께 산맥을 바라보는 나와 토모에를 보고 할이 어이없다는 듯 말했다.

"이것 참. 성룡 산맥이라면 왕성에서도 보이잖아."

"할은 모르는 거예요. 멀리서 보는 것과 가까이서 보는 건 역시 감개가 다른 거예요."

감흥이 없는 할의 태도에 카에데는 쓴웃음을 지으며 나무랐다. 그리고 아이샤와 카를라가 포장마차의 말들을 숙소에 딸린 마구간에 넣어 놓고 돌아왔다.

"그건 그렇고 카즈마 경. 저희는 이 마을에서 '마중' 나오는 분을 기다리는 건가요?"

"……아, 으응. 그럴 예정인데……."

이러면 안 되지. 아이샤가 나를 사전에 짠 설정 그대로 카즈마라고 불렀기에 한순간 반응이 늦어지고 말았다.

참고로 사전에 짠 설정은, '나는 [은빛 사슴 가게]의 젊은 주인으로, 각국의 교역품이 될 법한 물품을 조사하며 여행 중이다.'라는 내용이었다. 토모에는 내 여동생으로, 늑대귀와 꼬리는 후드가 달린 로브로 감추었다.

아이샤, 할버트, 카에데, 카를라까지 네 사람은 그런 우리 남매가 여행 호위로 고용한 모험가로 설정했다. 이번 여행에 동행하게 되면서 모험가 길드에 부탁하여 실제 모험가로 등록도 마쳤다.

다른 설정으로는 나도 모험가로 등록하는 방안이 있었지만 다른 네 사람과의 실력 차이가 지나쳐서 붕 떠 보이는 느낌을 피할 수 없었기에 단념했다. 나도 확실히 약하긴 하지만 다른 네 사람이 너무 강한 것이었다. 왕국에서도 상위의 전력이 모여 있으니까 말이지…….

　이야기를 되돌리자. 일단은 이 마을에서 성룡 산맥 쪽 사람이 맞이하러 오기를 기다릴 예정이었다. 다만 시간 지정은 없었다. 여행길에 따라서는 이 마을에 도착하는 것이 늦어지는 경우도 고려하여 하루 이틀 정도 넉넉잡아 시간을 정할 수밖에 없었던 것이다.

　"뭐, 기다리면 저쪽에서——."

◆

　"접촉하겠……지……. 아니, 어라?"

　아이샤한테 대답을 했는데, 옆에 있었을 터인 아이샤의 모습이 갑자기 사라졌다. 아니, 토모에도 할도 카에데도 카를라도 없었다. 그뿐만 아니라 마을의 건물도 다른 모든 것도 순식간에 모습을 감추었다.

　정신이 드니 나는 들판 한가운데 홀로 서 있었다.

　'어, 어째서 들판?! 다들 어디로 간 거야?!'

　인기척도 건물도 전혀 보이지 않는 살풍경한 들판. 이, 있는 그대로 지금 일어난 일을 이야기하겠다. 나는 마을 안에 있었는데 정신이 들었더니 들판에 있었다. 무슨 소리를 하는 것인지 이해하지 못할 거라 생각하지만……. 아니, 그런 태평한 생각을 할 때가 아니다.

　처한 상황이 믿기지가 않아 어딘가에 누군가 없을까 주위를 두리번두리번 둘러보니, 갑자기 주변이 어두워졌다. 구름이 드리웠나…… 아니, 구름이 아니야!

상공에 거대한 무언가가 있어서 그것이 햇빛을 가렸어!

그리고 올려다본 하늘에는 전장 20미터 정도의 거대한 드래곤이 있었다.

"어으에아이?!"

너무도 갑작스러운 사태에 영문 모를 소리를 내지르고 말았다.

찌릿.

'응? 지금 아주 잠깐이었지만 뺨에 뭔가…….'

같은 시각. 고지 드라클의 동굴 안에서 나덴이 고개를 갸웃거렸다.

오늘도 나덴은 여전히 동굴에 틀어박혀서 그란 케이오스 제국의 방송을 보고 있었는데, 조금 전 뺨에 어렴풋한 위화감이 든 것 같았다. 작은 벌레라도 앉은 것처럼 희미한 감각. 하지만 말랑한 뺨을 쓰다듬어 봐도 아무것도 없었다.

"……뭐, 상관없나."

나덴이 다시 방송 시청으로 돌아가려는 참에,

"큰일이야, 나덴!"

갑자기 인간 형태의 파이가 허둥지둥 들어왔다. 다음 순간, 파이가 테이블에 다리를 퍽 부딪쳤다. 파이가 아픔에 몸을 웅크리는 것과 거의 동시에, 테이블 위에 놓여 있던 아직 뜨거운 홍차가 나덴의 꼬리 위로 쏟아졌다.

"호아챠아아아아아!"

뜨거운 나머지, 나덴은 마치 쿵푸 스타의 포효 같은 비명을 질렀다.

움직이다가 그만 간이 수신기를 넘어뜨릴 뻔했지만 부서지지는 않게 간신히 캐치했다. 다리의 통증에서 회복된 파이가 그런 나덴의 모습을 기가 막힌다는 표정으로 보고 있었다.

"정말이지, 나덴도 참 뭐 하는 거야."

"이건 전부 너 때문이잖아! 엄청 뜨거웠으니까!"

"아니, 지금은 그런 거야 아무래도 상관없어. 그보다도 큰일이야."

"나도 큰일이거든! 부서지면 더는 손에 넣을 수 없을지도 모르는데……."

"그러니까 그걸 신경 쓸 때가 아니라니까!"

"네 마음대로 말하면 되잖아. 나는 그냥 삐쳐서 잘 거니까."

나덴은 바깥 세계에서 가져온 침대에 누워서 자려고 했지만 뾰로통한 표정의 파이가 막았다.

"자─지─마─! 들어봐, 티아마트 님께서 널 소환했어!"

"………….(움찔)"

침대로 들어가려던 나덴의 움직임이 멈췄다.

이곳 성룡 산맥을 통치하는 마더 드래곤, 티아마트는 신성불

가침의 절대적인 존재였다. 아무리 드래곤일지라도 용무도 없이 존안을 뵐 수는 없었다. 행사가 있거나 티아마트 쪽에서 먼저 용무가 있다며 불러야 그 앞에 설 수 있다.

　그리고 티아마트에게 소집되는 것은 무언가 명예로운 일, 혹은 엄한 벌을 받을 때 정도였다. 파이는 딱하다는 표정으로 나덴을 봤다.

　"나덴도 참 이번에는 또 뭘 저질렀어?"

　"무조건 벌을 받는다고 해석하지는 말아 줄래?"

　"그럼 명예로운 일이라도 했어?"

　"……안 했지만."

　나, 뭘 했더라―……. 골똘히 생각에 잠긴 나덴의 시야에 들어온 것은, 아이돌이 노래하며 춤추는 모습이 비치고 있는 간이 수신기였다. 낡은 가치관을 가진 드래곤 가운데는 이런 인간 세계의 물건 반입을 꺼리는 자도 있었다.

　"역시, 이건가?"

　나덴이 쭈뼛쭈뼛 간이 수신기를 바라보자 파이가 한숨을 내쉬었다.

　"세계를 모두 내다보신다는 티아마트 님인걸. 틀림없이 알고 계실 거야."

　"무, 문제가 있다면 좀 더 빨리 혼이 났을 거야! 혼난 적 없는데?"

　"그냥 못 본 척하신 거 아냐? 아니면 또 다른 이유가 있으려나?"

"혼이 날 다른 이유…… 국경을 넘은 횟수가 서른 번을 넘었으니까?"

"그렇게나 갔어?! 아니, 그것 말고도 또 짚이는 건 있어. 나덴은 [계약의 의식]에 참가하길 거부했잖아."

"그건…… 그게……."

파이의 입에서 [계약의 의식] 이야기가 나온 순간, 나덴의 표정이 흐려졌다.

노툰 용기사 왕국의 젊은 용기사들과 주종이자 부부가 되는 계약을 맺는 [계약의 의식]은, 드래곤들에게는 일생일대의 영광스러운 무대였다. 하지만 날개가 없는 기묘한 드래곤인 나덴에게는 놀림거리가 되는 무대일 뿐이었다. 파이도 그런 나덴의 마음은 알지만, 그렇다고 빠져 봐야 괜히 고립될 뿐이기에 강한 어조로 말했다.

"[계약의 의식] 댄스 연습도 땡땡이쳤지?"

의식에서는 계약을 맺은 증표로 기사와 드래곤은 함께 춤을 춘다.

그리고 드래곤은 인간의 모습으로 춤을 한 곡 마친 뒤, 드래곤의 모습으로 변하여 그 기사를 태우고 성룡 산맥에서 떠나며 계약이 성립된다. 그렇기에 댄스 레슨이 있는 것이었다.

나덴은 입술을 삐죽이며 토라진 듯 고개를 홱 돌렸다.

"의식에 참가할 생각도 없는데 연습해 봐야 의미 없어."

"정말……. 게다가 요전에 루비네랑 크게 다퉜잖아?"

"그 녀석들이 나를 날지 못한다며 바보 취급 했으니까!"

"그런 일들이 누적된 결과가 이번 호출로 이어진 거 아냐? 반대로 이제까지 잘도 눈감아 줬다고 생각해."

"으으……."

나덴은 아무 말도 할 수 없었다. 그런 나덴을 보고 파이는 한숨을 담아 말했다.

"하지만 이제까지 아무런 이야기도 없었으니까 갑자기 엄벌을 받는다거나 하지는 않지 않을까? 해선 안 되는 일이라면 우선은 주의를 줘야 했을 테니까."

"그, 그러네!"

"하지만 이번에는 주의만 준다고 해도, 그걸로 반성할 거야?"

파이는 간이 수신기에 손을 얹으며 말했다.

"혹시 여기에 있는 하계에서 주워온 물품들을 전부 버리라고 그러면……."

"나한테 죽으라는 거나 다름없어!"

"그렇게까지 생각하니."

기가 막힌다는 표정인 파이를 간이 수신기에서 떼어 놓고 나덴은 그것을 등 뒤로 감추었다.

"이건 못 버려. 간이 수신기는 바깥 세계에 대한 동경인걸."

"연애 소설은?"

"'누군가가 날 선택해 줬으면' 하는 동경이야."

"무슨 꿈꾸는 소녀니."

"소녀야. ……이래 보여도."

파이는 어쩔 수 없다는 듯 어깨를 으쓱였다.

"어쨌든 단단히 각오해. 어차피 혼날 거라면 일찍 혼나는 게 나으니까."

"…………."

파이가 그렇게 설득하자 나덴은 마지못해 간이 수신기의 스위치를 껐다.

◇ ◇ ◇

하늘에서 내려온 커다란 드래곤은 지상에 내려서는 것과 동시에 빛나기 시작했다.

빛으로 윤곽이 흐릿해지는가 싶더니 스르륵 몸이 줄어들어 인간 크기가 되었다. 빛이 완전히 사라졌을 때, 눈앞에는 온통 흰색인 옷을 두르고 머리에 사각 두건을 얹고서 얼굴을 얇은 베일로 가린 여성이 있었다.

얼굴 대부분은 베일에 가려져 판별하기는 어렵지만 40대 정도일까. 뭐, 수명이 긴 종족도 있는 이 세계에서는 겉보기 연령이야 거의 들어맞지 않지만.

하얀 여성은 내 앞으로 걸어왔다.

"[엘프리덴 및 아미도니아 연합왕국]의 국왕, 소마 카즈야 님이신지요."

"그러한데…… 당신이 성룡 산맥의 사자인가?"

내가 그렇게 묻자 여성은 가슴에 손을 대고 허리를 숙여 인사했다.

"저희 모룡(母龍), 티아마트 님께서 보내셨습니다. 지금부터 제가 소마 님을 성룡 산맥의 고지 [드라클]로 인도하겠습니다."

모룡⋯⋯. 마더 드래곤 말인가. 이름이 티아마트구나⋯⋯. 아니, 어라?

티아마트⋯⋯라면 분명 지구의 신화에 나오는 가장 오래된 드래곤의 이름 아니었나? 다양한 게임에 등장하는 이름이니까 내 기억에도 있었다.

뭐, 마더 드래곤은 이 대륙에서 인류가 나라를 만들기 전부터 존재했다고 그럴 정도니까 충분히 이름값을 하는 건가. 나는 온통 흰색인 여성에게 물었다.

"그러는 당신은 대체 누굽니까?"

"제게 존대를 하실 필요는 없습니다. 저는 티아마트 님을 모시는 무녀 중 하나입니다."

"무녀?"

"예. 드래곤은 천 년의 시간을 살아가는 종족입니다. 하지만 자식이 생기지 않은 상태로 반려가 된 기사가 이 세상을 떠나고 말았을 경우, 그 드래곤은 긴 시간을 고독하게 보낼 수밖에 없습니다. 그런 드래곤은 성룡 산맥으로 돌아가서 티아마트 님을 모시는 무녀가 되는 것입니다. 티아마트 님을 보좌하고 크리스탈 캐슬을 유지 관리하며 어린 드래곤을 돌보기도 합니다."

그러니까 가족을 잃은 드래곤은 성룡 산맥으로 돌아가서 무녀가 되는 건가.

"새로운 기사와 재혼할 수는 없나?"

"가능한 경우도 있습니다. 하지만 이 또한 인연에 따르는 것입니다. 모든 것은 운명의 인도와 사람과 드래곤의 인연을 맺는 티아마트 님의 가호가 따라야 하는 일이겠지요."

운명의 인도, 인가. 마더 드래곤은 인연의 신 같은 존재일까.

그건 제쳐놓고, 나는 아까부터 궁금했던 것을 물어보기로 했다.

"그런데 여기는 어디지? 좀 전까지 합류 예정인 마을 안에 동료들과 함께 있었을 텐데……."

"그 마을에서 대략 5킬로미터 정도 북동쪽에 있는 평원입니다. 티아마트 님께서 본인의 힘으로 소마 님만을 이곳 평원으로 이동시키신 것입니다."

설마 텔레포테이션?! 꿈에 나오기도 하고 사람을 순간이동시키기도 하고, 마더 드래곤은 정말로 규격 밖의 존재구나. 신으로 숭배받는 것도 이해가 갔다.

"드래곤이라는 생물은 그런 것까지 가능한가?!"

"아니요. 유구한 시간을 살며 신으로 숭배받는 티아마트 님이시기에 가능한 일입니다. 말하자면 신의 위업. 그 힘을 사리사욕을 위하여 사용하시지는 않으시니 안심하시길."

"……그렇게 믿고 싶네."

사용하기에 따라서는 마음껏 파괴 활동을 벌일 수 있는 능력이니까.

절대로 적으로 돌리고 싶지는 않고, 돌려서도 안 되는 상대였다. 부디 신으로서 세계를 지켜보면서도 개입하지는 않는 존재이기를. 나는 머리를 벅벅 긁었다.

"그건 그렇고 당신이 [드라클]로 데리고 가 주겠다고 그러는데, 마을에 남은 내 동료들은 어떻게 하지? 대관 전이지만 이래봬도 일단은 국왕이야. 갑자기 사라져서 지금쯤 저쪽에서는 큰 소동이 벌어지지 않았을까?"

내가 그렇게 묻자 무녀 드래곤은 미안하다는 듯 깊이 머리를 숙였다.

"죄송합니다. 저희에게도 절박한 사정이 있어서, 무례한 행동임은 참으로 잘 알고 있으나 우선은 소마 님만 [드라클]까지 오시길 부탁드리고자 합니다. 지금쯤 저희 무녀가 휘하의 그분들에게 방문하여 사정을 설명하고 있을 겁니다. 휘하의 그분들은 의식이 진행되기 전까지 따로 일시를 잡아 초대를 드리게 되었습니다."

"그 사정이나 이유를 설명해 줄 수 있을까?"

"자세한 이야기는 티아마트 님께 여쭈어 주시길. 다만……티아마트 님께서는 소마 님께서 올해 [계약의 의식]에 참가하여 주시길 바라시는 모양입니다."

[계약의 의식]…… 드래곤과 기사가 부부의 계약을 맺어 용기사가 되는 의식이었지? 하쿠야가 '그리 된다면 멋진 일입니다.'라며 바란 것처럼 당사자로 참가하게 되는 걸까.

"나는 프리도니아 왕국의 국왕인데? 노툰 용기사 왕국의 인간도 아니거니와 용기사가 될 생각도 전혀 없는데……."

"문제는 없습니다. 티아마트 님께서 계약의 자격이 있다고 말씀하시면 그것으로 충분합니다. 게다가 엘프리덴 왕국의 초대 국왕은 드래곤과 계약을 한 용사라고 들었습니다."

무녀 드래곤은 마더 드래곤의 말은 절대적이라는 듯 자신만만 하게 단언했다. 그렇다고 해도…… 갑자기 얼굴도 모르는 드래 곤을 아내로 맞으라고 해도 말이지. 아니, 리시아나 로로아와 의 혼약은 이런 패턴이기는 했지만 그렇다고 해서 익숙해지는 것도 아니었다.

"아니, 하지만 계약이라면 부부의 서약을 하는 거잖아? 나는 아직 미혼이지만 이미 약혼자가 넷이나 있는데? 그래도 괜찮은 건가?"

"문제없습니다. 이 계약은 결코 정해진 것이 아닙니다. 누구 와도 계약을 맺고 싶지 않다면, 사람도 드래곤도 그것을 선택할 수 있습니다."

아, 뭐야. [계약의 의식]이라고 해도 딱히 강제력은 없나.

어쩐지 '친척이나 상대방의 체면을 세워줄 필요가 있어서 도 저히 거절하기 어려운 맞선' 같은 느낌인가. 그렇다면 뭐…… 그렇게 가슴을 쓸어내렸지만,

"하지만 티아마트 님께서는 사람과 드래곤의 인연을 맺으시 는 분. 그런 티아마트 님께서 직접 초대하셨으니 당신과 맺어져 야 할 인연이 그곳에 있지 않을까요."

"…………"

드래곤 무녀가 또다시 자신만만하게 말했기에 나는 말을 잃었 다.

성룡 산맥에 나와 인연이 있는 드래곤이 있다는 이야기일까. 그리고 성룡 산맥에 가면 끝내는 드래곤을 아내로 맞이하게 되는 걸까. 인연의 신 마더 드래곤의 말씀대로. 다른 약혼자들이 어떻게 반응할지 생각하니 머리가 아팠다.

　그리고 드래곤 무녀는 빛을 발하며 드래곤의 모습으로 변했다.

　[그럼 바로 드라클까지 모시겠습니다.]

　"어?! 지금 당장?!"

　[예. 티아마트 님의 이야기로는 시급한 일이라고 하시었기에.]

　시급하다니, 그렇게까지 절박한 사정이 있다는 걸까? 그리고 무녀 드래곤은 커다란 그 앞발로 내 몸을 단단히 붙잡았다. 아, 살짝 체모로 덮여 있어서 좀 따듯해…… 아니, 그런 생각을 할 상황이 아니었지!

　"아니, 아직 마음의 준비가, 어, 우왁."

　[그럼 출발하죠.]

　"잠깐만, 으아아아아아아아아아아아!!"

　순식간에 나는 하늘로 끌려갔다.

　"윽……."

　또 한순간, 나덴의 뺨이 오싹했다.

마치 전기 같이 조금 저릿한 감각이었다. 게다가 앞서보다도 강해진 느낌이었다. 대체 뭘까, 나덴은 고개를 갸웃거렸지만…… 지금은 그럴 때가 아니었다. 다름 아닌 마더 드래곤의 호출을 받은 상황이었으니까.

마더 드래곤이 사는 크리스탈 캐슬은 성룡 산맥의 고지 [드라클] 중앙에 있는, 수면에 파도가 칠 정도로 커다란 드라그 호수 안에 존재했다.

소재조차 알 수 없는, 반투명하게 빛나는 크리스탈 같은 것으로 만들어진 그 성은 성룡 산맥 바깥 세계에 있는 어떠한 성보다도 거대했다. 그 성의 주인인 마더 드래곤이 언덕 정도 크기를 가진 드래곤이니까 이런 크기도 당연하리라.

나덴은 그 크리스탈 캐슬의 대합실에 있었다.

마더 드래곤에게 소집된 자는 다들 이 방에서 대기하다가 면회가 가능해지면 마더 드래곤의 마법을 통해 면전으로 소환된다. 참고로 엄격하게 정해진 것은 아니지만 마더 드래곤과 면회할 때는 인간이 모습이 아니라 드래곤의 모습으로 가는 것이 관습이었다. 사람의 모습은 기사와 계약을 맺기 위한 일시적인 모습이기에 신수인 마더 드래곤 앞에 서기에는 걸맞지 않는다고 여겨지기 때문이었다.

하지만 나덴은 여전히 사람의 모습이었다.

딱히 마더 드래곤 앞이라서 그러는 것도 아니라, 나덴은 평소부터 사람의 모습으로 생활하고 있었다. 이것은 다른 드래곤들에게 [날지 못하는 도마뱀], [웜]이라며 바보 취급당하는 자신의 드래곤 용모를 싫어하기 때문이었다. 요컨대 콤플렉스인 것이었다.

'날개가 있다는 게…… 하늘을 날 수 있다는 게 그렇게나 대단한 거냐고…….'

나덴이 마음속으로 그렇게 혼잣말했을 때, 갑자기 주위가 빛나기 시작했다.

그리고 다음 순간에는 눈앞에 언덕처럼 거대한 백은색 드래곤이 나타났다.

사파이어 같은 빛을 발하는 눈동자. 용맹스러운 뿔. 날개는 웅장하게 거대하고 새처럼 깃털을 지녔다. 그 깃털 하나하나는 폭이 넓은 검 같은 크기였다.

또한 온몸이 바슬바슬한 체모로 덮여 있어서, 위가 뚫린 천장에서 비치는 빛 가운데 백은색으로도 무지개처럼도 보이는 색깔로 반짝였다. 이미 몇 번이나 본 나덴조차도 만날 때마다 숨을 삼키며 넋을 놓고 보게 되는 압도적인 존재감을 발했다.

드래곤의 여왕, 성모룡 티아마트.

나덴은 퍼뜩 정신을 차리고는 그녀의 눈앞에서 무릎을 꿇고 가슴에 손을 대며 머리를 숙였다.

"……나덴 데랄. 부르심을 받고 왔사옵니다."

나덴은 애써 태연한 척했지만 심장은 두근두근했다.

자신은 무엇을 이유로 혼이 나는 것일까, 그런 생각으로 가득했기 때문이었다.

'계약의 의식 연습을 땡땡이친 거? 다른 드래곤을 상대로 싸운 거? 아니면…… 역시 그란 케이오스 제국의 간이 수신기를 반입했다는 이유인가? 아아, 버리라고 그러면 어쩌지…….'

[고개를 드세요, 나덴.]

나덴의 머리 위에서 온화한 목소리가 쏟아졌다. 세 사람이 동시에 말하는 것처럼 느껴질 만큼 깊이가 있는, 듣는 이의 마음에 직접 울리는 듯한 목소리. 그 목소리에 따라 고개를 들자 사파이어의 눈동자가 나덴의 얼굴을 똑바로 보고 있었다. 그 분위기에 등줄기를 타고 식은땀이 흘러내리는 기분이었다.

"저기…… 그게……."

나덴은 무어라 말을 하려고 했지만 혀가 제대로 돌아가지를 않았다.

화를 내는 느낌은 아니었다. 오히려 표정은 온화하게 느껴졌다.

'혼나는 게 아닌가? 그럼 어째서 여기로 부른 걸까. 티아마트 님은 어째서 저렇게 다정한 눈빛으로 나를 보고 계시는 걸까.'

그런 의문이 머릿속에 차례차례 떠올라 나덴의 마음을 마구 휘저었다.

"저기…… 티아마트 님……?"

어떻게든 그 말만을 짜냈을 때, 티아마트는 온화하게 말했다.

[계속 멈춰 있던 톱니바퀴에, 격렬하게 돌아가는 톱니바퀴가 다가오고 있습니다.]

"……예?"

무슨 말을 하는 것인지 알 수 없었다. 톱니바퀴? 대체 무슨 뜻

일까.

나덴이 그렇게 곤혹스러워 하는 것은 신경 쓰지도 않고, 티아마트는 계속 이야기했다.

[이윽고 두 톱니바퀴는 맞물리겠지요. 멈춰 있던 톱니바퀴는 어쩔 수 없이 움직이게 되고, 반대로 무언가에 떠밀린 것처럼 격렬하게 돌아가던 톱니바퀴는 페이스가 늦추어지게 됩니다. 하지만 그것은 슬픈 일이 아닙니다. 그저 같은 속도로 돌아가는 것뿐이니까요.]

"저, 저기…… 무슨 말씀이신지 전혀 알 수가 없는데요……?"

너무나도 추상적이라서 영문을 알 수 없었다. 이런 이야기를 하려고 부른 것일까. 격렬하게 돌아가는 톱니바퀴…… 멈춰 있던 톱니바퀴…… 그것이 맞물린다……?

[나덴.]

"아, 예!"

티아마트가 자신을 똑바로 바라보자 나덴은 등줄기를 곧게 폈다.

[각오해 두세요. 이제 곧 움직이기 시작합니다.]

각오? 움직이기 시작한다? 대체 뭐가…….

"저기…… 티아마트 님…… 대체 무엇이 움직이기 시작한다는 말씀이신가요?"

그렇게 묻자 티아마트는 마치 계시를 내리는 천사 같이, 혹은 자식을 지켜보는 어머니같이 자애로 가득한 표정으로 나덴에게 고했다.

————당신의 '시간' 입니다.

## ♟ 제3장 ✦ 가까워지는 두 사람의 거리

"추워…… 높아…… 무서워……."

나는 지금 드래곤 무녀에게 들린 채로 하늘을 날고 있었다.

몸은 드래곤의 손에 감싸여서 그런지 꽤 따뜻했지만 바람을 직접 받는 얼굴은 추웠다. 게다가 높아서 무섭다. 고소공포증인지는 관계없었다. 누구라도 경험한 적도 없는데 갑자기 스카이다이빙을 하게 된다면 무섭겠지. 그런 느낌이었다.

[불편을 드려 죄송합니다. 하지만 드래곤이 등에 태울 수 있는 건 반려가 되는 상대만으로 정해져 있습니다. 이렇게 옮기는 것을 용서해 주시길.]

드래곤 무녀가 미안하다는 듯 말했지만 문제는 그 부분이 아니라고 생각했다.

"아니, 딱히 등에 타고 싶은 건 아니니까……."

솔직히 머리만 내민 지금 상태니까 이 정도 공포로 그치는 거겠지. 등에 타서 온몸으로 속도와 풍압과 높이를 느낀다면 기절할 자신이 있었다.

우리 공군도 이렇게 높은 곳을 날아다니는구나……. 그런 생각을 하는데 드래곤 무녀가 질문을 던졌다.

[소마 님은 높은 곳이 무서우십니까?]

"어, 아, 예. 뭐……."

[그러시다면 빨리 지상에 내려 드릴 수 있도록 좀 더 서두르죠.]

그런 말을 꺼내고 드래곤 무녀는 확 가속했다.

"아니, 그렇다고 빨리 갔으면 하는 건…… 느와아아아아아아!!"

나는 이날 최고의 비명을 지르게 되었다.

"꺅!"

크리스탈 캐슬을 뒤로하고 나덴이 자신의 거처로 돌아가는 도중, 오늘 느낀 것 중에서도 가장 강한 자극이 뺨을 스쳤다. 정전기 같은 수준이 아니었다.

예를 든다면 정좌로 너무 오래 있어서 저린 다리를 꽉 움켜쥔 느낌이라고 할까, 다른 사람이 갑자기 옆구리를 주무른 듯한 느낌이었다. 그렇게 근질거리면서도 자극적인 감각.

나덴은 자신의 뺨을 문지르며 중얼거렸다.

"뺨이라고 생각했는데, 이거 혹시……."

그러던 때였다.

"거기 뭘, 잠깐만."

갑자기 고압적인 목소리가 들려 돌아보니 소녀 셋이 서 있었다.

한 사람은 고압적인 눈빛과 가볍게 말린 붉은 머리카락이 특징적인, 자못 자존심이 강해 보이는 미소녀이고 다른 두 사람은 푸른색과 녹색 머리카락의 부하 느낌이었다. 붉은색 롤 머리 소녀가 루비, 부하 중에 푸른색 단발은 사피아, 녹색 장발은 에메라다라고 한다.

숲속에 있는 오솔길. 세 사람은 그 길을 가로막듯 서 있었다.

나덴은 진심으로 싫다는 표정을 지으며 그런 세 사람을 향해 한숨을 내쉬었다.

"하아……. 나왔구나, 바보 트리오."

"누가 바보 트리오야!"

"그럼 [끈드래곤]이 나아?"

"뭐어? [끈]은 무슨 소리야?"

"끈덕지니까 [끈드래곤]. 매번 용무도 없이 나한테 트집을 잡고."

쓰는 말만 봐도 알 수 있다시피 나덴은 이 세 사람이 싫었다.

이 나라가 지리적으로도 외교적으로도 폐쇄적이라서 그런지 드래곤들의 성격도 내향적인 편이었다.

그래서 나덴을 [날개가 없는 드래곤], [웜]이라며 깔보는 드래곤은 적지 않았다.

일단 신수로 숭배받는 생물로서의 긍지가 있기에 대부분의 드래곤은 그 깔보는 감정을 나덴에게 직접 드러내지는 않았다. 하지만 직접적이지는 않지만 뒤에서 험담은 하니까 음습한 것은 변함없었다.

그래서 실제로 나덴에게 트집을 잡는 것은 이 세 사람 정도였다.

붉은 머리 루비가 비웃듯이 말했다.

"흥, 티아마트 님께서 부르셨다고 들었으니까 마침내 쫓겨나는구나 싶어서 상황을 보러 왔어. 어때? 혼났니?"

"그건 참 안 됐네. 혼을 내시려는 용건은 아니었거든."

"흥. 그럼 왜 부르셨는데."

"그거야 너희랑은 관계없잖아. 됐으니까 비켜."

그러면서 나덴은 세 사람 옆을 지나가려고 했지만 곧바로 루비가 막아섰다. 그렇다면, 그런 생각에 온 길을 되돌아가려고 하자 이번에는 사피아와 에메라다가 막았다.

"……너희들, 작작 좀 해!"

나덴이 노려보자 루비는 씨익 짓궂은 미소를 띠었다.

"아, 그렇지. 이제 곧 [계약의 의식]이잖아."

"큭!"

숨을 삼키는 나덴 주위를 돌며 루비는 그녀의 표정을 들여다보았다.

"로맨틱하지. 젊은 드래곤들과 젊은 기사들이 한자리에 모여서, 기사들이 드래곤에게 손을 내밀고 드래곤이 그 손을 잡아 평생의 반려가 된다. 그야말로 드래곤으로 태어난 이에게는 영광스러운 자리. 가장 빛나는 순간이라고 해도 될 정도야."

"…………."

"그렇게 최고로 영광스러운 자리에서 널 선택해 줄 기사가 과연 나타날까."

입가가 올라가고 덧니가 엿보였다. ……기분 나쁜 미소였다.

"드래곤은 강한 기사를 원해. 그것이 자손 번영이라는, 드래곤에게는 최고의 영예로 이어지니까. 그리고 기사는 늠름하고 웅대한 드래곤을 원하지. 노툰의 기사에게 드래곤은 반려임과 동시에 전장의 파트너가 되는 것이니까. 전장에서 무공을 올리기 위해서, 출세하기 위해서, 무엇보다도 살아남기 위해서 강하고 늠름하며 용맹한 드래곤을 선택하지."

득의양양하게 놀려대는 루비의 목소리가 나덴의 귓가를 때렸다.

"너는 어떨까? 날개도 없고, 불꽃도 못 뿜고, 하늘도 날지 못하는 너를 선택할 기사가 과연 나타날까? 나타난다고 해도 그 기사는 어떻게 하지? 너한테 타는 거야? 다른 용기사들이 하늘을 질주하는 모습을 보며 자신의 그저 말이나 마찬가지인 드래곤에 타고 싸우나? 아하핫, 참으로 멍청한 모습이겠네. 출세도 못 하겠어…… 앗!"

파직!

루비가 물러서는 것과 동시에, 갑자기 나덴에게서 그런 소리가 울려 퍼졌다.

이윽고 머리카락이 곤두서기 시작하고 신체 주위로는 파르스름한 전류의 불꽃이 에워싸기 시작했다. 바람에 일렁이며 촉수처럼 꿈틀꿈틀 움직였다.

나덴은 루비를 향해 검지를 척 내지르며 말했다.

"그 더러운 입을 닫아. 안 그럼 또 마비를 걸어 주지."

"……흥, 할 수 있으면 어디 해 봐."

다음 순간, 나덴의 손끝에서 파르스름한 전류가 흘러나왔다. 하지만 전류가 닿았을 무렵에는 이미 그곳에 루비의 모습은 없고 등 뒤에 있던 나무줄기를 그을렸을 뿐이었다.

나덴은 하늘을 올려다보며 울부짖었다.

"칫, 비겁하게. 내려와!"

올려다본 하늘에는 붉고 푸르고 녹색의 세 마리 드래곤이 하늘을 날고 있었다. 루비 일당이었다. 세 마리 모두 익룡 같이 막이 있는 커다란 날개를 퍼덕이며 나덴을 내려다보았다.

[왜 그래? 우리를 마비시켜 주겠다고 그러지 않았니?]

레드 드래곤의 모습이 되어 루비의 밉살스러움도 배가 된 기분마저 들었다.

[그러네. 전력을 조작해도 날지를 못해서야 맞출 수도 없겠구나.]

"시끄러워, 닥쳐!"

[네가 누군가에게 선택받을 수 있다는 거야?]

"닥쳐닥쳐닥쳐!"

[너, 계약의 의식에는 도망치지 말고 참가해. 틀림없이 어느 누구에게도 선택받지 못할 테지만, 자기 분수를 깨달으면 충분해.]

"윽!"

나덴은 달려갔다. 루비 일당에게서 등을 돌렸다.

'젠장…… 젠장…….'

분하고, 슬프고, 멈추지 않는 눈물을 저 녀석들에게 보이고 싶지 않았으니까.

울음을 터뜨리면 저 녀석들을 우월감에 잠기게 만들 뿐이다. 농담이 아니었다.

'틀림없이 어느 누구에게도 선택받지 못할 테지만.'

루비의 말이 머릿속에서 되살아났다.

그리고 계약의 의식에 참가한 자신을 비웃는 다른 드래곤들의 모습이 떠올랐다. 파이나 티아마트 님은 참가하라고 한다. 하지만 웃음거리가 되는 것은 절대로 사양이다!

'누가…… 누가 계약의 의식 같은 데 나갈까 보냐!'

나덴은 숲속으로 모습을 감추었다.

◇ ◇ ◇

"묻고 싶은 게 있는데."

[무엇입니까.]

고속 이동에서 익숙해지고 성룡 산맥의 산들이 가까워졌을 무렵, 무녀 드래곤에게 물었다.

"드래곤들이 사는 [드라클]은 저 산들 위에 있겠지?"

[예. 맞습니다.]

"지금은 아직 괜찮지만 이대로 계속 가면 공기 같은 건 괜찮나? 고산병 같은 걸로 고생하고 싶진 않은데."

성룡 산맥은 후지 산 수준의 산들이 이어져 있다. 고지 [드라클] 자체는 마더 드래곤의 마력으로 항상 봄이고 공기도 평지와 다름이 없다고 그러지만, 가는 도중에는 어떨까.

갑자기 후지 산 정상으로 내던져지는 거나 마찬가지인 상황이 된다면, 그것은 인체에 위험하겠지. 그런 생각에 질문을 했는데 무녀 드래곤은 고개를 가로저었다.

[걱정하실 필요 없습니다. 성룡 산맥 안으로 들어가면 그 다음에는 티아마트 님의 마력으로 직접 '드라클'에 있는 티아마트 님의 성 '크리스탈 캐슬'로 전이되실 계획입니다.]

……그렇다나. 즉, 아까 했던 것과 같은 순간이동을 하는 건가.

"그렇다면 처음부터 그 성이라는 곳으로 전이하면 되는 거 아닌가?"

[티아마트 님의 힘이 완벽하게 발휘될 수 있는 곳은 성룡 산맥 안쪽까지입니다. 그 이외의 다른 곳에서는 능력은 크게 제한되고 맙니다. 그 마을 정도로 떨어진 곳이라면 전이시킬 수 있는 거리는 무척 짧습니다.]

……몇 킬로미터를 짧은 거리라고 해도 될까.

뭐, 갑자기 대륙 어디로든 드래곤을 보낼 수는 없다는 모양이니 그 점은 조금 안심일까. 적대할 생각은 털끝만큼도 없지만 생사여탈권이 일방적으로 상대에게 달려 있어서는 안심할 수 없다. 그래도 어쨌든 마더 드래곤이라는 존재는 정말로 규격 밖의 생물인 듯했다.

그런 생각을 하는 사이, 무녀 드래곤이 감속하기 시작했다.

[잠시 후면 성룡 산맥으로 들어갑니다. 전이에 대비해 주십시오.]

"대비하라니, 뭘 어떻게 대비하라고?"

[갑자기 풍경이 바뀌어도 놀라지 마시길.]

"아, 그런 이야기인가……."

무녀 드래곤의 속도가 느려지다가 곧 멈출 것 같았을 때…….

◆

풍경은 돌변했다. 공중에 있었을 터인데 지금 내 밑에는 바닥이 있었다.

무녀 드래곤이 내려놓고서야 나는 간신히 땅에 발을 붙일 수 있었다.

이곳은 어디일까, 주위를 둘러봤다. 밝아서 어찌어찌 보이는데, 무척 넓은 공간인 듯했다. 눈앞에 하얀 벽이 있지만 돌아보니 반대쪽의 벽이 멀었다. 이 공간만으로도 돔 구장보다 커다랗지 않을까.

그렇게 생각하며 천장을 올려다봤을 때, 나는 또다시 숨을 삼켰다.

'벽이 아니야?!'

올려다본 곳에는 거대한 드래곤의 머리가 있었다.

나는 지금 스핑크스처럼 앉은 거대한 드래곤의 가슴 앞에 있었던 것이다.

저 머리…… 꿈에서 본 것과 같은 드래곤이었다.

그렇다는 것은, 어마어마하게 거대한 이 드래곤이 마더 드래곤이라는 의미인가. 꿈에서 봤을 때부터 커다랗다고 생각했는데, 꿈속이기도 하다 보니 어쩐지 흐릿한 인상만이 남아 있었다.

이렇게 실물을 접하니 꿈에서 봤을 때 이상으로 크게 보였다.

[수고했어요. 잠시 물러나도록 하세요.]

위에서 그런 목소리가 쏟아졌다. 그러자 나를 이곳까지 데려다준 드래곤이,

[알겠습니다.]

……그러면서 머리를 숙이더니 다음 순간에는 모습이 그대로 사라졌다.

아마도 마더 드래곤이 전이시켰을 테지. 내가 말을 잃은 동안, 마더 드래곤은 온화한 말투(텔레파시지만)로 말했다.

[그럼, 일국의 지도자를 앞에 두고 이런 모습이어서는 불손한 태도겠지요.]

그러더니 몸이 빛을 발하고 스르륵 줄어들었다.

빛이 사라졌을 때 나타난 것은, 나와 키가 같은 정도의 여성이었다. 얼굴은 베일로 덮여 있어서 생김새나 나이 따위는 알 수 없었지만, 백은빛으로 빛나는 로브 같은 것을 두른 그 여성은 균형 잡힌 몸매의 소유자였다. 마치 밀로의 비너스처럼 보이지 않기에 무척 아름다운 얼굴을 상상하고 만다.

"그것이…… 당신의 인간 형태입니까?"

나는 넋이 나간 상태에서도 어떻게든 그렇게 말했다.

"후후. 인간 형태라고요. 표현이 묘하네요."

여성은 로브 자락을 들어 올려 인사를 했다.

"이렇게 직접 만날 수 있어서 무척 기쁘네요. 처음 뵙겠습니다, 엘프리덴과 아미도니아의 왕, 소마 님. 제가 성룡 산맥을 맡고 있는 티아마트라고 합니다."

"……처음 뵙겠습니다, 마더 드래곤 님. 프리도니아 국왕 소마입니다."

인사로 답한 나를 보고 마더 드래곤은 쿡쿡 웃었다.

"그건 인간이 멋대로 붙인 호칭입니다. 모쪼록 티아마트라고 불러 주시길."

"알겠습니다. 티아마트 님. 저기…… 죄송합니다, 이런 차림새라."

이제 와서야 내가 지금 전래동화의 승려 같은 여행용 복장임을 깨달았다. 눈앞의 성스러운 티아마트 앞에 서기에는 부끄러운 모습이었다. ……옷을 갈아입을 틈도 없었으니까. 그러자 티아마트는 조용히 고개를 가로저었다.

"아니요, 그것도 저희가 서둘러서 부르고 만 탓이에요. 저야말로 실례했습니다. 우선은…… 앉으실까요."

티아마트가 그렇게 말하자, 우리 사이에 유리로 만든 테이블 하나와 장식이 된 의자 두 개가 갑자기 나타났다. 전이는 정말로 편리한 능력이구나. 서류 작업을 할 때도 필요한 자료를 그자리에서 찾을 수 있으니 나한테도 있었으면…… 아니, 생각이 완전히 회사의 노예 수준이잖아.

　자리에 앉자 먼저 티아마트가 깊이 머리를 숙였다.

　"우선은 귀공을 억지로 부르고 만 것을 사죄드리겠습니다."

　"……사죄는 받아들이죠. 하지만, 이유를 가르쳐주시지 않겠습니까? 그런 수단을 사용하지 않더라도 동료들과 함께 이쪽으로 오는 중이었는데……."

　"물론 말씀드리겠습니다. 그 전에……."

　그리고 갑자기 눈앞에 티 세트가 나타났다. 내 앞에 놓인 찻잔 안에는 따듯해 보이는 홍차가 이미 담겨 있었다.

　"차를 드실까요. 설탕이나 우유는 넣으시나요?"

　"……아뇨, 스트레이트면 됩니다."

　……이제 일일이 놀라는 건 그만두자. 신이라고 숭배되는 존재다. 나는 마음을 가라앉히기 위해 차에 입을 댔다. 굳이 따지자면 홍차보다 커피 쪽을 좋아하지만…… 향기가 좋았다. 티아마트도 차를 마시고 한숨 돌린 뒤에 입을 열었다.

　"소마 님을 억지로 모신 경위 말인데, 이곳 성룡 산맥에 시급한 사태가 다가오고 있기 때문입니다. 그 사태에 대처하기 위해서는 반드시 당신의…… 아니, '당신들'의 힘이 필요합니다. 그래서 무례를 무릅쓰고 모시게 되었습니다."

　무슨 사정이 있나? 게다가 당신들이라니, 여기에는 나밖에 없는데?

　"그 시급한 사태라는 건 뭡니까?"

　"이곳 성룡 산맥에 폭풍이 다가오고 있습니다."

티아마트는 차분한 목소리로 그렇게 말했다.

폭풍? 드라클은 후지산 정상만큼 높은 곳에 있는 장소 아니었나? 구름을 밑으로 두는 곳이 아닌가…… 그런 생각도 들었지만, 자세히 생각해보면 후지산 정상에도 폭풍은 부나. 적란운은 성층권까지 닿는다니까. 아니, 그런 것보다도…….

"아무리 우리 나라라도 자연 현상은 어떻게 하지 못합니다만?"

"물론 '자연 현상'이 아닙니다."

"……무언가의 비유입니까."

"그래요. 다가오는 위협을 폭풍이라 표현했습니다. 그 폭풍에 대처하기 위해서는 소마 님과 또 한 인물의 힘이 필요해요. 그런 두 사람의 인연을 잇기 위해서라도 우선 소마 님께서 단독으로 성룡 산맥에 와 주실 필요가 있었습니다."

티아마트는 조용한 목소리로 마치 시라도 읊는 것처럼 이야기했다.

"시간이 별로 없습니다. 휘하의 분들도 함께 오시기를 기다려서는 사태에 때를 맞추지 못할 우려가 있었습니다. 하지만 사정을 설명하더라도 일국의 왕을 홀로 타국으로 모신다니 휘하 분들은 납득하지 못하겠지요. 그래서 조금 억지스러운 방법을 쓰게 되었습니다. 재차 사죄드립니다. 이번 일은 정말 죄송합니다."

그러면서 티아마트는 진지하게 머리를 숙였다.

신이라 숭배받는 모룡이 내게 머리를 숙이는 이 상황…… 다른 이들이 들었다면 뭐라고 할까. 그건 일단 제쳐놓고, 나를 데려온 것은 '시간이 없었기 때문'이라고 하는데, 막상 중요한 이유는 상당히 애매하게 말하고 있었다.

"사죄는 이제 됐으니까, 그 폭풍이라는 녀석에 대해서 좀 더 구체적으로 설명해 주시지 않겠습니까?"

"폭풍은 반드시 옵니다. 하지만 저는 폭풍과 직접 접촉할 수는 없어요. 하지만 제 아이들로서는 대처할 수 없겠죠. 단…… 한 사람을 제외하고. 폭풍은 애처로운 재앙입니다. 대처하기 위한 열쇠인 당신과, 당신을 태울 수 있는 그 아이가 있어요. 재앙과 해결책이 이 시간에 해후하는 것은 기적적이지만, 유구한 시간의 흐름 안에서 보면 필연일지도 모릅니다."

"…………."

역시나 잘 모르겠다. 나는 목덜미를 긁적였다.

"에두른 표현은 신답다고 생각합니다만……."

"불쾌하게 느끼셨다면 죄송합니다. 하지만 지금의 제가 드릴 수 있는 '인도'는 이것이 최선입니다."

"인도……."

"저는 이 대륙 란디아에 사는 이들을 기르고 지켜볼 뿐인 존재예요. 조언을 해 좋은 방향으로 이끌 수는 있지만, 개별적인 사상에 직접적으로 개입할 권한은 부여되지 않았습니다."

"권한이 부여되지 않았다니, 당신보다도 상위의 존재가 있다는 이야깁니까?!"

모롱 신앙에서는 최고신으로 숭배되는 마더 드래곤.

그런 상대에게 권한을 줄 수 있는 존재가 있다면, 그 존재야말로 최고신이라는 의미가 아닐까. 모룡 신앙을 믿는 이가 이 이야기를 들었다면 (믿을지는 제쳐 놓더라고) 대혼란에 빠질 법한 이야기잖아…….

내가 아연실색한 사이, 티아마트는 조용히 고개를 가로저었다.

"일찍이는 있었어요. 하지만 지금은 이제 없습니다."

"그, 그렇습니까?"

신은 죽었다, 라든지 그런 이야기일까. 주어진 정보만으로는 판단할 방도가 없지만 티아마트는 조금 쓸쓸한 듯 미소 짓고 있었다.

"예. 하지만 그 제약은 지금도 살아있습니다. 저는 그렇게 태어난 존재로서 그 제약을 계속 지켜야만 합니다. 설령 제 아이가 폭풍 앞에 서게 되리라는 것을 알지라도 저로서는 어떻게도할 수 없습니다."

"……그 폭풍이라는 녀석 때문에 절 불렀다?"

"그렇습니다."

"저는 이 세계의 인류 가운데는 약한 부류에 들어간다고 생각합니다만?"

"무용의 유무는 문제가 아닙니다. 당신이라는 존재 자체가 열쇠입니다."

"혹시 용사로 소환된 것과 무슨 관련이?"

"예. 하지만 구체적인 내용을 전해드릴 수는 없습니다."

"어째 좀……."

나는 머리를 벅벅 긁적였다.

주어진 정보만으로는 가벼이 판단할 수 있는 이야기가 아닌 것처럼 여겨졌다. 다만 티아마트의 진지한 태도를 보면 절박한 사태임에는 틀림없겠지.

아, 정말이지. 여기에 하쿠야가 있었다면 달변을 구사해서, 제약이 있는 티아마트한테서도 최대한 많은 정보를 끌어냈을 테고 리시아, 아이샤, 주나 씨, 로로아 중 한 사람이라도 있었다면 상담할 수도 있었을 텐데. ……그런가.

"……티아마트 님. 이것 하나만큼은 대답해주셨으면 합니다만."

"무엇인지요. 제약이 없는 질문이라면 좋을 텐데."

"예, 아니오로 대답할 수 있는 문제입니다."

나는 차를 비워 기분을 가라앉히고는 자세를 바로 하여 티아마트의 눈을 똑바로 보고 물었다.

"그 폭풍이라는 건 '나와 가족이 된 사람들'에게도 유해합니까?"

어차피 전모를 알 수 없는 일이라면 자신에게 가장 중요한 것만이라도 확인하고 싶었다. 그 질문에 대한 티아마트의 대답은…….

"예."

……그렇다면 내가 할 대답은 이미 정해진 것이나 마찬가지였다.

◇　◇　◇

"…………웃."

나덴은 숲속을 달리고 있었다.

아무것도 생각나지 않도록, 산길을 그저 똑바로 계속 달렸다. 생각에 빠져 있다가 자신의 처지에 대해 떠오른 순간, 슬픔에 짓눌려 버릴 것만 같았으니까.

계속 달리는 사이, 나덴의 몸이 점차 변화했다.

네발이 되더니 몸이 두꺼우면서 길어졌고, 사슴 같은 뿔과 긴 꼬리에 채찍 같은 수염 두 가닥 등이 자라났다. 드래곤의 형태로 모습을 바꾼 것이었다. 거구를 뱀처럼 움직여 꾸물꾸물 나무 사이를 빠져나갔다. 그녀의 등에는 역시 날개는 없었다.

'날개가 있다는 게 그렇게나 대단해?'

태어난 뒤로 몇 번이나 던졌는지 알 수 없는 자문을 거듭했다.

'날개가 없다는 게 그렇게나 문제야? 정말…… 모르겠다고! 나한테 대체 어쩌라는 거야?! 어떻게 할 수 있는 게 아니잖아!'

어느샌가 붉어진 눈에서 눈물이 넘쳐흘렀다. 그래도 멈추지 않았다.

'이젠 됐어! 뭐가 어떻게 되든 상관없다고!'

계속 달려서 이윽고 숲을 빠져나왔다. 다다른 곳은 암벽이었다.

그것도 깎아지른 낭떠러지로, 티아마트의 힘으로 항상 봄이 유지되고 있는 거의 끝 지점. 드라클의 외곽선이었다. 저무는 해가 아래로 펼쳐진 구름의 바다를 붉게 물들였다.

그야말로 절경이라 할 광경.

하지만 지금의 나덴에게는 그런 것을 마음에 둘 여유도 없었다.

나덴은 절벽에서 몸을 내밀 듯 길게 목을 뻗더니 입을 크게 벌려 외쳤다.

[태양이 멍청이이이이이이이이이이이!!]

"그오오오오오오오오오오오오오오오!!"

오오오오오오오오오오오오오오오오오오……

오오오오오오오오……

오오오오오—……

…………

텔레파시와 함께 내지른 포효는 메아리를 남기며 구름 저편으로 사라졌다.

저무는 해를 노려보며 우두커니 선 나덴. 그러자,

"……요, 용이 청춘을 보내고 있어."

갑자기 나덴의 등 뒤에서 맥 빠진 목소리가 들렸다.

[뭐야!]

놀란 나덴이 돌아보니 그곳에는 익숙지 않은 옷을 입은 청년이 믿을 수 없는 것을 보는 듯한 눈빛으로 서 있었다. 셔츠 위에 여행용 두루마기를 걸치고 머리에는 삿갓을 쓴 청년은 곤란하다는 표정으로 웃으며 뺨을 긁적였다.

"티아마트 님이나 드래곤 무녀랑 대화가 가능하다는 건 알았지만, 용의 모습으로 청춘의 한 페이지 같은 소리를 외치는 건······ 아무리 그래도 어떻게 반응해야 할지 잘 모르겠네."

"············."

나덴은 눈을 동그랗게 떴다.

'어째서 이곳에 인간이? 게다가 이 기묘한 복장······ 노툰 용 기사 왕국의 기사는 아닌 거겠지?'

간이 수신기로 제국 방면의 정보는 들어오지만, 나덴은 구두 룡 제도 연합에 대해서는 거의 몰라서 청년이 입은 것이 그 나라 의 여행용 복장이라는 사실은 알지 못했다.

그리고 그 청년이 나덴을 빤히 쳐다보며 입을 열었다.

"그건 그렇고, 성룡 산맥은 드래곤의 자치 국가라고 들었는 데······. 설마 용까지 있을 줄은 몰랐네. 이 세계에 대해서 더더 욱 알 수가 없잖아."

[용]······ 이 청년은 지금 분명히 나덴을 그렇게 불렀다. [용] 이란 드래곤의 별칭이다. [용]이라고 불려 이번에는 나덴이 눈 을 크게 뜰 차례였다.

[용이라니······ 나한테 날개는 없어.]

어쩌면 비꼬는 걸까, 나덴은 싸늘한 목소리로 내뱉었다.

하지만 청년은 어리둥절한 표정으로 고개를 갸웃거렸다.

"응? 당연하잖아? 용한테 날개는 없으니까."

[뭐어? 무슨 소리야. 용한테는 날개가 있잖아.]

"어라? 날개가 있는 용은 [응룡(應龍)] 같이 상당히 특수한 사 례였을 텐데?"

[응?]

"응?"

어쩐지 두 사람의 인식에 차이가 있는 듯했다. 나덴은 잠깐 기다리라며 말했다.

[네가 말하는 용은…… 드래곤 말이지?]

"드래곤? ……아, 그렇군. 그런 거였나."

청년은 납득이 간다는 듯 손뼉을 짝 쳤다.

그리고는 주워든 나뭇가지로 지면에 [龍]과 [竜]이라는 글자를 썼다.

"내가 있던 세계에서는 동양식의 [龍]과 서양식의 [竜]은 비슷하지만 다른 존재였거든."

[세계? 게다가 비슷하지만 다른 존재라니…….]

물음표를 잔뜩 띄운 나덴을 제쳐놓고 청년은 [竜] 쪽에 동그라미를 쳤다.

"내가 있던 세계에서 서양식 드래곤한테는 이 글자를 써서 [용]이라고 불렀어. 뿔이 난 왕도마뱀에 날개가 난 것 같은 생물 쪽 말이야."

[왕도마뱀에 날개가 났다니…… 그 말이 딱 맞네.]

가히 훌륭하다고 생각했다. 평소에 자신을 웜이라고 불러대는 드래곤들이 도마뱀이라고 불린 것은 기분 좋았다. 무언가 시원한 기분이었다.

[응? 그럼 [龍]이라는 건 뭔데?]

"머리는 낙타, 눈은 토끼, 귀는 소, 뿔은 수사슴의 뿔, 목은 뱀, 배는 바다뱀, 다리는 호랑이, 발톱은 독수리, 몸을 덮은

170장의 비늘은 잉어라고 전해지는 생물이야."

왕도마뱀은 아무것도 아니었다. 대체 그 불가사의한 생물은 뭔지.

[……그 말만 들어서는 무슨 키메라 같네.]

"아니 아니…… 널 말하는 거잖아?"

[…………]

'나였냐!'

과연. 긴 몸통, 비늘로 뒤덮인 몸, 날카로운 발톱을 지닌 앞뒤의 다리, 사슴 같은 뿔…… 나덴의 모습을 동물에 비유하여 설명한다면 그런 느낌일지도 모르겠다. 낙타라는 생물은 모르겠지만, 그렇게나 닮은 것일까.

[나는…… 용…….]

"내가 있던 나라에서는 [용]이라고 하면 일단 너 같은 모습을 떠올리거든. 국민적인 만화나 애니메이션의 영향이겠지만……."

[만화, 애니메이션?]

"아니, 그냥 이쪽 이야기야. 신경 쓰지 마. 그런데……."

청년이 갑자기 그 자리에 주저앉았다. 어째선지 배를 부여잡고 있었다.

[자, 잠깐만, 왜 그래?! 배 아파?!]

"아니, 그게…… 배가 고파서…… 아침식사 전에 끌려왔으니까, 곰곰이 생각해 보면 오늘은 하루 종일 아무것도 안 먹었네."

[배고픈 거냐!]

나덴이 기가 막힌다는 듯 말한 그때,

움찔.

또 예전에 느낀 저릿한 감각이 찾아왔다. 용의 모습인 지금이라면 알 수 있었다.

뺨이 저린 것처럼 느꼈지만 실제로 반응했던 것은 채찍 같은 길고 낭창낭창한 수염 두 가닥이었다. 이 수염은 나덴에게 가장 민감한 감각 기관으로, 감도는 바람에 살랑거리는 것만으로도 향후 일주일의 날씨를 알 수 있을 정도였다.

'내 수염은…… 이 사람한테 반응했나?'

나덴은 사람의 모습으로 돌아가서는 축 늘어진 청년 앞에 섰다. 고개를 숙이고 있어서 표정은 보이지 않았다. 그의 뺨으로 살며시 손을 뻗었다. 손이 막 닿으려는 찰나,

"……이건 또 참 귀여운 모습이 되었네."

고개를 든 청년이 소녀의 모습으로 변한 나덴을 보고 그렇게 말했다. 귀엽다는 말에 나덴의 얼굴은 새빨개졌다.

"무무무무무무무무무슨! 나, 나 말이야?!"

"응? 내 앞에는 너밖에 없잖아."

"하, 하지만 나, 촌스럽고…… 땅꼬마고."

"그런가? 바탕은 나쁘지 않은 것 같은데. 치장에 좀 더 신경을 쓰면 화면빨 잘 받지 않으려나? 여기에 노래만 잘 부른다면 로렐라이로 스카우트하고 싶을 정도야."

그러면서 청년은 작게 웃었다. 화면빨이라느니 로렐라이라느

니, 그렇게 영문 모를 단어는 있었지만 자신의 용모를 칭찬한다는 것을 깨달은 나덴의 머리는 단숨에 끓어올랐다.

새빨개져서는 뺨에 손을 대고 있는 나덴에게 청년은 조심스레 말을 건넸다.

"……그런데 말이야, 용 아가씨."

"뭐, 뭔데?"

"뭐 좀 먹을 건 없나?"

다음 순간, 꼬르륵, 가냘픈 소리가 청년의 배에서 들렸다.

…………………….

"…………풉."

그런 일련의 흐름에 나덴은 뿜어 버렸다.

"아하하하하하하, 그게 뭐야……. 하하하."

폭소였다. 조금 전까지 들었던 슬픈 기분은 어디론가 날아가 버렸다.

"아하하……. 이상한 녀석이네."

한바탕 웃은 뒤에 나덴은 또다시 용의 모습으로 변하더니, 마치 새끼고양이를 옮기는 어미 고양이처럼 청년의 목덜미를 물어서 들어 올렸다.

덥석……. 우물우물…….

"……좀 천천히 먹지그래?"

내가 먹는 모습을 보고 소녀가 어이없다는 듯 말했다.

나는 지금 용 소녀가 데려온 동굴에서 고기를 뜯고 있었다.

그녀의 거처는 밖에서 보면 그저 동굴 같았지만 안으로 들어오니 침대가 있고 연애 소설이 꽂힌 책장이 있고 카펫이 있는 소녀다운 방이었다.

그곳에서 나는 소금구이된 어떤 고기와 과일을 대접받았다. 평소라면 압도당했을 법한 크기의 고깃덩어리였지만 배가 너무나도 고픈 지금은 진수성찬으로밖에 안 보였다. 기분은 진수성찬을 앞에 둔 아이샤였다. 와일드하게 물어뜯었다.

"우물. 무슨 고긴지 모르겠지만 맛있네!"

"아, 정말이지. 먹으면서 말하지 마."

테이블 맞은편의 소녀가 턱을 괴고서 말했다.

"그렇게나 배가 고팠어?"

"응. 너한테는 정말로 감사하고 있어. 그런데, 이거 무슨 고기야?"

"내가 산에서 잡은 큰사슴."

"사슴 고기인가……. 아니, 잡았어?"

"드래곤의 식사는 대부분 그런 느낌인데? 성룡 산맥 안을 돌아다니면서 동물을 잡거나 과일을 따서 식사를 하는 거야. 그렇게 해서 점차 강한 드래곤이 되는 거지."

"실내 풍경과는 다르게 와일드한 생활을 보내는구나……."

먹으면서 들은 이야기에 따르면 드래곤은 기사에게 시집을 간 뒤로는 가족에게 강한 집착을 가지지만, 성룡 산맥 안에 있는 동안에는 기본적으로 개개인이 따로 사는 모양이었다. 성룡 산맥 안에 가게 같은 것은 없고 평소의 식량은 스스로 수렵, 채집을 해서 구한다나.

또한 드래곤들 여럿이 함께 다니는 경우도 없어서 친한 친구 한둘만 있으면 그만이라든지. 성룡 산맥을 떠나서 대개는 노툰 용기사 왕국으로 시집을 가는 드래곤들이 고향에 미련을 남기지 않도록 만드는 정신 구조일 것이라고 한다.

그런 이야기를 들으며 나는 고기와 과일을 모두 먹고 손을 짝 마주쳤다.

"……후우. 잘 먹었습니다."

"그렇게 잘 대접한 것도 아닌데 말이지."

"내가 있던 나라에서 하는 인사야. 아, 그러고 보니 식사도 대접받았는데 아직 제대로 자기소개도 안 했구나. 깜박했어."

나는 자세를 바로하고 소녀를 향해 깊이 머리를 숙였다.

"도와줘서 고마워. 나는…… 카즈마 소야라고 해."

한순간 고민했지만 나는 가명을 대기로 했다. 프리도니아 국왕이라고 소개하면 설명하기 귀찮을 것 같으니까. 티아마트의 설명은 너무 추상적이라서 나도 영 사태를 파악하지 못했으니 지금은 이걸로 충분하겠지.

신세를 진 상대가 괜히 마음을 쓰게 만들고 싶지도 않았다.

"프리도니아 왕국에서 티아마트 님께 초대받아 왔어."

"아, 꽤 정중한 인사네."

머리를 숙인 나를 따라서 소녀도 머리를 숙였다.

"나는 나덴 데랄이야."

"응? 덴데라?"

"나덴 데랄이야! 이상하게 줄이지 마!"

"용이 덴데라…… 덴데라류……."

뭐지. 갑자기 그 전래동요 가사가 떠올랐다.

"덴데라류바 데테쿠루밧텐, 덴데라레켄 데테콘켄?"

"뭐야? 주문이야?"

"아니, 내가 있던 나라에 전해지는 동요인데."

이 [덴데라류바]라는 것은 큐슈 지방에 전해지는 전래동요다.

참고로 [덴데라류]라는 용이 있는 건 아니고, [덴데라류바]라는 것은 그쪽 지방 사투리로 [나오려고 한다면]이라는 의미라고 한다. 그러니까 노래의 의미는 [나오려고 한다면 나올 수 있지만, 나갈 수 없으니까 못 나간다]…… 같은 의미라나. 방구석 폐인 송?

"뭐, 어쨌든. 잘 부탁해, 덴데라."

"나 · 덴! 덴데라라고 부르지 마!"

잔뜩 화내는 나덴. 표정이 연신 바뀌는 귀여운 여자애라고 생각했다.


이리하여 나는 성룡 산맥에서 덴데라……가 아니었지.

나덴 데랄과 만났다.

## ♚ 제4장 ✦ 나덴이 모르는 나덴

나덴과 소마가 만난 다음 날 아침.

동굴에서 그리 멀지 않은, 나무 사이로 햇빛이 비치는 개울에서 멱을 감는 사람의 모습이 있었다. 숲속이라 다른 사람의 시선이 닿지 않기도 해서 그런지 속옷 한 장 차림으로 개울에 몸을 담그고서 물을 끼얹었다.

항상 봄인 성룡 산맥은 오늘도 무척 맑았다.

애당초 성룡 산맥에서는 한낮에 비가 내리는 일이 없다.

이 또한 마더 드래곤의 힘 덕분인지 드라클에서 비는 밤의 정해진 시간에 정해진 양만 내린다. 그러니까 맑은 날이 계속되는 데도 불구하고 풍요로운 자연이 유지되는 것이었다.

그런 온화한 날이라 너무 차갑지 않은 맑은 물이 딱 기분 좋았다. 반라의 그 인물은 바위에 앉더니 옆에 놓아둔 천으로 머리를 슥슥 닦았다.

"너, 너 말이야! 뭘 하는 거야!"

그 모습을 보고 막 잠에서 깨어 멍하던 나덴이 단숨에 정신을 차렸다.

"아, 나덴. 일어났나."

"이쪽 보지 마, 변태!"

반라로 멱을 감던 것은 소마였다. 교육 담당 오엔에게 단련을
받아서 그런지 군살 없는 몸매를 드러내고 있었다. 오히려 나덴
쪽이 견디지 못하고 고개를 돌렸다.

"왜, 왜 이런 데서 옷을 벗고 있는 거야?!"

"속옷은 제대로 입었는데?"

"그런 문제가 아니잖아!"

"아니, 나덴네 집에서 신세를 지고 있으니까 불결한 건 실례
라고 생각해서 멱을 감고 있었는데……."

"그렇다고 해서…… 처녀 앞에서, 그런 건……."

고개를 돌리며 흘끗흘끗 곁눈질로 보는 나덴. 종족으로서 성
별이 애매한 드래곤에게는 이성이라는 존재가 드물기에 아무
래도 시선이 가버리는 것이었다. 그런 나덴의 숫된 반응 따윈
개의치 않고 소마는 벗어 놓은 옷을 입으며 물었다.

"그러고 보니 나덴이랑 티아마트 님도 용이나 드래곤 상태에
서는 커다란데도 인간 형태가 되면 옷을 입고 있네? 커다랗게
변했을 때 옷이 찢어지는 모습도 없으니, 혹시 그 옷은 신체의
일부라든지 그래?"

소마가 의문스럽게 생각한 것을 묻자 나덴은 어리둥절한 표정
으로 대답했다.

"어디……. 응. 비늘을 변화시킨 거니까 그렇게도 말할 수 있
어. 색깔은 무리지만 디자인이라면 바꿀 수도 있고, 그럴 생각
만 있다면 없앨 수도 있어. 게다가 드래곤 상태에서 몸을 씻으
면 인간 상태의 신체와 옷을 한꺼번에 씻을 수도 있고."

"호오…… 편리할 것 같기는 한데, 옷이 상하면 아프지는 않아?"

"카즈마는 자기 머리카락이나 발톱이 잘린다고 아파해?"

"그러네……."

그러니까 드래곤의 비늘에는 신경이 이어지지 않았다는 말이리라. 오히려 몸을 덮어서 내부를 보호하는, 자유자재로 변화하는 외피 같은 것일지도 모르겠다고 소마는 생각했다.

"응? 그러니까 드래곤은 옷을 확실히 입고 있으면서도 사실은 전라라는 이야기가……."

"그 이상 말하지 마!"

파직파직.

터지는 듯한 소리와 함께 나덴의 머리카락이 곤두섰다. 머리카락과 머리카락 사이로 파리한 전류 불꽃이 보였다. 그런 나덴의 분노 모드에 소마는 당황했다.

"전기?! 아니, 잠깐만! 나 지금 젖었거든?!"

파직!

소마가 개울에서 떨어지는 것과 동시에, 나덴이 뿜은 전기가 수면에 직격했다. 불쌍하게도 말려든 물고기들이 둥둥 떠올랐다.

그 광경에 소마는 넋이 나갔지만 금세 상의를 걸치고 도주했다. 젖은 몸에 번개를 맞는다면 큰일이 난다. 그런 소마의 뒤를 나덴이 "기다려!"라며 쫓았다. 등 뒤에서 쫓아오는 파직파직 소리에 공포를 느끼면서도, 소마 머릿속의 냉정한 부분은 나덴이 가진 능력의 유용성에 대해서 생각하고 있었다.

'전기를 조종하는 용?! 성룡 산맥에는 그런 것까지 있나. 전기가 있다면 다양한 걸 할 수 있을 테니까 나덴이 있다면 그 연구에도 탄력이 붙지 않을까.'

특이한 재능을 가진 인물과 만나면 우선 그 재능의 유효한 이용법을 생각하고 만다. 국왕으로서의 직업병이었다.

"기다려, 카즈마, 도망치지 마!"

'계약이니 반려니, 그런 거랑은 관계없이 왕국으로 와 주지 않으려나……'

나덴에게 이리저리 쫓기면서도 소마는 그런 생각을 했다.

티아마트의 의향에 따라 나는 지금 나덴의 동굴에서 신세를 지고 있었다.

참가를 요청받은 [계약의 의식]까지 아직 닷새 정도가 있어서, 그때까지 머무를 장소로 나덴의 동굴을 권유받았기 때문이었다. 아무래도 크리스탈 캐슬은 화려하기는 하지만 오락이라 부를 것은 없어서 머물러 봐야 지루하리라는 생각이었다.

그런 점에서 나덴은 하계의 문화 수집에 빠져 있어서 방에는 진귀한 것이 잔뜩 있다고 했다. 또한 방은 인간 사이즈로 머무르기에도 편리하리라는 것이었다.

'……뭐, 이제 와서 생각하면 그것도 핑계 같지만 말이지.'

아무래도 티아마트에게는 나와 나덴을 만나게 하고 싶다는 의

도도 있었나 보다.

회담을 마치고 앞으로 신세를 지기 위해서 나덴이 있는 곳으로 전이할 때, 티아마트는 진지한 눈빛으로 이렇게 말했다.

[부디 그 아이에게 가르쳐 주십시오. 그 아이는 모르는, 그 아이 자신을.]

"? 그건 대체 무슨……."

[당신은 이미 방법을 알고 있을 터입니다. 그 아이를 이끌어 주십시오.]

그렇게 말했을 때, 티아마트의 표정은 자식을 걱정하는 어머니 같았다. 그 표정의 연유를 물으려고 했을 때, 이미 풍경은 바뀌었고 눈앞에는,

[태양이 멍청이이이이이이이이이이이이!!]

……라고, 텔레파시로 외치는 흑룡이 있었던 것이다.

그 후, 티아마트가 정식으로 보낸 사자가 나덴의 집에 와서, 나덴은 내가 머무르는 동안에 생활을 돕는 역할로 임명된 것이었다. 나덴은 귀찮다는 표정을 지었지만 티아마트의 명령에 거스를 수는 없었는지 떨떠름하게나마 승낙했다.

그리고 지금, 나는 나덴의 동굴에서 차를 마시며 그녀가 모았다는 하계의…… 즉 인류 측 국가에서 쓴 연애 소설을 읽고 있었다.

그런 내 맞은편에는 침대에 누워서 간이 수신기를 보는 나덴이 있었다. 용이 국왕 방송을 보고 있다……. 듣자 하니 제국령의 벼룩시장에서 팔던 간이 수신기를 사서 전기로 파직 했더니

고쳐졌다나. 때리면 나오는 옛날 텔레비전이냐.

그런 나덴이 내 쪽을 흘끗 보고 말했다.

"남자가 여성향 연애 소설을 읽어도 재미있어?"

"의외로 재미있는데? 세간의 여성이 어떤 이상을 가지고 있는지 잘 알 수 있으니까."

여성향 연애 소설이라는 말에 아침드라마 같은 질척질척한 애증극을 상상했는데, 순정 만화의 소설판 같은 가벼운 터치의 물건이었다.

슥 읽어본 것 중에는 기사도 이야기 같은 게 많았지. 아름다운 여성에게 충성을 맹세한 기사가 무훈을 세워 사랑에 보답한다…… 같은 내용이 많은 듯했다. 혹은 평범한 마을 처녀가 몰래 방문한 젊은 영주나 왕자를 엉뚱한 사태에서 돕고 첫눈에 사랑에 빠진 끝에 결혼한다는 신데렐라 스토리. 대부분은 이런 두 패턴으로 나뉘는 듯했다.

"역시 나덴도 이런 걸 동경해?"

장난삼아 물어보니 나덴은 "……그러네." 라며 고개를 갸웃거렸다.

"나도 멋있는 기사님을 태우고서 하늘을 날아다니고 싶어."

"아―, 용이나 드래곤은 그런 감상이 드나……."

평범한 여성이 '멋있는 남성과 둘이서 말을 타고 어디론가 가고 싶다.' 라고 생각하는 느낌으로, 용족은 '오히려 그 애마가 되어서 기사님을 등에 태우고 싶다.' 라고 생각하나 보다.

다른 종족, 다른 문화와 접촉하면 이런 인식의 차이가 드러나서 재미있다.

"그래서, 그러는 나덴은 뭘 보고 있었는데?"

나덴이 가진 간이 수신기에서 무언가 떠들썩한 소리가 들렸기에 신경이 쓰였던 것이다. 제국령에서 발견했다고 그랬으니까 제국의 노래 방송일까.

"응? 그란 케이오스 제국에서 하는 음악 방송이야. 카즈마도 볼래?"

"오, 엄청 보고 싶어."

제국이 어떤 음악 방송을 만들고 있는지 흥미가 있었다.

나덴은 내 옆에 앉아 둘이서 볼 수 있도록 간이 수신기를 놓았다. 뉴스 같은 것도 나오다보니 방송 회담에서 사용하는 보옥 이외에 촬영된 방송은 다른 나라에서는 볼 수 없게 되어 있었다. 공국, 제국과의 전후 교섭에서 우리 나라의 방송 프로그램을 본 여황제 마리아의 여동생 장군 잔느는 제국에서도 따라 하고 싶다고 했다. 어떤 방송을 만들고 있을까.

그런 생각과 함께 간이 수신기를 보며 차를 홀짝이는데…….

[국민 여러분, 안녕하세요~. 마리아예요.]

"푸헉?!"

"잠깐, 카즈마?!"

나는 마시려던 차를 성대하게 뿜었다. 화면에 비친 것은 아이돌 느낌의 하늘하늘한 드레스를 입은 그란 케이오스 제국 여황제, 마리아 본인이었다.

[그럼 제 노래를 들어주세요.]

그러더니 마리아는 가볍게 스텝을 밟으며 맑은 목소리로 노래하기 시작했다.

그 모습은 그야말로 로렐라이 그 자체로, 노래와 춤은 아무리 그래도 [프리마 로렐라이]인 주나 씨보다는 떨어지지만 사람을 매료시키는 카리스마는 마리아가 더 뛰어났다. ……그보다도 마리아 씨, 엄청 의욕이 넘치잖아? 당장에라도 키랏☆ 같은 걸 할 기세고.

으음…… 이건 대체 어떻게 된 걸까.

진정하자, 진정해. 모든 일에는 반드시 인과관계가 있을 터.

이건 하쿠야한테 들은 이야기인데, 제국의 방송 가운데 가장 인기 있는 것은 마리아의 동향을 쫓는 방송이라고 한다. *황○앨범 같은 프로그램인가보다. 여동생 잔느가 "어째서 이렇게 됐지……."라며 불평, 푸념이라나. 그러니까, 이런 건가?

1, 제국, 로렐라이가 노래하는 음악 방송 등의 제작을 시작하다.

2, 가장 인기 있는 프로그램은 마리아 경의 동향을 전달하는 방송이었다.

3, 그렇다면 마리아 경을 로렐라이로 만들어버리면 지지율이 치솟지 않을까?

4, 노래하고 춤추는 여황, 붐! ←현재 여기

……뭐, 이런 느낌일까. 제국도 국민을 즐겁게 해주기 위해

---

\* 일본 마이니치 방송에서 방영되는, 일본 왕실 관련 정보 프로그램.

서 이런저런 시행착오를 하고 있는 모양이다. 이 건에 대해서는 '사고(思考) 착오'라는 느낌도 있지만. 뭐, 즐거운 방송이기는 해서 한동안 나덴과 함께 마리아가 노래하는 모습을 보고 있었는데…….

"어쩐지 늘어났네……."

갑자기 뒤쪽에서 여자 목소리가 들렸다.

돌아보니 하얀 원피스 차림의 소녀가 어이없다는 표정으로 서 있었다. 소녀의 머리에는 산양 같은 뿔이 있고 엉덩이에서는 하얀 꼬리가 나 있었다. 이 아이도 드래곤일까?

소녀는 내 쪽을 보더니 "하아." 하고 한숨을 내쉬었다.

"엄청 떠들썩한 소리가 들린다 싶었더니……. 나덴도 참, 드디어 남자까지 주워 왔어? 원래 있던 장소에 잘 돌려놔야 한다?"

……내가 무슨 주워 온 강아지냐. 어쩐지 [버려진 잠정 국왕입니다. 주워 주세요.]라고 적힌 골판지 상자 안에 든 내 모습을 상상하고 말았다. 상당히 기괴한 그림이네.

한편, 남자를 데려왔다는 소리를 들은 나덴은 입을 삐죽였다.

"남 듣기 안 좋은 소리 하지 마! 이 녀석은 손님이야!"

"손님?"

"그래! 티아마트 님께서 돌봐 주라고 명령하셨으니까."

"돌봐 주다니…… 같이 노는 걸로밖에 안 보였는데?"

"으윽……."

핵심을 찔렸기에 나덴은 말문이 막혔다. 먹을 걸 받거나 신세를 지기는 했지만, 제대로 돌봐 주는 역할을 했느냐면 딱히 아무것도 안 했으니까 말이지. 기본적으로 방치니까.

그러자 하얀 소녀는 나를 향해 손을 내밀었다.

"저는 파이 론. 나덴의 친구예요. 당신은?"

"프리도니아 왕국에서 온 카즈마 소야다."

나는 미소를 지으며 파이와 악수를 나누었다. 그러자 파이는 고개를 갸웃거렸다.

"프리도니아 왕국이라면 요전에 나덴이 말했던 동쪽 나라죠? 국교도 없을 텐데…… 카즈마 씨는 어째서 이곳에 있는 건가요?"

"어—, 사정이 좀 있어서 티아마트 님한테 초대받았어."

"티아마트 님께?"

그때 파이는 무언가 깨달은 듯한 표정을 짓더니 나덴을 돌아봤다.

"저기, 나덴. 혹시 티아마트 님께서는 이 사람을 [계약의 의식]에 출석시키실 생각이 아닐까?"

"뭐? 카즈마를 계약의 의식에?"

나덴이 눈을 동그랗게 뜨며 말했다.

"……카즈마는 노툰의 기사가 아닌데? 그런데도 참가할 수 있어?"

"잊어버렸어? 최근에는 없었지만, 티아마트 님께서는 당대의 걸물이 될 법한 인물을 초대해서 계약의 의식에 참가시켰고, 드래곤과 개인과의 인연을 맺은 적도 있다고 그랬잖아. 엘프리덴 왕국의 초대 국왕처럼."

"당대의 걸물이라……."

나덴이 나를 흘끗흘끗 쳐다봤다. 그 표정…… 절대로 안 믿는 거겠지.

"어쩐지 영 미덥지 않은 인물로밖에 안 보이는데?"

"말이 참 심하네. 사실이지만."

"카즈마 씨는 티아마트 님께 들은 말씀은 없나요?"

파이의 질문에 나는 긍정도 부정도 못 하고 어깨를 으쓱였다.

확실히 티아마트 님에게서 계약의 의식에 참가해 줬으면 한다는 타진이 있었다. 하지만 두 사람에게 그 이야기를 하는 것은 망설여졌다. 혹시 참가한다는 사실을 알게 되면 나는 대체 누구냐는 이야기가 나오겠지. 일국의 왕이라는 사실이 발각된다면 적잖이 귀찮아질 것이다.

"내가 뭐라 할 말은 전혀. 알고 싶다면 티아마트 님에게 물어봐 줘."

"아하하, 그렇게 간단히 말씀을 청할 수 있는 분이 아니시지만요."

그리고 파이가 "그렇지." 라며 손뼉을 짝 쳤다.

"나덴, 카즈마 씨를 돌봐 주라고 명을 받았잖아? 모처럼 손님이 오셨으니까 성룡 산맥 안을 안내해 주는 게 어때?"

"아, 그건 흥미 있는데. 부탁해도 될까?"

"어―……."

나도 부탁했지만 나덴은 노골적으로 귀찮다는 표정을 지었다.

"성룡 산맥은 꽤 넓거든? 카즈마의 걸음으로는 힘들지 않을까?"

"나덴이 등에 태워 주면 되잖아."

"파이. 드래곤이 등에 태울 수 있는 건 반려뿐이라고, 알면서 그러는 거지."

"괜찮잖아? 이대로 계약을 해 달라고 그러면."

"나한테도 선택할 권리는 있어. 이런 미덥지 않은 사람은 내 타입이 아니야. 나는 모두에게 존경받을 만큼 강한 사람이 좋아."

"……아까부터 말에 지나치게 가시가 돋친 거 아냐?"

심장을 푹푹 찌르는데…… 그러다가 나는 어떤 사실을 깨달았다.

"저기, 반려가 아닌 상대를 등에 태우는 걸 부정하게 취급하는 거지?"

"응."

"그럼 나덴의 등은 어디지?"

"어?"

나덴은 서양식 드래곤이 아니라 동양식 용이었다. 그녀의 체형은 머리 뒤쪽부터 꼬리에 이르기까지 거의 일자였다. 앞다리와 뒷다리 부근은 살짝 옆으로 부풀어 있지만, 드래곤만큼 확실하게 어디서부터가 등인지는 알 수 없었다.

"예를 들어 머리 바로 뒤에 타면 등이 아니라 '목덜미' 아닌가? 거기에 타는 건? 목덜미에는 반려 말고 다른 사람을 태우면 안 된다는 법도 없잖아?"

"…………."

나덴이 아무런 대답도 하지 않으면서 외출이 결정되었다.


드라클의 대부분을 차지하는 푸른 숲. 평소라면 너무 어둡지
도 너무 밝지도 않고 바람도 없으니까 나무들이 흔들리는 소리
도 들리지 않으며 축축하지도 않은 조용한 숲이라고 한다.

그런 숲속을 나무들 사이를 누비듯 나아가는 한 마리 흑룡이
있었다. 물론 용 형태의 나덴이었다. 나는 지금 그런 나덴의 후
두부에 앉아 있었다. 앉은 장소도 그렇다 보니 기분은 옛날에
본 애니메이션 주인공 그 자체였다. 사슴뿔 두 개를 대형 바이
크의 핸들처럼 붙잡고서 떨어지지 않도록 필사적으로 움켜쥐
었다.

평온한 숲속에서 우리의 존재는 명백하게 붕 떠 있었다.

"나덴…… 좀, 지나치게 빠른 거 아냐……?"

[태워다 주는데 불평하지 마.]

나뭇가지가 머리 위를 굉장한 기세로 통과하는 통에 무서워져
서 말했지만 나덴은 전혀 스피드를 낮추지 않았다. 나덴의 형태
도 형태다 보니 롤러코스터 같지만, 롤러코스터를 즐길 수 있는
것은 안전바가 있기 때문이다.

아니, 애당초 과격한 놀이기구는 그렇게 좋아하지 않았었는
데……

"그러고 보니 나덴. 나오기 전에 파이랑 무슨 이야기를 했어?"

동굴에서 나올 때. 나덴과 파이는 작게 무어라 대화를 나누었다. 내 쪽을 흘끗흘끗 보던 것 같았으니까 신경이 쓰였지만 나덴은 고개를 홱 돌렸다.

[아, 아무것도 아냐!]

그러더니 나덴은 딴청을 부리며 무어라 중얼중얼하는 모양이었다.

"파이도 참…… 뭐가 '여기서 확실하게 어필해 두면 계약의 의식에서 카즈마 씨가 선택해 줄지도 모르잖아?'라는 거야. 쓸데없는 참견이라니까.'

"응? 미안해. 목소리가 너무 작아서 안 들렸는데?"

[그러니까, 아무것도 아니라니까!]

그런 대화를 나누며 숲을 나아가고……. 몇 분 뒤.

숲을 빠져나가 나덴의 머리에서 내려선 장소는 초원이었다.

본래라면 대초원이라 불러야할 만큼 광대했지만 보기에는 그렇게 느껴지지 않았다. 그런 느낌이 드는 것도, 그 대초원의 한가운데에는 거대한 나무 한 그루가 서 있고 그 나무의 뿌리는 초원을 종횡무진, 펼쳐진 가지와 잎은 초원을 뒤덮을 듯이 뻗어 있었기 때문이다. 그 거대한 나무 탓에 초원으로서의 넓이가 느껴지지 않았던 것이다.

밑에서 올려다보면 그 나무는 마치 우뚝 솟은 성 같았다. 게다가 잎사귀는 금색으로 햇빛을 받아 눈부실 정도로 빛났다. 나는 무심코 감탄의 한숨을 흘렸다.

"이건…… 굉장하네."

"그렇지? 성룡 산맥의 명소 중 하나, [라돈의 거목]이야."

어느샌가 인간 형태로 변한 나덴이 가슴을 폈다.

"라돈? 원자? *하늘의 대괴수?"

"무슨 소리야……. 먼 옛날, 이 나무를 지켰다고 전해지는 드래곤의 이름."

"호오……."

라돈이라는 드래곤이 있었나. 나덴의 말로는 먼 옛날, 이 나무의 가지 부분에 황금색 드래곤이 살고 있었으며 그 드래곤의 영향을 받아 잎사귀가 금색으로 변하였다는 전설이 있다나.

'그러고 보니 그리스 신화에도 황금을 지키는 드래곤 이야기가 있었지…….'

황금의 양털이나 황금의 사과를 지켰다던가? 저 잎사귀를 모아놓은 느낌은 황금의 양털이라고 표현할 만도 한가. 너무 거대해서 양털이라기보다는 양떼구름이지만.

"마치 신화 세계 같은 광경이야."

"후후. 굉장하지."

나덴은 만족스럽게 고개를 끄덕이더니 거목을 올려다보며 말했다.

"이 거목은 시들지 않고 잎을 떨어뜨리지 않으며 아득하게 오랜 시간을 이곳에 서 있었어. 그야말로 이곳 성룡 산맥 영원불

---

* 고질라 시리즈에 나오는 익룡형 괴수. 공룡 프테라노돈에서 따온 이름이다.

멸의 상징이라고 할 수 있지."

"영원불멸의 상징……."

"드래곤의 긍지 그 자체야. 이보다 더 아름다운 나무는 전 세계 어디에도 없을 거야."

나덴은 자신만만하게 말했다. 이 거목의 아름다움을 인정하지 않는 사람 따윈 없겠지.

그럴 만큼 이 거목은 아름답고, 고고하고, 그리고 장엄했다. 그런 나무가 영원하게 서 있다고 하니 드래곤들이 긍지로 여기는 심정도 알 수 있었다. 다만……

"세계에서 가장 아름답다, 는 건 과찬일지도."

"어?"

내 반응에 나덴은 눈을 동그랗게 떴다.

"확실히 멋진 광경이지만, 나는 매화나 벚나무도 좋아해."

"매화? 벚나무?"

"내가 있던 나라에 있는, 아름다운 꽃이 피는 나무야. 매화는 쌓인 눈을 헤치며 꽃을 피우고, 벚나무는 흐드러지게 만개하고 화려하게 지지. 각각에 각각의 정취가 있어서 아름답거든."

"하지만 져 버리잖아? 꽃이 피는 건 고작 한순간이라고. 라돈의 거목이라면 절대 시들지 않아."

나덴의 그 말에 나는 쓴웃음 지르며 크게 기지개를 켰다.

"물론 오래 남는 건 중요해. 풍경, 전통, 문화유산과 같이. 하지만 내가 있던 나라에서는 그와 마찬가지로, 혹은 그 이상으로 '변해 가는 것'을 아끼는 관습이 있어."

나는 쪼그려 앉아서는 여기저기에서 홀씨를 피운 민들레와 닮은 식물을 꺾어 손에 들었다.

그것을 가볍게 휘두르자 홀씨들이 바람을 타고 날아갔다. 항상 봄인 드라클의 기후도 더해져서 더없이 편안한 기분이 드는 광경이었다. 나는 나덴을 향해 미소 지었다.

"이건 이것대로 아름답다고 생각하지 않아?"

"하지만 아무리 아름다워도 한순간에 끝나 버리잖아?"

"바로 그렇기에 '다음'이 기대되잖아."

나는 초원에 앉아서 그대로 벌렁 드러누웠다.

"언제든 볼 수 있는 것이 아니니까 그 순간이 소중한 게 아닐까. 설령 끝나버리더라도 또다시 그 순간과 마주칠 날을 손꼽아 기다리는 거야."

"……잘 모르겠어."

으~음…… 용족은 수명이 기니까 무상함의 정취 같은 건 이해하기 어려울지도.

"가치관의 차이라는 거지. 견해는 하나가 아냐. 드래곤도 그렇잖아? 모룡 신앙의 신도에게는 드래곤은 신성한 생물. 노툰 용기사 왕국에서는 반려이자 전우이기도 해. 루나리아 정교황국의 입장에서는 몬스터와 별반 차이가 없어. 내가 있던 나라에서는 오히려 나덴 같은 용이 기후를 관장하는 신으로 숭배의 대상이었지."

"내가…… 신?"

나덴은 한순간 어안이 벙벙하다는 표정을 지었지만 다음 순간에는 웃음을 터뜨렸다.

"풉…… 아하하하하하!"

배를 붙잡고 폭소하는 나덴. 웃음이 터질 만한 소리를 했을까 싶어 쳐다보니, 나덴은 눈꼬리를 훔치며 유쾌하게 웃었다.

"아하하…… 이상한 이야기네. 성룡 산맥에서는 웜이라며 바보 취급당하는 내가 카즈마의 나라에서는 신이 되어 버리다니. 이게 카즈마가 말한 가치관의 차이라는 거구나."

한바탕 웃은 뒤에 나덴은 표정을 슥 지우더니,

"날 수 없는 드래곤이라도…… 괜찮을까."

그런 혼잣말을 흘렸다. ……어? 날 수 없어?

"어라? 나덴은 못 날아?"

"날 수 있을 리가 없잖아. 나한테는 날개가 없다고?"

"아니 아니, 용한테 날개가 없는 건 당연하잖아."

"응?"

"응?"

우리는 얼굴을 마주 봤다. 뭐지? 어쩐지 이야기가 잘 안 맞는데……

"아니 아니, 날개가 없으니까 내가 못 나는 것도 당연하잖아."

"용한테 날개가 없는 것과 날 수 없는 것에 무슨 관계가 있나?"

"응?"

"응?"

무언가가 이상하다. 무언가 인식에 차이가 있는 모양이었다.

"카즈마는 대체 무슨 소릴…… 앗!"

나덴이 무언가 말하려던 바로 그때였다. 휘잉 불어드는 바람과 함께, 적, 청, 녹색의 세 마리 드래곤이 우리 앞으로 내려왔다.

◇ ◇ ◇

우리 앞에 내려선 것은 적, 청, 녹색의 드래곤. 루비, 사피아, 에메라다였다. 정말이지…… 왜 이럴 때 만나 버렸을까. 루비는 사피아, 에메라다와 함께 사람의 모습으로 변하더니 지근거리에서 노려보듯 날카로운 시선을 날렸다.

"네가 인간을 주웠다고 들어서 와 봤더니…… 그 사람이 그거니?"

"…………."

루비의 시선이 옆에 있는 카즈마에게 향했다.

"이상한 옷이네. 노툰 사람 아니야?"

"……그래. 프리도니아에서 온 카즈마 소야다."

우리의 험악한 분위기에 물음표를 띄우고 있던 카즈마는, 일단은 인사부터, 같은 생각이었다. 나는 작게 혀를 찼다.

"이런 녀석들한테까지 자기소개는 안 해도 되는데……."

"들린다구, 나덴."

"들리라고 말한 거야, 성격 나쁜 너한테."

"누가 성격이 나쁘다는 거야! 윔 주제에."

일촉즉발. 입과 머리카락에서 불꽃과 전기를 흩뿌리는 우리.

사태를 이해하지 못한 카즈마는 머리를 벅벅 긁적였다.

"으음…… 혹시 사이 나빠?"

"이걸 보고 사이가 좋다고 그러면 자기 눈을 의심해야지. 빨간 게 루비, 파란 게 사피아, 녹색이 에메라다야. 나를 [날지 못하는 반편이]라느니 [웜]이라느니 그러면서 자주 시비를 걸거든."

"날지 못하는……이라."

카즈마는 팔짱을 끼더니 무언가 생각에 빠진 모양이었다. ……아까부터 대체 무슨 소릴 하는 거야. 어쨌든 나는 세 사람 쪽으로 돌아보고 말했다.

"카즈마를 보러 왔을 뿐이겠지? 이제 그만 돌아가는 게 어때?"

"일일이 잘난 척 구는 게 짜증 나. 너한테 용건은 없어."

그러더니 루비는 내 옆을 지나쳐서 카즈마 앞에 섰다.

"들었어. 당신은 티아마트 님께 초대를 받았다지?"

"응? 어."

생각에 잠긴 표정이던 카즈마는 지금 알아차린 듯 대답했다.

"그렇다는 건 당신도 [계약의 의식]에 참가한다는 거겠지?"

"……뭐, 그렇다나 봐. 나한테는 과분하다고 생각은 하지만."

"티아마트 님께 초대를 받았다면 그 자격이 있다는 의미야."

"앗!"

나는 숨을 삼켰다. 나를 웜이라며 바보 취급하는 루비가 카즈마는 인정했다.

어쩌면 루비는 지금부터 카즈마에게 어필하려는 걸까. 티아마트 님께서 초대하셨다면, 이렇게 겉보기에는 칠칠치 못하지만 상당한 인물인지도 모른다. 계약의 의식에서는 구혼은 기본적으로 기사가 한다. 하지만 마음에 든 기사가 있다면 드래곤 쪽에서 기사에게 자신을 선택해 달라고 나설 수도 있다.

계약의 의식에서…… 카즈마는 누군가와 춤추는 걸까.

'……어쩐지 싫어.'

떠오른 상상에 빈약한 가슴이 아팠다. 나를 용이라고 말해 준 인물이 드래곤과 계약하는 모습을 생각하니 가슴이 욱신거렸다. 나는 계약의 의식에 참가할 생각조차 없는데도. 그런 생각에 괴로워하는 동안에도 루비는 카즈마와의 거리를 좁히고 있었다.

"있잖아, 당신. 내 집으로 와."

"!"

나는 고개를 번쩍 들었다. 쳐다보니 루비가 카즈마를 향해 손을 내밀고 있었다.

"당신한테 흥미가 있어. 당신을 좀 더 알고 싶어."

"나 말이야?"

"그래. 티아마트 님께 인정받다니 특별한 일인걸. 혹시 내가 인정할 만하다면 당신의 드래곤이 되는 계약을 맺을 수도 있어."

용기사의 기승 계약······ 설마 루비는 카즈마에게 한눈에 반하기라도 한 걸까.

루비는 내 쪽을 흘끗 쳐다보며 말했다.

"저 방구석 폐인보다 내가 더 우수한 드래곤이야. 나는 나덴하고 다르게 날 수 있고 불도 뿜을 수 있어. 하늘에서 성룡 산맥을 구석구석 안내해 줄게."

"윽······."

루비의 말을 부정할 수 없다는 것이 참으로 분했다.

확실히 루비는 기사들에게도 인기가 높은 레드 드래곤이다. 붉은색은 적을 위압하는 색깔로 여겨지기에 전장에서 무훈을 올리기 쉽다고들 한다. 게다가 루비는 내게는 없는 커다란 날개를 지녔고 불도 뿜을 수 있는, 드래곤다운 드래곤이다. 그런 루비의 구애에 카즈마는 어떤 표정인가 싶어 살펴보니······ 어쩐지 곤란하다는 듯한 표정으로 웃고 있었다.

"······음, 뭐, 좋게 평가해 주는 건 기쁘지만."

"웃!"

카즈마의 말에 내 몸은 전기를 띠고 머리카락은 곤두섰다.

루비에게 긍정적인 말을 들은 순간 가슴속에 솟구치는 분노와······ 슬픔. 나라는 존재는 용이라고 말해 준 사람에게 그런 말을 듣고 싶지 않았다. 어쩐지 이상하게 울고 싶어졌다. 차라리 루비 일당한테 전격을 쏘고 마구 날뛰어 버릴까.

그런 생각을 하는 사이, 카즈마는 "하지만······." 이라며 고개를 갸웃거렸다.

"하늘을 날고 불을 뿜을 수 있다는 게 그렇게나 가치가 있는 일인가?"

…………어?

"뭐어? 무슨 소릴 하는 거야?"

모두의 시선이 카즈마에게 모였다. 카즈마는 머리를 긁적이며 말했다.

"음, 뭐…… 용족과는 친분이 희박한 나라 출신이라서 그러니 양해해 줬으면 해. 아까 네가 말한 거 말인데, 용족의 가치는 하늘을 날고 불을 뿜을 수 있다는 데 있나?"

"그래. 드래곤은 기사에게 반려임과 동시에 전우이기도 해. 전장의 하늘을 빠르게, 높이 날 수 있는 날개와 적을 모조리 불태워 버릴 불을 뿜을 수 있다는 게 무엇보다도 중시돼."

"그렇군. 용모는 관계없나. 뭐, 용족들은 미인이 많은 모양이니까."

루비의 대답에 카즈마는 음음, 고개를 끄덕였다.

"그리고 너희는 다들 불을 뿜고 하늘을 날 수 있는 거겠지?"

"그래. 거기 있는 웜 말고는."

"……그렇구나."

그러자 카즈마는 진지한 표정을 지으며, 루비의 눈을 똑바로 보며 물었다.

"그럼 너희 자신의 가치는 어디에 있는데?"

루비 일당의 가치? 불을 뿜고 날 수 있다는 게 가치 아니야?

"뭐? 당신 지금 무슨 소리야?"

루비도 납득이 가지 않는 모양이었다. 하지만 카즈마는 고개를 가로저었다.

　"불을 뿜을 수 있고, 날개가 있어서 하늘을 날 수 있는 건 드래곤에게는 당연한 일이잖아? 그럼 그건 '선천적으로 당연한' 일이야. 그건 다른 드래곤들도 당연히 겸비하고 있는 능력이니까 딱히 너희를 선택할 필요도 없다는 이야기잖아?"

　그 말에 루비 일당은 입을 떡 벌리고 있었다. 나도 아마 비슷한 표정이었을 테지. 카즈마는 그런 우리의 태도 따윈 개의치 않고 계속 이야기했다.

　"너희 말고 다른 드래곤도 할 수 있는 일이라면 군이 너희를 고를 이유가 되진 않아. 모두가 지니고 있다는 보편성은 확실히 하나의 가치이기는 하겠지만 특별하진 않아. 같은 조건이라면 보다 더 좋은 반려는 더욱 강하고 더욱 아름다운 드래곤 자체가 되잖아? 모두와 똑같다는 것만으로는 전혀 어필 포인트가 안 될 테니까."

　"카즈마…… 너는……."

　카즈마의 지적은 정말로 이 나라의 관습에 대해서 몰랐느냐며 의심하고 싶어질 정도로 정곡을 찌르는 것이었다. 실제로 계약의 의식은 드래곤들에게 엄연한 경쟁이었다. 그곳에서 누구에게 선택받느냐에 따라 드래곤으로서의 일생이 거의 정해진다면 그야 당연하겠지.

　놀란 우리를 제쳐놓고 카즈마는 "하아……." 하고 한숨을 내쉬었다.

"획일화된 평가 기준, 개성을 가진 자를 배척…… 이런 분위기는 어디서 체험한 것 같은데, 완전히 수험 전쟁이잖아. 2년 전에는 참 힘들었지……."

카즈마는 어딘가 먼 곳을 바라보는 듯한 눈빛으로 그런 혼잣말을 흘렸다.

……수험 전쟁이라니, 뭘까. 어딘가에 있는 나라에서 벌어진 전쟁인가? 하지만 왜 지금 그런 이야기를?

"하, 하지만 선택받지 못하는 것보다는 나아!"

정신을 차린 루비가 굳은 표정을 지으면서도 그렇게 말했다.

"모두가 할 수 있는 걸 못 하는 나덴 따윈 누가 선택하겠냐고!"

나를 지적하며 말하는 루비를, 카즈마는 똑바로 바라보며 말했다.

"확실히 나덴에게는 드래곤으로서의 보편성은 없지. 하지만 '독자성'이 있어."

"도, 독자성?"

"남들과는 다르다는 말이야. 무언가의 가치를 생각할 때 가장 간단한 기준은 '이 세상에 하나밖에 없는 것'인지 아닌지, 바로 그거야. 이 세상에 하나밖에 없는 것이라면 설령 어린아이의 장난감, 병뚜껑 하나일지라도 가치를 지니는 게 세상의 이치잖아? 그건 인재를 생각할 때도 마찬가지야. 나…… 아니, 우리 나라 국왕은 그렇게 툭 튀어나오는 인재만 모으고 있거든."

우리 나라의 국왕…… 프리도니아 왕국의 용사왕 말인가?

"나덴한테…… 그런 가치가 있다는 거야?"

"이곳 성룡 산맥에서 나덴 말고 번개를 만들 수 있는 드래곤이 존재하나? 다른 이가 못하는 걸 할 수 있다. 그것 자체가 가치야. 그보다도, 너도 알고 있는 거 아냐?"

"뭐, 뭘 말이야……."

"나덴한테 시비를 거는 이유 말이야. 독자성을 가진 나덴이 부러운 거잖아?"

"뭐……."

카즈마의 지적에 말을 잃은 루비. 어, 그랬던 거야?!

갑자기 튀어나온 사실에, 나도 물론이거니와 뒤에 있는 사피아랑 에메라다도 곤혹스러운 기색이었다. 입을 뻐끔거리는 루비를 제쳐놓고 카즈마는 계속 이야기했다.

"아마도 나덴한테 악감정을 가진 다른 드래곤들도 근본적으로는 마찬가지겠지. 획일화된 평가 기준 안에서 싸우는 드래곤들의 입장에서는, 가치 기준을 무시하고 자신의 길을 나아가는 나덴의 존재는 원망스러우면서도 부럽기에 받아들일 수 없었던 게 아닐까? 수험 전쟁 한복판의 진학반에서 혼자서만 '집안의 대를 이을 거예요.' 같은 녀석이 섞여 있으면…… 그야 붕 떠 버리겠지. 물론 주위와 다른 삶의 방식에도 고생은 있을 테지만, 경쟁 아래에 놓여 있는 사람들에게는 그런 걸 생각할 수 있는 마음의 여유도 없으니까 말이지……."

무언가 혼자서 납득한 모양인 카즈마. 무슨 말을 하는 것인지 중간부터는 이해할 수 없었지만 내가 특별하다고 말해 주었다는 것만큼은 알 수 있었다.

나는 카즈마의 뒷모습을 가만히 바라보았다. 태어난 나라의 차이 때문인지 최근 며칠 동안 카즈마와는 가치관의 차이가 있다는 사실을 깨닫게 되는 경우가 꽤 있었다.

하지만 그런 카즈마가 내게 새로운 가치관을 제공해 주었다. 무가치했던 나를 가치가 있다고, 말이다. 가슴이 뜨거워져서, 조금 전까지와는 다른 의미로 울고 싶어졌다.

[언젠가 당신의 가치를 아는 사람이 나타납니다.]

티아마트 님의 예언은 사실이었다. 그 사람은 지금 내 눈앞에 있다.

"흥, 그렇다고 해 봐야 날지도 못하는 드래곤은 가치가 없다는 데 변함은 없어!"

어떻게든 태세를 다잡은 루비가 그렇게 말했다. 날지 못하는 드래곤. 그것은 이제까지 내 마음을 한없이 흐트러뜨린 말이었다. 하지만…… 신기하게도 지금은 전혀 신경 쓰이지 않았다. 카즈마가 나는 용이라고, 독자성이 있다고 말해 주었으니까.

그러자 카즈마는 의아하다는 표정을 지으며 고개를 갸웃거렸다.

"계속 궁금했는데, 어째서 나덴이 날지 못한다고 하는 거지?"

"뭐? 날개가 없는 뭘이 날지 못하는 건 당연하잖아."

"그러니까, 용이 날아다니는 데 어째서 날개가 필요한 건데?"

"뭐?"

"응?"

……어쩐지 아까도 들은 것 같은 대화였다. 분위기가 완전히

깨진 참에, 나는 머리 위에 물음표가 떠 있는 듯한 카즈마의 목덜미를 가볍게 잡아당겼다.

"이제 됐어. ……가자."

"응? 왜 그래, 나덴. 뺨이 빨간 것 같은데?"

"기, 기분 탓이야! 자, 아직 성룡 산맥을 안내하는 중이었잖아."

"아, 그러고 보니 그랬지."

넋이 나간 루비 일당을 남겨두고 우리는 총총히 발길을 돌렸다.

"나덴, 계약의 의식에 나와! 도망치지 말라고!"

정신을 차린 루비는 내 뒷모습을 향해 소리쳤다. 그에 대한 내 대답은, 고개를 돌린 뒤의 "메—롱." 이었다.


[그럼 다음은 어디로 갈래? 크리스탈 캐슬은 봤지?]

루비 일당이 있는 곳을 벗어나, 나는 또다시 카즈마를 태우고 성룡 산맥을 안내했다. 이제 귀찮다는 생각은 사라졌다. 오히려 이대로 카즈마와 함께 다양한 걸 보고 싶다는 생각마저 들기 시작했다. 성룡 산맥 내부만이 아니라 바깥 세계의 풍경도…….

"올 때도 내보낼 때도 전이되었으니까. 무척 아름답다고 들은 외관은 꼭 보고 싶지만…… 그 전에 잠깐 데려다줬으면 하는 장소가 있어."

카즈마는 생각에 잠긴 표정을 지으며 그런 이야기를 꺼냈다.

"어디 가고 싶은 곳이 있어?"

"티아마트 님은 내가 이미 방법을 안다고 했어. 혹시 방법이라는 게 그거라면…… 시도해 볼 가치는 있겠지."

그러는 카즈마는 자신만만한 미소를 띠고 있었다.

그리고 용의 모습으로 달려가길 약 10분.

"정말로 여기면 되는 거야아아아아아!"

"어어어어어, 충분해애애애애!"

우리는 둘이서 소리를 질러댔다.

쏴아아아아아아아아아아아아아……

끊임없이 울리는 굉음 때문에 그러지 않으면 서로의 목소리가 들리지 않기 때문이었다.

우리 앞에 있는 것은 굉음과 함께 피어오르는 물보라로 낮에는 항상 무지개가 걸려 있다는 [대폭포]였다. 높이 수십 미터, 폭은 수백 미터라는 폭포가 커튼처럼, 물보라를 일으키며 아득히 저편까지 이어져 있었다. 뭐든 스케일이 큰 성룡 산맥의 풍경 가운데서도 라돈의 거목과 이곳 대폭포는 차원이 다르겠지.

너무도 웅장한 광경에 카즈마는 참지 못하고 함성을 질렀다.

"우와, 절경이네! 절경이구나아아아아아!"

"어, 뭐어어어? 잘 못 들었는데에에에!"

"절경이라고 그랬어어어! 이야아, 역시 성룡 산맥이야아아아아!"

"뭐, 그렇지이이이! 그래서어어, 시험해 보고 싶다는 건 뭔데에에에!"

"어어어, 그게 말이지이이이!"

……시끄러우니까 지금부터는 평소 음량으로 괜찮으려나. 그러자 카즈마는 갑자기 상의를 벗기 시작했다. 갑작스러운 행동에 나는 고개를 돌리며 말했다.

"자, 잠깐?! 갑자기 왜 벗고 그래!"

"그야 물론 물에 들어가려고."

"뭐?! 어째서?!"

"자, 나덴도 들어가자고."

"나는 또 왜?!"

카즈마는 상반신의 옷만 벗고 하의만 걸친 채로 준비운동도 하는 둥 마는 둥 물로 들어갔다. 나도 발끝만 물속에 담가봤다. 수온은 너무 차갑지도, 너무 미적지근하지도 않아서 딱 좋은 온도로 유지되고 있었다. 기분 좋아…… 아니지, 그것보다도.

"헤엄을 칠 거라면 좀 더 따뜻한 호수 같은 곳도 있는데?"

"이런 곳이 아니면 안 돼. 나덴도 빨리 와."

"나, 나도 옷을 벗으라는 거야?"

내 몸을 꽉 끌어안았다. 카즈마 앞에서 옷을 벗고 물놀이라니…… 부끄러워서 죽어 버릴 것만 같아. 그렇게 부끄러워하는 내게 카즈마는 쓴웃음을 지으며 말했다.

"아니아니, 드래곤 상태로 들어오면 되잖아?"

"아…… 그, 그러네."

스스로의 지레짐작에 얼굴이 달아올랐다. 카즈마는 그런 내게 손짓을 했다.

"용이니까 헤엄은 특기잖아?"

"용이라서 그런지는 모르겠지만…… 자신은 있어. 그런데 왜 갑자기?"

"좀 시험해 보고 싶은 게 있거든. 자, 나덴. 저 폭포 밑까지 가자."

카즈마의 재촉에 나는 용의 모습으로 변해서는 물로 풍덩 뛰어들었다. 큰 파도를 일으켜 카즈마의 몸이 크게 위아래로 움직였다. 나는 흔들리는 카즈마에게 물었다.

[왜 폭포 밑이야? 폭포 수행이라도 하라는 거야?]

하계에는 그런 수행 방법이 있다고 한다. 폭포수를 맞으며 정신통일을 노린다나? 하지만 사람이라면 폭포 수행을 했다가는 목뼈가 부러질 기세의 대폭포라도 용 상태로 질량도 방어력도 올라간 내게는 마사지 정도밖에 안 되겠지.

[어깨 결림은 풀릴 것 같네.]

"어깨가 결릴 체형은 아니…… OK, 내가 잘못했어. 그러니까 전격은 이제 그만."

[너는 정말이지.]

용 상태의 뒷머리를 곤두세우고서 전류로 불꽃을 일으키자 카즈마는 양손을 들었다.

[마비되고 싶지 않다면 혼이 날 소리를 안 하면 되잖아.]

"이것 참…… 나덴이랑 있으면 고향에 있던 시절의 친구가 떠오르거든. 그래서 아무래도 고향에 있던 시절처럼 행동하게 되더라."

겸연쩍은 듯 뺨을 긁적이며 카즈마는 말했다.

[그런 거야?]

"응. 이 세계의 여성은 다들 크든 작든 무언가에 얽매여서 살고 있어. 가문이라든지, 후세를 만드는 사명이라든지…… 고귀한 신분이라면 고향이나 나라라든지 말이야. 얽매여 있기에 보호받는다는 측면도 있지만…… 하지만 나덴에게는 그런 게 없잖아? 용이라서 강하니까, 그럴 마음만 있다면 혼자서도 살아갈 수 있어. 자유롭게, 자기가 원하는 대로. 아마도 이 대륙에서 내 고향의 여성과 가장 가까워."

카즈마가 무슨 소리를 하는지는 잘 알 수 없었다. 하지만……

[나도…… 혼자는 외로워.]

그런 말이 자연스럽게 새어나왔다. 외롭다. 그렇게 말해 버렸다는 사실에 나 자신이 가장 놀랐다. 이제까지는 그런 건…… 생각한 적 없었는데. 파이 말고 다른 드래곤들과는 관계를 가지지 않는 것도 귀찮을 일 없어서 좋다고 생각했을 텐데.

그런데도…… 나는 지금 외롭다고 말해버렸다.

그런 내 말을 듣고 카즈마는 "그야 그렇지." 라며 웃었다.

"혼자서 살아갈 수 있더라도, 역시 혼자는 외로워."

그 말에 나는 더 이상 이제까지의 내가 아니라는 것을 이해했다.

[멈춰 있던 톱니바퀴는 어쩔 수 없이 움직이게 되고.]

티아마트 님께서 말씀하셨던 것은 바로 이것이었다.

카즈마와 함께 있으면서, 자신을 받아들여 주는 누군가가 있다는 사실이 얼마나 안심을 주는지 알아버렸다. 홀로 있다는 외로움을 알아 버렸다. 알아 버린 이상…… 이제 혼자로는 돌아갈 수 없다.

돌아가고 싶지 않다. 돌아가고 싶지 않으니까…… 움직일 수밖에 없다.

"나덴?"

[아, 아무것도 아냐!]

휴우…… 지금이 흑룡인 상태에서 다행이었다. 인간 상태였다면 틀림없이 카즈마에게 새빨간 얼굴을 내비쳤을 테지. 안돼, 마음을 다잡아야 돼.

[그게…… 아, 그렇지. 왜 폭포 아래로 가는 거야?]

"응? 아. 떠오른 게 있거든. 일단 폭포 옆까지 가자."

카즈마가 이끄는 대로, 우리는 물보라로 자욱한 용소 옆까지 왔다. 그러자 카즈마는 폭포 위쪽을 가리키며 말했다.

"나덴. 이 폭포를 헤엄쳐서 올라갈 수 있어?"

[이 폭포 안을 헤엄치는 거야? 쏴아 쏟아지는데?]

"그야 폭포니까."

[하지만, 어째서?]

"'용은 폭포를 올라가서 승천한다'는 전승이, 내 고향에는 있거든."

[승천한다고?! 그런 거야?!]

폭포를 타고 올라가면 나는 날 수 있게 되는 걸까?

'뭐, 정확하게는 폭포를 타고 올라간 잉어가 용이 된다는 전설이지만…….'

[응? 뭐라고 그랬어? 폭포 소리가 시끄러워서 안 들렸는데.]

"아무것도 아냐. 길고 짧은 건 대봐야 아는 법, 해 보자."

카즈마의 그 말에 나는 폭포를 올려다봤다.

[으~응……. 이 흐름에 거슬러서 헤엄치는 건 아무리 그래도 힘들다고 할까…….]

"못 해?"

[못 할 것도 아니다, 그렇게 생각해.]

"아, 그리고 나덴. 물속에서는 눈을 감도록."

[어, 왜?]

"괜찮으니까 일단 해 봐."

그러더니 카즈마는 "잘 다녀와." 라는 것처럼 살랑살랑 손을 흔들었다.

[어째 생판 딴사람 일이라는 태도 같은데.]

"굳이 말하자면 생판 딴 용 일이겠지?"

[이러고 아무것도 바뀌는 게 없으면 전격을 먹여 줄 테니까!]

각오를 다진 나는 그림에 그려진 시 서펜트처럼 물속을 계속 드나들어 물 위에 도넛 모양의 흔적을 남기며 대폭포 안으로 돌입했다.

폭포 안으로 들어가서는 이번에는 몸을 옆으로 구부려 위로 올라갔다.

'나덴. 물속에서는 눈을 감도록.'

머릿속에서 조금 전 카즈마의 목소리가 되살아났다.

'시끄러워! 감으면 되잖아, 감으면!'

눈을 감고 폭포의 흐름에 거슬러 계속 헤엄쳤다.

'큭, 눈을 감고서 헤엄치는 거, 꽤 무섭네……'

캄캄한 가운데, 물속이라 조금 가라앉은 폭포 소리와 물의 감촉만을 느끼며 계속 헤엄친다. 점점 위와 아래의 감각도 의심스러워졌다. 나는 제대로 위를 향해 헤엄을 치고 있는 걸까. 아니면 폭포는 이미 끝났고 수평으로 헤엄치는 걸까.

시간으로 따지면 수십 초 정도인데도 체감시간은 수십 배로 느껴졌다. 그리고,

'윽!'

갑자기 몸에 느껴지던 압력이 사라졌다. 마치 허공으로 내던져진 것 같았다. 그럼에도…… 나는 아직 헤엄치고 있었다. 마치 시각과 함께 촉각까지 잃은 것 같았다. 헤엄치고 있는데도 물을 느끼지 않았다.

뭘까, 이 감각은. 불안한데도 어쩐지 쾌감이 느껴졌다.

[그보다도 나는 언제까지 계속 눈을 감고 있어야…… 어?]

눈을 뜨고 카즈마에게 불평을 던지려 밑을 내려다봤을 때, 지면은 아득히 아래에 있었다.

폭포는 진즉에 끝이 났다. 그럼에도 나는 아직 계속 헤엄치고 있었다.

나는 하늘을 '헤엄쳤던' 것이었다. 공기의 흐름을 또렷하게

알 수 있었다.

그 흐름에 몸을 싣자 하늘을 헤엄칠 수 있었다. 나는 이제까지 올려다보기만 했던 하늘에서 성룡 산맥을, 대지를, 이 세계를 내려다보았다.

'세계는…… 이렇게나 아름다워…….'

내 용안에서는 자연스레 눈물이 흘러나왔다. 그 눈물이 마를 무렵, 나는 어색하게 공중을 헤엄치며 지상에서 멍하니 올려다보는 카즈마 곁으로 내려앉았다.

[카즈마…… 나, 날았나 봐.]

"어, 어어…… 날았다기보다도 헤엄친다는 느낌이네. 우리 고향의 전설에서는 용은 풍운뇌우(風雲雷雨)를 얻어 승천하고 해원을 헤엄치듯 하늘을 나아갈 수 있다니까."

[헤엄치듯 하늘을 나아간다…….]

"……뭐, 이렇게까지 잘 풀릴 줄은 몰랐지만 말이지."

카즈마는 뺨을 긁적이며 쓴웃음 지었다.

[어, 폭포를 올라가면 날 수 있다는 자신이 있었던 거 아니었어?]

"반반이었을까? 생각해 보면 드래곤이나 와이번도 날 수 있잖아. 날개가 있다고 해도 드래곤이나 와이번은 새만큼 나는 데 적합한 형태는 아니야. 그런 거구로 날기 위해서는 무언가 마법적 요소가 얽혀 있겠지. 그렇다면 용인 나덴의 비행에 날개 유무는 관계가 없다고 생각했어. 어쩌면 나덴은 나는 법을 모르는 것뿐이 아닐까, 했어. 게다가 티아마트는 내가 나덴의 나는 법을 알고 있다는 것처럼 말했지. 내가 용이 나는 방법으로 떠올린 것은 고향의 전승에 있는 [폭포 오르기] 정도야. 그래서 시험해본 거지."

일단 카즈마 나름대로 생각하는 바가 있었던 모양이다. 티아마트 님…… 카즈마에게 그런 말씀을 하셨구나. 그렇다는 이야기는 역시 내가 모르는 내 가치를 아는 인물이라는 건 카즈마가 틀림없겠지.

'그러니까 카즈마가…… 내가 애타게 기다리던 사람이라는 건가?'

나는 물가로 돌아가서 놔둔 옷을 입고 있는 카즈마에게 물었다.

[저기, 카즈마. 혹시…… 이걸로 날지 못했다면 어떻게 할 생각이었어?]

내 물음에 카즈마는 잠시 생각에 잠기더니 솔직히 자백했다.

"그때는 사과할 생각이었어. 미안하다, 이게 아니었나 보다. 그렇게."

[어, 그것뿐이야?]

"그것뿐이야. 날지 못한다고 해도 나덴의 가치는 변하지 않아. 용기사들의 가치관은 모르겠지만 우리 나라의 가치관이라면 전력을 다룰 수 있는 나덴의 능력은 그야말로 억만금을 줘서라도 얻고 싶을 정도야. 혹시 계약의 의식에서 아무한테도 선택받지 못한다면 우리 나라로 와 줘. 환영할게."

[…………]

우리 나라로 와줘, 거들먹거리는 기색도 없이 순수하게 말하는 카즈마.

　성룡 산맥에 내가 있을 장소는 없는 것처럼 느끼고 있었다. 하지만 카즈마는 나를 원한다고 말해 주었다. 기뻐서 또다시 하늘을 헤엄치고 싶은 기분이었다. 뭐, 하지만…… 혹시 아무한테도 선택받지 못한다면, 이라는 표현에는 살짝 울컥했다. 그러니까 이건 기분 전환이다.

　"어, 잠깐, 나덴?"

　나는 카즈마의 목덜미를 물고는 억지로 '등'에 태웠다.

　"우왁?!"

　그리고 단숨에 하늘로 올라갔다. 순식간에 지면이 아득히 멀어지자 카즈마는 당황한 듯한 소리를 지르며 내 등에 매달렸다.

　"나덴, 떨어져! 떨어진다고!"

　[안 떨어져. 카즈마는 내 등에 타고 있으니까.]

　허둥대는 카즈마에게 나는 어이없다는 듯 말했다.

　"허? ……그러고 보니 거의 수직으로 올라갔는데도 안 떨어졌네."

　[드래곤의 힘이야. 등에 탄 인간이 떨어지지 않도록 보호하는 거지. 기사는 손을 놓고 타도 괜찮고 바람이나 냉기로부터도 보호돼. 하늘 위인데도 춥지 않잖아?]

　"듣고 보니…… 과연, 용기사가 강할 만도 하네."

　감탄한 듯 말하는 카즈마를 보고 나는 쿡쿡 웃었다.

　[그러네. 나도 쓸 수 있을 거라고는 생각 안 했지만……]

"어? 그럼 못 쓰는 상황이었다면 난 추락사한 거 아냐?"

[어쩐지 할 수 있을 것 같았고, 혹시 떨어지더라도 제대로 주우면 괜찮겠지.]

"아니, 갑자기 줄도 없이 번지점프라니, 그런 건 좀 봐달라고……."

[아하하. 아까 일의 답례야.]

"폭포 오르기 말이야?"

['아무한테도 선택받지 못한다면'이라고 그런 거 말이야. ……저기, 카즈마?]

나는 용기를 짜내어 카즈마에게 물었다.

[카즈마는 '계약의 의식'에 참가하는 거지? 날 선택해 주지 않을래?]

"…………."

내 물음에 카즈마는 입을 다물었다. 계약을 맺는다는 것은 나를 반려로 맞아들인다는 의미이다. 즉 이것은 내가 하는 프러포즈이기도 했다. 바로 대답하지 않는 것은 진지하게 생각해 주기 때문이겠지. 이윽고 천천히 입을 열었다.

"나는 티아마트 님에게 초대받았을 뿐이야. 노튼 용기사 왕국의 인간이 아니지."

[알아.]

"나랑 계약해도 용기사가 되지는 못하는데?"

[나도 평범한 드래곤이랑은 달라.]

"게다가 나는 나덴에게 스스로에 대해서 아무것도 이야기하지 않았어. 본명도 꺼내지 않았지.”

[어?! 카즈마 소야라는 건 가명이었어?!]

“참고로 우리 나라에는 이미 약혼자가 네 명 있어.”

[네 명?!]

그, 그렇구나……. 하지만 노툰 용기사 왕국도 일부다처제 나라다.

드래곤이 용기사와 전장까지 함께하는 반려라면 남아서 가정을 지키는 반려도 필요하다. 그러니까 약혼자가 있다는 사태는 문제없지만, 하지만 약혼자인 단계에서 네 명이나 있다니 상당히 신분이 높은 사람이 아니고서는 불가능한 일이었다.

정실과 결혼한 후에 측실을 맞이하는 것과는 경우가 다르다.

[카즈마……. 너 대체 뭐 하는 사람이야?]

“지금은 아직 말할 수 없어. 계약도 나 혼자서는 결정할 수 없어.”

내 물음에 카즈마는 애써 짜내는 듯한 목소리로 말했다.

이건…… 거절당한 걸까. 그런 식으로 생각하니 나는 가슴이 아팠지만,

“그러니까 한 번, 우리 나라로 와 주지 않을래?”

카즈마는 그런 이야기를 꺼냈다.

“용의 상태라면 상당한 속도를 낼 수 있잖아? 한 번 프리도니아 왕국으로 귀환해서, 우리 나라에 있는 다른 사람들의 의견을 듣고 싶어. 그 후에 성룡 산맥으로 돌아와도 계약의 의식에는 시간을 맞출 수 있을 거야. 그러면…… 안 될까?”

면목 없다는 듯 말하는 카즈마를 향해 나는 고개를 가로저었다.

[……아니. 그걸로 됐어.]

그것으로 카즈마가 계약해 줄 가능성이 있다면, 왕국이든 제국이든 날아가겠어. 지금의 내게는 그럴 힘이 있으니까.

[그래서, 어디로 가면 돼?]

내 물음에 카즈마는 안도하는 표정을 지으며 말했다.

"그럼 프리도니아 왕국의 왕도 [파르남]까지 부탁할게."

[맡겨 둬.]

그리고 나는 동쪽 하늘을 향해 헤엄치기 시작했다.

## ♚ 제5장 ✦ 계획된 사랑, 이라 해도

프리도니아 왕국 왕도 [파르남].

중심에 있는 고풍스럽지만 멋진 성과 도시부를 장식한 오렌지색 지붕의 거리, 그것을 빙 둘러싼 원형의 성벽까지 어딘가 향수를 불러일으키는 도시다.

하지만 그 이면에서는 소마의 지시에 따른 위생 환경 개선이나 상하수도와 교통망의 정비 등이 진행되어, 고풍스러운 겉모습 이상으로 효율적이고 살기 좋은 도시로 변모하고 있었다. 마치 힘을 비축하기 시작한 프리도니아 왕국을 상징하는 것 같은 도시였다.

그렇게 파르남은 현저히 발전하고 있지만, 그 뒤에서는 이따금 기묘한 소문이 흐르기도 했다.

이른바 [도시전설]이라고 불러야 할 것들이었다.

작년에는 [움직이는 마네킹 인형]이나 [인형 옷 모험가]라는 소문이 돌았다. 그런 소문들은 [움직이는 마네킹 인형]의 출현 보고가 끊어지고 [인형 옷 모험가]가 "아, 무사시 도련님 말이지." 라고 인지되며 자연스럽게 사라졌다.

하지만 현재 [움직이는 마네킹 인형], [인형 옷 모험가]에 이은 도시전설이 퍼지기 시작했다. 그것이 바로…….

[한밤중에 하늘을 나아가는 검은 그림자]

……라는 것이었다. 어느 철물점 주인 A 씨는 이야기한다.

"그날은 잔뜩 마셔서 또렷이 기억나지는 않지만…… 취기에 드러누워서 하늘을 봤더니 무언가가 상공을 통과하고 있었거든. 이렇게…… 검고 꿈틀꿈틀하면서 길쭉했던 것 같은데."

또한 어느 행상인 S 씨는 말한다.

"왕성에서 의뢰받은 물품을 납품하고 돌아올 때였지. 그날은 무척 맑아서 달도 별도 잘 보였거든. 그런데 어쩐지 갑자기 주위가 어두워지나 싶더니 커다란 그림자가 머리 위를 날아가더라고. 그게 달빛을 가렸던 거야. 나는 깜짝 놀라서 주저앉아 버렸는데, 그 그림자가 왕성 바로 위까지 가더니 휙 사라지더라고. 무언가 나쁜 일의 전조가 아니라면 좋겠는데……."

……그런 느낌의 목격담이 다수 나왔기에 몬스터가 습격했느냐며 성 아랫마을을 한때나마 불안하게 만들었다. 하지만 이 소문도 왕성에서 방송하는 크리스 타키온의 뉴스 방송을 통해 일의 진상이 알려지는 것과 동시에 진정되었다. 이 소문의 원흉이 된 2인조는 후에 보호자에게 단단히 설교를 듣게 되었다고 한다.

나는 지금 용이 된 나덴의 등에 타고서 밤하늘을 날고 있었다.

별이 빛나는 하늘 아래, 용의 등에 타고 구름의 바다를 날아간 다는 판타지 같은 상황에 가슴이 뛰었다. 텐션이 올라가서 무심 코 옛날에 본 애니메이션 오프닝을 흥얼거렸다.

참고로 왕국으로 돌아가는 도중에 우리는 루나리아 정교황국 상공을 통과했다.

내가 있던 세계의 사람이라면 영공 침범 아니냐고 생각했을지 도 모르겠지만, 이 세계에는 [제공권]이라는 개념은 있어도 [영 공권]이라는 개념은 아직 존재하지 않았다.

이 세계에는 아직 와이번 등으로 다른 나라의 고고도를 통과 하는 것 자체를 문제시하는 국제법은 존재하지 않는 것이었다. 그 이유는 단순명쾌. 단속할 수 없기 때문이었다.

가령 와이번 한 마리가 영공 안에 침입하더라도 이 세계에는 레이더 장치 등등 발견할 수 있는 시스템이 존재하지 않는다. 레이더 장치 같은 시스템 없이 순찰만으로 영공 전부를 감시할 수는 없는 것이다.

그러니 하늘 감시는 주요 도시 주위로 한정된다.

이것은 소수의 공군 전력만으로 영토 내에 침입하여 도시 상 공에서 폭탄을 투하하거나 밀정을 내려보내는 행위를 막기 위 한 것이었다. 또한 지표면 가까운 곳을 날아가거나 편대를 짜서 비행한다면 지상에서도 금세 발견할 수 있고 단속할 수가 있다.

즉 반대로 말하면 지표면 근처로 내려오지 않고 편대를 짜지 않고 도시 상공을 날지 않는다면 다른 나라의 영공 통과가 가능 한 것이었다.

나는 이전에 폰초를 다른 나라로 파견하여 식재료를 모으도록 지시한 적이 있다. 그때는 폰초를 지상으로 내려 보내기 위해 착륙할 나라에 제대로 사자를 파견하여 이야기를 전했다.

하지만 이번처럼 고고도의 상공을 단기로 통과하는 경우에, 다른 나라에 이야기를 전할 필요는 없었다. 다만 그것은 예측하지 못한 사태가 벌어지더라도 다른 나라에서 책임을 지지는 않는다는 의미이기도 했다. 격추당하더라도 불평할 수 없는 상황이지만, 나덴은 어지간한 와이번으로는 닿을 수 없을 고고도를 날고 있기에 그럴 걱정도 없었다.

그래서 우리는 성룡 산맥에서 프리도니아 왕국까지, 루나리아 정교황국을 가로지르는 형태로 날아온 것이었다. 갈 때는 느긋한 여행이었기에 일주일 가까이는 걸렸던 여정을 나덴은 두세 시간 정도 만에 비행했다.

[저기, 카즈마…… 정말로 괜찮아?]

왕도 파르남이 가까워지자 나덴이 걱정스레 물었다.

[왕도 파르남은 프리도니아 왕국의 수도잖아? 단순히 영토 안이라면 모를까, 도시로 다가가면 외교 문제로 번져서 공격당하는 거 아냐?]

나는 안심시키듯 그런 나덴의 등을 툭툭 두드렸다.

"괜찮아. 이미 이야기는 해 놨으니까."

[이야기는 해 놨다니…… 계속 하늘 위에 있었는데?]

"설명하는 게 귀찮기는 하지만, 뭐 내 마법이라고 생각해 줘."

성을 비운 동안에도 서류 작업을 진행하기 위해 [코보 암 1호]

(부속 마네킹)에 【리빙 폴터가이스트】로 남겨놓은 의식 중 하나를 사용하여 필담으로 [일단 귀환한다. 길고 구불구불한 걸 타고 돌아가는데 놀라지 않도록.]이라고 연락을 넣어둔 것이었다. 모양새는 굉장히 꺼림칙하지만 이렇게 전보처럼 쓸 수 있으니 편리한 물건이었다.

[오히려 어떻게 한 나라를 상대로 이야기를 전할 수 있는지 신경 쓰이는데……?]

용 형태로는 표정을 읽을 수는 없지만 나덴의 목소리에서는 수상쩍어하는 기색이 느껴졌다.

"그건 뭐…… 나는 그럴 수 있는 입장이라는 거야."

[약혼자가 네 명이나 있기도 하다니까, 카즈마는 평범한 사람이 아닌 거지? 혹시 왕국에서 굉장히 높은 지위라든지 그래? 대귀족이라든가.]

"평범한 사람이야. 평범하지 않은 입장으로 내몰렸을 뿐인 평범한 사람."

넌지시 속뜻을 담듯이 그렇게 대답했을 때, 멀리 발광이끼 가로등이 빛나는 파르남 거리와 달빛에 비친 파르남 성의 모습이 보였다.

고작해야 반 개월 정도 떨어져 있었을 뿐인데도, 돌아왔구나, 그렇게 느끼고 마는 것은 이미 저 성이 내가 돌아갈 장소가 되었다는 증거겠지.

"나덴, 저 성 중앙 정원으로 내려가 줘."

[성으로?! 괜찮아?!]

"괜찮다니까."

저곳은 돌아오길 기다려 주는 사람들이 있는 장소니까 말이
지.


나덴은 공중에 뜬 채로 나를 물어 들고 중앙 정원으로 내려놓
더니 자신도 금세 사람의 모습으로 변하여 내려섰다. 왕성 중앙
정원은 상당한 넓이였지만 아무리 그대로 용 상태의 나덴이 내
려오기에는 간당간당했다. 용의 모습 그대로 착지한다면 정원
사가 울어 버리겠지. 일단 와이번용 헬리포트 같은 것도 있지만
중앙 정원이 성 안에 더 가까운 것이었다.

우리가 중앙 정원으로 내려섰을 때, 중앙 정원을 경비하던 위
사들은 믿을 수 없는 것이라도 보듯이 굳어 있었지만 금세 경례
를 하고는 성 안으로 달려갔다.

잠시 후 리시아, 하쿠야, 주나 씨, 로로아까지 네 사람이 왔다.
그중에서 로로아가 내 모습을 보고는 달려와서 기세 그대로 뛰
어들었다.

"다녀왔나, 달링!"

"우왁…… 다, 다녀왔어."

로로아는 날씬하고 가벼워서 엉덩방아를 찧는 꼴사나운 처지
가 되지는 않았지만, 기세를 죽이기 위해 그 자리에서 한 바퀴
반 정도 빙글 돌았다. 로로아는 내 허리에 손을 두른 채로 마치
응석을 부리는 고양이처럼 내 가슴에 자신의 뺨을 비벼댔다.

"달링. 내, 외로웠다."

"외로웠다니, 아직 일주일 정도밖에 안 됐잖아."

"얼굴을 못 보믄, 하루나 일 년이나 똑같다. 주나 언니도 안절부절 못 하고, 시아 언니는 평정한 척해도 미간에는 계속 주름이 지가 있었다."

""로로아 (씨)!!""

내가 자리를 비운 동안의 모습을 털어놓자 리리사와 주나 씨가 나란히 소리를 높였다. 로로아는 웃으면서 내 뒤로 숨었다. 아아…… 왠지 모르게 돌아왔다는 느낌이 들었다.

"리시아랑 주나 씨도, 다녀왔어."

"아, 잘 다녀오셨나요. 폐하."

"어서 와. 갑자기 돌아온다고 그래서 깜짝 놀랐어."

주나 씨는 자세를 바로 하여 인사하고 리시아는 어이없다는 듯 말했다.

"갑자기라니…… 지금부터 한 번 돌아갈 거라고 연락은 했잖아?"

"그때까지가 너무 길었어. 소마의 신변을 걱정한 아이샤한테서 전서 쿠이가 얼마나 왔는지나 알아?"

……아, 그리고 보니 그쪽 일행은 그 마을에 여전히 있는 상태지. 여기로 오면서 같이 데려왔으면 좋았을 텐데.

"일단 성룡 산맥 쪽에서 사정은 설명했다고 들었는데?"

"본인 입으로 무사하다고 전하지 않고서는 의미가 없잖아. 카를라한테서 온 편지로는, 사정을 설명하러 온 성룡 산맥의 사자를 베어 버릴 뻔했다고 그러던데?"

"뭐야, 그거. 무서워……."

"카를라랑 다른 사람들이 필사적으로 말렸다고 해. 정말이지, 하마터면 외교 문제가 될 참이었잖아. 뭐, 갑자기 소마를 데려간 자신들의 잘못이 크다고 사자 쪽에서 사죄한 모양이지만."

"아이샤……. 나와 관련된 일이라면 너무 앞뒤 안 가리는 거 아냐."

드래곤들과 전면 전쟁이라도 벌어지면 그냥 넘어가진 못할 거라고. 조금만 더 자제해 줘.

"그만큼 소중하게 여긴다는 거잖아? 다음에 만나면 보충해 줘."

"알았어……."

나는 고개를 끄덕이고는 테두리 밖에서 기다리던 하쿠야에게 말을 걸었다.

"자릴 비운 동안에 별일은 없었나?"

"특별히 눈에 띄는 일은 없었습니다. 굳이 꼽자면 제국으로 갔던 필트리 경이 저희 허가를 받고 일시적으로 귀국한 것 정도일까요."

"필트리가? 무슨 일 있었나?"

필트리 사라센. 그란 케이오스 제국과의 연계를 강화하기 위해 주제국 대사로 파견한 가신이었다. 그런 필트리가 귀국했다니 제국에서 무슨 일이 있었던 걸까. 하지만 하쿠야는 온화한 표정 그대로 고개를 가로저었다.

"듣자니 제국으로 데려갔던 아내 중 한 사람이 회임을 했다고. 그 아내를 돌볼 사람이 있는 본가에 맡기고자 일시적으로 귀국했을 뿐입니다. 아내를 맡기고 필트리 경은 곧바로 제국으로 돌아갔습니다."

"그건…… 경사스러운 이야기네."

자식이 생겨서 귀국인가. 나쁜 뉴스가 아니라서 다행이다.

내가 알기로 필트리는 제국으로 가면서 자신과 아내 두 사람과 약간의 가신만 데려갔을 터. 익숙지 않은 환경에서 낳는 것보다는 본가에 맡기는 편이 필트리로서도 안심할 수 있겠지. 다만 내게는 신경 쓰이는 것이 또 하나 있었다. 하쿠야의 표정이었다. 평소에는 냉정하고 침착한 표정인데 오늘은 어쩐지 조금 기뻐하는 것처럼도 보였다.

"……하쿠야, 무슨 좋은 일이라도 있었나?"

"예? 딱히 없습니다만, 왜 그런 말씀을?"

"아니, 조금 들뜬 것처럼 보였으니까."

"……그렇습니까?"

그러더니 하쿠야는 평소의 냉정하고 침착한 표정으로 돌아간 상태였다. 음—, 기분 탓이었나? 궁금하긴 하지만…… 뭐, 기분 나쁜 표정을 짓고 있는 것보다는 낫겠지.

하쿠야에게 자리를 비운 동안에 있었던 자잘한 일들을 모두 보고받은 뒤, 계속 달라붙어 있던 로로아가 기다렸다는 듯 이야기를 건넸다.

"그래서, 달링. 그 아이가 달링이랑 계약했다는 드래곤이가?"

그 질문에 나덴을 완전히 방치해 버렸다는 사실을 떠올렸다.

"아니, 드래곤은 드래곤이지만…… . 아니, 잠깐만 나덴?!"

쳐다보니 나덴은 입을 떡 벌린 채로 굳어 있었다. 마치 부하가 너무 걸려서 멈춰 버린 컴퓨터 같았다. 머릿속으로는 다양한 정보가 맴돌고 있을 테지만 감정이 따라오지 못한 탓에 표정이 조금 전까지와 전혀 변하지 않았다.

나는 로로아를 떼어놓고는 나덴의 얼굴 앞으로 손을 내저었다.

"어, 어—이, 나덴 씨?"

"카즈마가 소마고, 소마가 폐하고…… . 폐하 카즈마?"

"또 이상한 가명이 생겼잖아?! 이봐, 나덴, 정신 차려!"

"어?!"

나덴의 어깨를 붙들고 흔들면서 이름을 부르자 간신히 정신을 차린 듯했다. 그러자 나덴은 분노한 듯한 표정으로 갑자기 네 멱살을 붙잡았다.

"잠깐만, 카즈마! 소마라느니 폐하라느니, 어떻게 된 거야?!"

"소마…… 혹시 그 아이한테 아무런 말도 안 한 거야?!"

리시아도 기가 막힌다는 듯 말했다.

"입장이 입장이니까 정체를 밝혀도 될지 알 수 없었다고. 하지만…… 그러네. 이제 제대로 자기소개를 할게. 으음…… . 나덴?"

"으, 응."

"내 진짜 이름은 소마 카즈야. 이 나라, 프리도니아 왕국의 국왕을 맡고 있어."

"…………."

나덴은 눈을 동그랗게 뜬 채로 굳어 버렸다. 사람은 정말로 놀랐을 때는 목소리도 나오지 않는 모양인데, 그건 용이라도 마찬가지인가보다.

언제까지고 중앙 정원에서, 그것도 밤에 이야기를 하고 있다가는 감기에 걸릴 것 같아서 우리는 장소를 회의실로 옮겼다. 원형 테이블에 앉아서 이제까지의 경위를 대강 설명했다.

티아마트에게 나만 먼저 성룡 산맥으로 불려갔다는 것. 성룡 산맥에 [폭풍]이라는 녀석이 다가온다는 모양이라는 것. 그 대책을 위해서 나와 나덴을 대면시켰다는 것. 나덴은 드래곤 가운데 있던 유일한 용이라는 것. 나덴이 나와 기승 계약을 맺고 싶어 한다는 것 등…… 일단 전부였다.

다른 이들은 내가 성룡 산맥에 간 뒤의 일을, 나덴은 내가 성룡 산맥을 방문한 경위를 몰랐기에 결국 처음부터 끝까지 설명할 필요가 있었던 것이다.

한바탕 이야기를 모두 들은 뒤, 가장 먼저 입을 연 것은 로로아였다.

"뭐꼬, 전부 마더 드래곤의 손바닥 위라는 느낌이네. 나뎃찌랑 만난 것부터 전부 계획되어 있었던 것 같네."

"나, 나뎃찌?"

갑자기 별명이 붙자 나덴이 눈을 동그랗게 떴다.

아직 만난 지 한 시간도 안 지났는데 이미 친구 같은 취급이었다. 여전히 로로아의 사교성은 굉장하네. 스르륵 상대의 품으로 들어가서는 거리감을 없애니까 말이지.

"하지만 성룡 산맥의 마더 드래곤이라면 [인연의 신]으로도 유명하잖아?"

리시아가 그렇게 말했지만 로로아는 어깨를 움츠렸다.

"그렇다고 해도 너무 핀포인트에 딱 맞는 거 아이가? 이 대륙 사람이라면 대부분, 드래곤이라 카면 날개가 있는 그런 드래곤의 모습을 떠올리겠지. 나넷찌가 용이라는 특별한 존재라는 걸 알아차릴 수 있는 건 용을 아는 달링 정도뿐이다. 그런 달링을 약삭빠르게 나넷찌 앞에 데려다났다고 하이까 뭔가 작위적인 게 느껴지네."

"로로아 님의 말씀이 옳습니다."

하쿠야도 로로아의 의견을 지지했다.

"덧붙여서 말씀드리자면, 마더 드래곤…… 티아마트 님은 알고 계셨던 게 아닐까요. 티아마트 님이 폐하께서 용의 존재를 안다고 확신했다면, 그것은 폐하께서 계셨던 세계에 용이라는 개념이 있다는 걸 알고 있었다는 의미입니다."

"티아마트 님은…… 내가 있던 세계를 알고 있었다?"

내가 [지구] 혹은 [일본]에서 온 인간임을 알고 있었다?

확실히…… 그렇다고 한다면 내가 용이라는 존재에게 폭포 오르기의 전승에 대한 지식이 있다는 사실을 알고 있었다는 거 겠지. 그러니까 나덴과 만나게 하려고 했나.

"으음…… 거기까지 생각이 미치진 않았어. 좀 더 자세히 물어볼 걸 그랬네."

"그도 어렵지 않겠습니까. 폐하의 이야기를 듣기로는, 티아마트 님이 그 [권한]이라는 게 없다고 말해서 결국 아무것도 알아낼 수 없었을 테죠."

하쿠야의 그 말에 그도 그런가, 납득했다. 인류 측에는 최대한 간섭하지 않으려는 모양이니까 말이지. 그럴 가능성은 큰 것 같았다. 그랬더니 이번에는 주나 씨가 나덴의 얼굴을 지그시 바라보고 있었다. 나덴은 살짝 몸을 움츠렸다.

"뭐, 뭐야? 내 얼굴에 뭐라도 묻었어?"

"아뇨, 나덴 씨의 뿔이 대모님의 뿔과 닮은 것 같아서……."

"그래?"

"예. 교룡족이지만 나덴 씨보다 작은 뿔이 나 있거든요."

엑셀 말인가. 확실히 교룡족한테도 꼬리와 작은 뿔이 있어서 인간 형태의 나덴과 닮은 모습이었다. 다만 그에 대해서는 내게 가설이 있었다.

"엑셀 같은 교룡족은 시 서펜트의 피를 이어받았다고 하잖아요? 그 시 서펜트라는 게 나덴 같은 용이었던 게 아니었을까, 생각해요."

예를 들어 주나 씨의 본가인 도마 가의 선조는 로렐라이라고 한다. 로렐라이라면 사람의 모습이니 자손이라고 해도 그다지 위화감은 없다.

하지만 시 서펜트의 경우, 형태나 크기가 너무나도 다르기에 사람과 교배하여 교룡족 같은 자손이 탄생하는지(애당초 교배할 수 있는지) 의심스러운 부분이 있었다.

하지만 그 시 서펜트가 나덴 같은 용이었을 경우, 그 의문은 풀린다.

"이 세계의 사람은 용이라는 존재를 몰랐어요. 그리고 나덴은 대폭포를 끝까지 거슬러 올라갈 수 있을 만큼 수영의 달인이죠. 그렇게 수영을 잘하는 용을 보고 이 세계의 사람들이 시 서펜트라고 생각했더라도 이상할 건 없겠죠. 그리고 나덴이 그렇듯이 용은 사람의 모습으로 변할 수 있으니까 교룡족 같은 자손을 남길 수 있었다."

내 설명에 주나 씨는 납득이 간다는 듯 손뼉을 짝 쳤다.

"그렇군요. 교룡족은 드래고뉴트가 아니라 반룡인(半龍人)이었다는 거군요."

"뭐, 어디까지나 가설이지만요."

"가설이라도 확실히 납득이 갔어요. 그럼 저와 나덴 씨는 먼 친척 같은 존재로군요."

"어, 그런 거야?"

주나 씨가 미소를 짓자 나덴의 뺨도 풀어졌지만, 갑자기 시선이 주나 씨의 풍만한 가슴으로 향한 순간에 그 미소가 굳어졌다. 그리고 자신의 조촐한 가슴과 번갈아보고 '추—욱…….' 하는 효과음이 보일 정도로 어깨를 떨어뜨렸다.

"친척이라니, 절대 그럴 리가 없어……."

"어쩐지 모르겠지만 말이다. 이 아이랑 엄청 친하게 지낼 수 있을 것 같다."

침울해하는 나덴을 보고 로로아가 공감하듯 음음, 고개를 끄덕였다. 이유는…… 어찌어찌 헤아릴 수 있었지만, 괜히 들쑤셨다가는 난리가 날 것 같으니 감추기로 하자.

"어쨌든 지금 신경 쓰이는 건 티아마트 님이 경계하던 [폭풍]이라는 녀석이야. 그건 아무래도 성룡 산맥만이 아니라 이 나라에도 영향을 미칠 것 같으니까."

진지한 이야기로 돌아갔기에 모두에게 긴장감이 돌아왔다.

"그 폭풍을 해결할 수 있는 [열쇠]가 소마였다는 거지?"

리시아의 질문에 나는 "그래." 라며 고개를 끄덕였다.

"지구에 대해 알고 있었던 걸 생각하면, 내가 다른 세계에서 소환된 것과 관계가 있지 않을까. 그리고 그런 내 운반자 역할로 나덴이 선택된 것 같아."

티아마트는 '대처하기 위한 열쇠인 당신과, 당신을 태울 수 있는 그 아이가 있다.' 고 그랬다. 그 아이가 나덴이라는 건 이제 틀림없겠지. 의문이라면 어째서 나덴이 아니면 안 되느냐는 것이었다. 리시아도 고개를 갸웃거렸다.

"막연하네. 그 [폭풍]이라는 것도 자연적인 [폭풍]은 아닌 모양이지?"

"절대로 그럴 리는 없어."

나덴이 힘주어 그렇게 단언했다. 이것 참, 단호하게 잘라 말하는구나.

"내가 용 상태일 때의 수염은, 앞으로 일주일 동안 그 장소의 날씨를 알 수 있는 정도로 민감해. 근시일 내에 폭풍이 온다면 분명히 감지할 수 있을 거야."

"정말?! 엄청 편리하네!"

나덴이 있다면 일기예보를 만들 수 있지 않나!

크리스 타키온의 뉴스 방송에 일기예보 코너를 만들고 왕국 전체로 방송할 수 있다. 용 상태인 나덴이라면 하루 만에 나라 전체를 돌아다닐 수 있을 테니, 그렇게 해서 대략적이나마 일기예보를 만들 수 있다면 국민들에게도 큰 도움이 되겠지.

이렇다면 이제 나덴은 왕국으로 와 주는 수밖에 없겠는데!

"소마……. 생각하는 게 너무 훤히 드러나."

혼자 흥분하고 있었더니 리시아가 어이없다는 듯 말했다. 아무래도 얼굴에 한가득 드러났나 보다. 겸연쩍었기에 헛기침을 한 번 하고는 이야기를 본래 주제로 되돌렸다.

"어, 어쨌든 그 [폭풍]에 대처하기 위해서라도 다시 한번 성룡 산맥으로 가야만 할 거야."

"나로서는 위험한 일에 고개를 들이밀지 않았으면 해."

리시아가 걱정스러운 표정으로 말했지만 그럴 수도 없을 것이다.

"지금 고개를 들이밀지 않고 나중에 재앙이 들이닥친다면 어차피 마찬가지야. 게다가 뒤로 미루어도 될 문제인지 아닌지도 알 수 없어. 그때 대처해 둘 걸 그랬다고, 나중에 그렇게 후회할 바에는 티아마트 님이 해결할 수 있다고 보증해 주는 동안에 해결해 버리는 편이 나아."

"그건…… 그럴지도 모르겠지만……."

나는 여전히 불만스러워하는 리시아의 어깨에 손을 툭 얹었다.

"난 평소에 내가 못 하는 일은 할 줄 아는 녀석한테 맡겨. 그런 나니까 '나만이 할 수 있는 일'이 있다면 적극적으로 해야지. 국민에게 본보기가 되어야 해."

"……아─ 정말이지. 알았다고."

리시아도 떨떠름하게나마 납득해 준 듯했다. 나는 일어서서는 나덴이 앉은 자리 뒤에 섰다. 그리고 앉아 있는 나덴의 두 어깨에 손을 얹으며 말했다.

"이 사태에 대처하기 위해서라도 나는 나덴과 용기사의 계약을 맺고자 생각하고 있어. 그건 다시 말해, 나덴을 다섯 번째 약혼자로 맞아들인다는 이야기야. 나덴에게 정실은 맞지 않을 테고 어떻게든 자유로이 지낼 수 있는 측실로 맞아들이게 되겠지."

나는 특히 리시아, 주나 씨, 로로아의 얼굴을 보며 말했다.

"하지만 나를 지탱해 주는 모두의 마음을 무시할 생각은 없어. 불만이 있다면 지금 말해 줘."

"저, 저기…… 잘, 부탁드려요."

나덴도 일어서더니 머리를 꾸벅 숙였다. 약혼자들은 각자 얼굴을 마주 봤지만 로로아는 쓴웃음 짓더니 가장 먼저 두 손을 들었다.

"내는 기권할란다. 제1정실 후보 시아 언니한테 맡길게."

"그러네요. 저도 측실 후보니까 리시아 님의 의견에 따를게요."

이어서 주나 씨도 판단을 리시아에게 위임했다.

제1정실은 정실, 측실을 통솔하는 입장이니까 어떤 의미로는 당연한 결과인가. 두 사람에게 판단을 위임받은 리시아도 그건 알고 있는지 "하아……." 하고 한숨을 내쉬었다.

"……소마한테 물을게. 이 아이를…… 나덴을 왕비로 맞이하고 싶은 거지?"

"그래."

"그건 위정자로서의 판단? 아니면 소마 개인의 감정?"

"……지금은 아직 위정자로서의 부분이 커."

이런 이야기를 나덴 앞에서 하고 싶지는 않지만, 속이려고 해도 리시아한테는 뻔히 보이겠지. 그렇기에 지금 스스로가 생각하는 바를 솔직히 말하기로 했다.

"위정자의 의견으로서는, 이만한 인재를 놓치고 싶지 않아. 성룡 산맥과 인연이 생기고, 계약을 하면 초대 용사왕의 권위를 계승할 수 있어. 게다가 나덴 본인의 능력도 매력적이야. 날씨를 알아내는 힘도, 전기를 조종하는 힘도 이 나라를 크게 발전시키겠지. 이만한 인재를 다른 나라에 주고 싶지 않아. 부디 우리 나라로 와 줬으면 해."

"…………."

내 말에 나덴은 조금 서글픈 듯했다. 마치 편리한 도구처럼 말했으니 당연하겠지. 내가 그래놓고 이러긴 뭣하지만, 구역질이 날 것 같았다. 하지만…… 국왕인 나는 이런 것을 판단 재료로 삼아야만 한다.

리시아도 그것은 알고 있으니 그저 고개를 끄덕일 뿐이었다.

"그럼 소마 개인적으로는 어떻게 생각해?"

"호감은 있지만…… 아직 모르겠어. 만난 지 아직 얼마 안 됐으니까."

"…………."

나덴이 고개를 숙여 버렸다. 아니, 그런 표정을 짓게 만들려는 것은 아니었다. 나는 이야기를 마지막까지 제대로 들어 주기를 바랐기에 나덴의 어깨를 툭 두드리며 말했다.

"하지만 앞으로 좋아하게 될 거라고 생각해."

"?!"

나덴이 고개를 번쩍 들었다. 나는 그런 나덴을 보며 웃음 지었다.

"나덴에게는 이 세계의 여성 그 누구나 가지고 있는, 가문이라든지 후세를 만드는 의무라든지 그런 굴레가 없어. 이런 시대라도 그럴 생각만 있다면 스스로의 힘만으로 살아갈 수 있어. 그런 자유로운 기풍이, 고향에 있던 여성들을 떠올리게 만들어. 나덴의 동굴에서 느긋하게 책을 읽거나 같이 간이 수신기를 보거나 했을 때, 예전 세계에서의 생활을 떠올렸어. 나덴이 곁에 있다면 나는 과거의 나 자신을 잃지 않을 수 있을 것 같아."

나는 리시아의 눈을 똑바로 바라보며 말했다.

"게다가 나덴은 선천적인 능력이야 특이하지만 굉장히 평범한 여자애야."

"잠깐만, 소마?!"

평범하다는 말에 나덴은 항의하려고 했지만 딱히 안 좋은 소리를 한 것은 아니었다.

울고, 웃고, 콤플렉스에 고민하고, 토라지고, 사랑하고……

이 시대에 이만큼 소녀다운 소녀는 그리 많지 않겠지.

"그 평범함이 내게는 매력적으로 느껴지거든. 그러니까……

틀림없이 좋아하게 될 거야."

"그래……."

리시아는 눈을 내리깔며 무언가 생각에 잠긴 모습이었다. 그리고 잠시 후에 눈을 뜨더니 이번에는 나덴 쪽을 봤다.

"소마의 마음은 알았어. 다음은…… 나덴, 네 차례야."

"아, 예!"

나덴이 대답했다. 리시아는 고개를 끄덕이고는 다시 내 쪽을 봤다.

"소마, 지금부터 나덴이랑 둘만 있게 해 줄래?"

둘만……. 어, 나덴하고만 개인적으로 면담하려고?!

"그건……."

"로로아, 주나 씨. 소마를 부탁할게."

리시아가 그렇게 말하자 로로아와 주나 씨가 내 양팔을 단단히 붙들었다. 뿌리치려고 했지만 두 사람 모두 여전히 미소를 지으면서도 결코 놓아 주지 않았다.

"이것 참~ 미래의 제1정실께서 내리신 명령이니까 어쩔 수 없다.”

“후후. 그러네요. 이건 어쩔 수 없는 일이에요.”

어쩔 수 없다고 그러면서도 어쩐지 두 사람은 즐거워 보이는데?!

도움을 청하고자 하쿠야 쪽을 봤더니,

“여기서부터는 가족 이야기인 모양이오니 저는 이만 물러나도록 하겠습니다.”

……그러면서 총총히 방을 나갔다. 도망쳤어?!

그리고 리시아는 나덴의 손을 잡고 걷기 시작했다.

“그럼 나덴. 여기서는 그러니까 내 방으로 가자. 아, 하지만 그 전에…… 우선은 목욕부터 할까?”

리시아는 손가락으로 나덴의 긴 머리카락을 쓸어내리며 그런 소리를 꺼냈다.

“어, 목욕?”

“머리카락도 잔뜩 삐쳤으니까, 여자니까 제대로 해야지. 와, 씻겨 줄게.”

“어? 같이? 어?”

눈을 끔뻑이는 나덴을 잡아끌듯, 리시아는 방에서 나갔다. 나는 불러 세우려고 했지만, 주나 씨와 로로아가 그런 나를 꾹 잡아당겼다.

“안 돼요. 폐하. 이럴 때는 여자들끼리 이야기하는 게 나아요.”

“시아 언니한테 맡기라. 나뎃찌를 위해서라도 달링은 얌전히 기다릴 때다.”

"주나 씨, 로로아……."

다들 분명히 나덴을 생각해 준 것이었다. 마음속은 복잡할지도 모르겠지만 받아들여 주었다는 사실이 무척 기뻤다.

다만 로로아와 주나 씨의 미소에는 더 이상 말을 못 하게 만드는 '압박감'이 덧붙여져 있었다.

"그런 것보다, 달링은 성룡 산맥에서 나뎃찌랑 무슨 일이 있었는지, 어째서 저렇게 친해졌는지 모조리 토해내도록 만들 기다!"

"오늘은 재우지 않을 테니 각오하세요."

"……부탁이니까 살살해 주세요."

미안해, 나덴. 너는 너대로 힘내다오.

"어때, 간지럽다든지 그러지는 않아?"

"괘, 괜찮아……요."

나덴이에요. 지금 욕실에서, 리시아 님이 내 머리를 감겨 주고 있었다.

누, 누가 이 상황을 설명해 줘!!


마음을 진정시키기 위해서라도 상황을 조금만 돌이켜 보자.

나는 카즈마가 나와 용기사(내 경우에는 좀 다른 용인가?) 계약을 맺도록 하고자 그가 살고 있는 프리도니아 왕국으로 왔는데, 카즈마의 진짜 이름은 소마 카즈야이고 이 나라의 국왕(대관 전이라서 잠정이라나)이라는 충격적인 사실을 알게 되었다.

아무리 그래도 크리스탈 캐슬 정도는 아니지만 훌륭한 파르남 성의 중앙 정원에 내려서고, 위병들의 경례를 받으며 왕성으로 안내받고, 리시아 님을 시작으로 카즈마……가 아니지, 소마의 약혼자들, 즉 이 나라의 미래 왕비님들에게 소개받았을 때는 내가 누군지도 모를 지경이었다.

그리고 소마는 나를 왕비 중 하나로 맞아들이고 싶다, 그렇게 말해 주었다.

"저, 저기…… 잘, 부탁드려요."

간신히 그런 말을 짜내며 머리를 숙였지만, 머릿속은 대혼란 상태였다.

어, 나, 정말로 이대로 소마한테 시집가도 되는 거야?

기사님에게 시집가는 것을 꿈꿨지만, 소마는 임금님이라고? 그야 뭐, 노툰 용기사 왕국의 왕족에게 시집가는 드래곤도 있다. 하지만 프리도니아 왕국이라면, 지금은 제국과 어깨를 나란히 할 정도의 대국. 그런 나라의 왕비님이 되어 버려도 정말 괜찮은 건가?

머릿속에 그런 생각이 빙빙 맴도는 가운데,

"소마의 마음은 알았어. 다음은…… 나덴, 네 차례야."

약혼자 중 한 사람이자 소마의 제1정실 후보라는 리시아 님이 내게 그렇게 말했다.

플래티넘 블론드가 아름다운, 선명한 붉은색 군복을 입은 공주님이었다. 열여덟 정도라고 생각했지만 늠름한 풍격이 있었다. 나는 등을 쫙 펴서 "예!"라고 대답했다.

　리시아 님은 내 얼굴을 빤히 보고는 어쩐 일인지 고개를 끄덕이더니 소마에게 말했다.

　"소마, 지금부터 나덴이랑 둘만 있게 해 줄래?"

　어, 둘만? 제1정실 후보 리시아 님과 내가?

　어, 어쩌지. 전에 읽은 연애 소설처럼 "이 도둑고양이!" 같은 소리를 듣는 걸까. 나는 용이니까 "도둑 용!"이려나. 하지만 용은 굳이 따지자면 수호자의 이미지가…… 아니, 지금은 그런 거야 아무래도 상관없잖아, 나도 참!

　"그럼 나덴. 여기서는 그러니까 내 방으로 가자. 아, 하지만 그 전에…… 우선은 목욕부터 할까?"

　리시아 님은 그렇게 말했고, 나는 허둥지둥하는 사이에 욕실로 이끌려 갔다.


　──그리고 지금에 이르렀다.

　나는 알몸이고 마찬가지로 알몸인 리시아 님이 내 머리를 감겨 주고 있었다. 리시아 님의 희고 매끄러운 살결에는 동성인 나도 두근두근하고 만다. 다리를 벌려서 앉은 내 뒤에서 리시아 님은 무릎으로 서서 내 길고 검은 머리카락을 부드럽게 감기고 있었다. 푸른 머리카락의 여성만큼은 아니지만, 여자로서 무척 아름다운 둔덕이 뒤통수에 닿았다. ……응, 다시 한 번(마음속으로) 말할게.

'누가, 이 상황을 설명해 줘!'

이 상황은 대체 뭘까. 미래의 프리도니아 왕국 제1정실 왕비님이 내 머리를 감겨 주고 있는 이 상황은. 나는 고개를 돌려 리시아 님께 쭈뼛쭈뼛 물었다.

"저기, 리시아 님? 저를 왜 씻겨 주고 계시나요……?"

"그게, 머리카락이 푸석푸석했으니까. 나덴은 본바탕이 좋으니까 좀 더 매무새를 신경 써야지…… 뭐, 나도 최근까지는 별로 신경을 안 썼지만."

"아, 예……."

파이도 비슷한 소리를 했지. 그러더니 리시아 님은 쿡쿡 웃었다.

"그리고 난 리시아라고 부르면 돼."

"세상에, 장래의 이 나라 왕비님이시잖아요."

"너도 그렇게 되려고 왔잖아? 소마는 네 평범한 부분에 빠진 모양이고, 나한테도 친구처럼 대해 주는 게 더 기뻐. 자, 눈 감아."

"아……."

그 말에 눈을 감자 내게 따뜻한 물을 쏴아 끼얹었다. 머리에 묻어 있던 비누 거품이 씻겨나가고 머리카락이 피부에 찰싹 달라붙었다. 나는 고개를 도리도리 내저었다.

그런 내 모습을 보고 리시아 님⋯⋯ 리시아는 멋들어진 미소를 떠었다.

"그런 모습은 토모에 같네."

"토모에?"

"내 의자매야. 열한 살 요랑족인데, 엄청 귀여워."

"그래? ⋯⋯만나 보고 싶네요."

"소마랑 결혼하면 나덴한테도 여동생이 될 거야. 사이좋게 지내렴."

그런 이야기를 나누며 우리는 욕조로 들어갔다. 원형의 욕조는 커다래서 여성 세 명 정도는 여유롭게 들어갈 수 있을 정도의 넓이였다. 긴장한 상태로 물속에 몸을 담그자,

"여기는 있지, 국왕의 가족 전용 욕실이야."

맞은편에서 물속에 몸을 담그고 있던 리시아가 그렇게 가르쳐 주었다.

"자주 아이샤랑 주나 씨, 로로아나 토모에랑 같이 들어와."

"가족⋯⋯ 호, 혹시 소마랑도 같이 들어와?"

두근두근하며 물으니 리시아는 쓴웃음 지으며 고개를 가로저었다.

"소마는 '모처럼 성 안에 커다란 욕실이 있으니까 그쪽으로 가고 싶다.' 면서 위병들이 사용하는 대욕실로 가. 사람이 적은 시간대를 노려서."

"그, 그렇구나⋯⋯."

"나덴은 소마랑 같이 들어오고 싶어?"

"아니! 그런 건 아직…… 부끄러운걸…… 부글부글."

아니, 아직이라니 뭐야! 아직이라니! 내가 말해 놓고도 너무나 부끄러워!

나는 물속에 얼굴을 반쯤 담갔다. 리시아는 그런 나를 보며 미소 지었다.

"나덴은…… 소마랑 용기사 계약을 맺었으면 하는 거지? 그건 다시 말해서 소마의 아내가 되고 싶다는 의미……."

"……응."

"나덴은 어째서 소마한테 시집왔으면 좋겠다고 생각한 거야?"

리시아는 내 눈을 똑바로 바라보고 있었다. 온화한 표정이기는 했지만 시선을 피하지 않고 나라는 존재를 확실하게 확인하려는 모양이었다. 마음에 들도록 그럴싸한 소리를 해봐야 금세 간파당할 것 같았다.

그래서 나는 등줄기를 펴고 솔직한 마음을 대답했다.

"소마가…… 내가 모르는, 나를 가르쳐 줬으니까!"

나는 욕조에서 일어나서는 내 생각을 전부 정면으로 맞부딪치기로 했다.

"내가 드래곤이라는 종족 중에서도 용이라는 사실을 가르쳐 줬어. 내게 나는 방법을 가르쳐 줬어. 내가 계속 알고 싶었던, 나라는 존재를 가르쳐 줬어. 그래서 나는, 나를 알아준 소마 곁에 있고 싶어! 소마가 타는 드래곤이 되고 싶어!"

"그건 소마의 설명으로 들었어. 하지만 그 마음이 자기 거라고 확실하게 단언할 수 있어? 소마를 나덴에게 보낸 건 티아마트 님이잖아?"

리시아는 조용히 그렇게 물었다. 아픈 부분을 정확하게 파고들었다. 하지만…… 여기서 겁먹어서야 여자의 체면이 바닥에 떨어진다. 나는 가슴에 손을 대고 리시아의 눈을 똑바로 마주봤다.

"확실히 나랑 소마의 만남은 티아마트 님께서 계획하셨을지도 몰라. 하지만 소마 곁에 있고 싶다는 이 마음은, 틀림없는 나 자신의 마음이야!"

"…………."

내 일생일대의 고백에 리시아는 눈을 동그랗게 떴다. 반대로 리시아에게 물었다.

"아니면…… 누군가의 계획으로 시작된 사랑은 사랑이 아니라는 거야?"

슬픈 심정을 느끼며 그렇게 묻자 리시아는 상반신을 앞으로 숙여 머리를 욕조 안에 첨벙 담갔다. 그대로 보글보글 거품만 올라왔다. 물속에 잠긴 채, 10초 정도 경과했을까. 슬슬 걱정이 되었기에 말을 걸었다.

"저, 저기…… 리시아?"

"푸핫."

첨벙 소리를 내며 리시아가 고개를 들었다. 뭐, 뭐야?! 내가 욕조에 앉자 리시아는 머리카락에 묻은 물을 털어내며 뺨을 벅벅 긁었다.

"미안해. 나덴의 고백에 좀 부끄러워져서."

"뭐야, 리시아가 말하게 만들었잖아!!"

"그래서 미안하다니까. 하지만 좀 전의 그 대답은 멋졌어. 누군가의 계획으로 시작된 사랑은 사랑이 아닌가……. 그런 소릴 꺼내면 나도 물론이고 다른 사람들도 아무 소리도 못 해. 그게, 만남이 누군가의 계획이었던 건 우리도 마찬가지인걸."

그러더니 리시아는 무언가 그리운 것을 떠올리는 듯한 표정으로 미소 지었다.

"나랑 소마의 약혼은 부모님이 멋대로 결정한 일이었어. 선대 국왕이었던 아버님은 왕위를 소마에게 양위했을 때, 권위를 더하고자 나와의 약혼을 발표했지. 너무나도 갑작스러운 결정이었으니까 처음에는 완전히 열 받아서 아버님께 호통을 치러 갔을 정도야."

"그, 그랬어?"

소마와 리시아의 만남이 그런 형태였다는 것은 의외였다. 아까 봤을 때, 두 사람은 서로를 굉장히 신뢰하는 사이처럼 보였는데.

"나만이 아니야. 그 자리에는 없었지만 다크 엘프이자 제2정실 후보인 아이샤는 고향의 상황을 어떻게든 해결하고 싶어서 소마에게 직접 호소를 하려고 온 게 첫 만남이야. 푸른 머리카락의 주나 씨는 소마에게 국왕의 자질이 있는지를 판단하기 위해서 현재는 국방군 총대장인 엑셀이 보낸 밀정이었지. 상인 사투리를 쓰는 로로아 같은 경우에는 예전 적국의 공주님이라고? 빈곤과 식량난으로 괴로워하는 자국민을 소마에게 맡기기 위해서 시집왔으니까."

"…………."

말을 잃고 말았다. 지금 이야기가 정말이라면, 소마와 평범하게 만나서 사랑에 빠진 약혼자는 한 사람도 없다는 것이었다. 아니, 연애 소설을 읽었으니까 사람들의 연애에는 가문 사이의 굴레 같은 것이 있다는 사실은 알고 있었고, 기사와의 결혼이 거의 결정되어 있는 용족의 연애관도 대체로 비슷하다고는 생각하지만…… 그렇다고 해도, 말이지?

"그래서…… 너희는 불만 없어?"

그렇게 묻자 리시아는 쿡쿡 웃었다.

"누군가가 계획한 사랑은 사랑이 아닌 것인가, 그렇게 말한 건 나덴이잖아? 만남이 어땠을지라도 중요한 건 그렇게 만난 뒤에 어떤 시간을 공유했느냐, 그거야."

리시아는 내 옆으로 이동했다. 지금 나와 리시아는 어깨와 어깨가 맞닿는 거리에서 나란히 물속에 몸을 담그고 있었다. 그러더니 리시아는 다정한 눈빛으로 말했다.

"사실은 있지. 조금 걱정했어."

"걱정?"

"우리는 이제까지 소마와 다양한 일들을 극복했어. 이 나라를 바로 세우고, 아미도니아와 전쟁을 치르고, 그 전후 처리를 진행했지. 그런 고난과 역경을 극복했기에 우리의 결속은 굳건해. 그야말로 가족처럼 말이지."

가족……. 리시아는 이야기를 계속했다.

"그러니까 나덴이 그 테두리 안으로 들어와 줄지, 가족 같은 분위기에 친숙해질 수 있을지…… 그게 걱정이었어. 소마는 우리의 가족 같은 분위기를 소중하게 생각해. 원래 있던 세계에서 유일한 육친이었던 할아버지, 할머니가 돌아가시고 고독을 알게 된 소마가 간신히 손에 넣은 가족이니까."

"…………."

아무 말도 나오지 않았다. 나는 내 마음을 가장 우선으로 생각했다. 하지만 리시아는 소마와 가족을 생각했던 것이다. 소마가 신뢰하는 것도 이해할 수 있었다.

'이것이…… 제1정실이 될 사람의 각오구나.'

말이 나오지 않는 나를 배려하듯, 리시아가 온화한 말투로 말했다.

"혹시 나덴이 이 분위기에 친숙해지지 못할 것 같다면 계약에 반대할 생각이었어. 가족이 될 수 없다면 소마도 우리도, 나덴 본인도 분명 행복해질 수는 없으니까. 나는 그것을 알아보려고 둘만 있게 해 달라고 한 거야."

리시아는 고개를 돌려 내 눈을 똑바로 바라봤다.

"그래서, 나덴. 너는 이 분위기에 친숙해질 수 있겠어? 소마만이 아니라 우리도 가족이라고 생각할 수 있겠어? 그렇게 생각할 수 있다면…… 우리는 널 환영할 거야."

리시아의 그런 질문에 나는 내 마음으로 시선을 향했다. 지금은 아직 리시아 같은 각오를 다지지는 않았다. 하지만…… 그것은 지금 시점에서, 였다.

"가족, 이라는 건 잘 모르겠어. 용족은 기사와 계약하면 그 혈족은 목숨을 걸고 지키지만, 그때까지는 가족이라는 것을 가지지 않는 종족이니까."

"그래……."

"하지만 그렇기 때문에 혼자 있다는 외로움은 알아. 나는 용이라서 드래곤들 사이에서도 특히나 고립되어 있었으니까, 친구가 있다는 것이 얼마나 고마운 일인지도, 자신을 이해해 주는 존재와 만날 수 있었다는 기쁨도, 누군가 곁에 있기를 바라는 소마의 마음도 잘 알겠어. 그러니까……."

나는 일어서서는 리시아를 향해 머리를 숙였다.

"저를, 가족의 일원으로 삼아 주세요."

눈을 꼭 감고 리시아의 대답을 기다리는데, 무릎 위에 얹은 내 손에 무언가가 닿았다. 눈을 뜨니 리시아가 내 손을 잡고 있었다. 그리고 손과 손을 겹친 채로 리시아도 일어서더니 나를 향해 싱긋 미소 지었다.

"나덴 데랄. 나는 소마의 제1정실 후보로서 당신을 환영하겠어요. 이 나라에, 소마의 곁에 잘 왔어요."

"리시아……."

"후후, 이 구도라면 마치 나랑 나덴이 결혼하는 것 같네."

"아하하, 그럴지도."

알몸으로 손을 맞잡은 우리. 대체 이게 무슨 구도야.

"아, 하지만 이 자리에 없는 아이샤의 양해는 제대로 받아야 한다?"

"윽…… 노, 노력할게."

"뭐, 아이샤라면 소마가 부탁만 하면 괜찮겠지만."

그러더니 리시아는 "으~응……." 하고 크게 기지개를 켰다.

"그럼, 어쩨 현기증이 나려고 하니까 슬슬 나갈까."

"응."

"그렇지, 나덴. 내 방으로 가서 좀 도와줬으면 하는 게 있는데."

"도와줬으면 하는 거?"

뭘까. 리시아는 짓궂은 미소를 띠고 있었다.

"후아~……."

다음 날 아침. 나는 집무실에서 하쿠야로부터 '기왕 오셨으니까 중요 서류를 살펴봐 주십시오.' 라며 건네받은 서류를 보고 있었는데…… 엄청 졸렸다.

어젯밤에는 로로아와 주나 씨가 나덴과 있었던 일을 시시콜콜 캐묻는 통에 조금 수면이 부족했다. 하지만 뭐, 지금 할 수 있는 일은 해 둬야 하나.

오늘 중으로 나와 나덴은 성룡 산맥으로 돌아간다.

리시아나 다른 이들에게 나덴에 대해 보고할 수 있었고, 티아마트가 말했던 [폭풍]도 신경이 쓰이니까. 도중에 아이샤 쪽도 데려갈 예정이었다.

그때 방문을 노크하는 소리가 들리고 리시아와 나덴이 들어왔다.

방으로 들어온 나덴의 모습을 보고 나는 "호오……."라며 감탄을 흘렸다. 내가 빤히 쳐다보자 나덴을 뺨을 물들이며 그런 나를 노려봤다.

"뭐, 뭐야……."

"아니, 엄청 예뻐졌구나 싶어서."

"예, 예뻐졌다고?!"

　나덴은 본바탕은 상당히 괜찮다고 생각했지만, 치장에 무관심해서 푸석푸석한 머리카락 같은 걸 그대로 둔 탓에 잠재력을 잘 알 수 없었다.

　하지만 지금의 나덴은 찰랑찰랑하니 길고 검은 머리카락을 스트레이트로 내려 전통 미인 같은 청소한 느낌의 미소녀가 되어 있었다. 어제는 리시아랑 목욕을 한 모양이니 제대로 씻겨 놓은 거겠지.

"응. 엄청 귀엽다고 생각해."

"아으…… 그게…… 고마워."

　나덴은 얼굴을 새빨갛게 물들이며 애써 짜내듯 그렇게 말했다. 그런 모습도 앳되고 귀여웠다. ……응, 나덴 쪽은 그렇다 치자. 나덴 쪽은.

　나는 관자놀이를 짚으며 문제의 다른 한 사람 쪽을 봤다.

"리시아…… 그 차림새는 대체 뭐야?"

"안 어울려?"

　리시아는 몸을 빙글 돌려 자신의 차림새를 내게 보여 줬다.

"어울리는지 묻는다면 엄청 잘 어울린다고 생각하지만! 내가 묻고 싶은 건 왜 그런 차림이냐는 거야."

지금 리시아는 셔츠와 바지 등의 복장 위에 흉갑 등을 장비한, 이른바 모험가 차림새였다. 이런 복장이라면 유노랑 디스네 파티에 섞여 있어도 위화감은 없겠지. 등 뒤에는 무언가 짐 같은 것도 보였다.

어찌 보아도 여행 채비였다. 명백하게 따라올 생각으로 한가득이잖아.

"……리시아는 성에 남아 달라고 그랬잖아?"

"'오랫동안 수장과 넘버2가 나라를 비울 수는 없으니까.' 라는 이야기였잖아. 나덴한테 듣기로는, 성룡 산맥에서 여기까지 두 시간 정도면 올 수 있다잖아? 여차할 때는 금방 돌아올 수 있다면, 내가 자리를 지킬 이유도 없잖아?"

"그건…… 그럴지도 모르지만……."

"아아아아아!!"

방으로 들어온 로로아가 리시아의 복장을 보자마자 소리를 질렀다.

"시아 언니, 치사하다! 따라갈 생각이 가득하네!"

"……우릴 따돌리려고 하시다니 너무하시네요. 리시아 님."

로로아 다음으로 들어온 주나 씨도 불평을 털어놓았다.

그런 두 사람에게 사과하듯 리시아는 손바닥을 맞댔다.

"아이샤도 설득해야 하니까, 이번에는 내가 가게 해 줘. 나덴도 행선지랑 여길 왕복하겠다고 말해 줬으니까, 로로아와 주나 씨는 다음 기회라도 괜찮잖아?"

"으음…… 뭐, 그렇다면."

"어쩔 수 없네요……."

두 사람도 납득했어?! 어, 정말로 따라오는 거야?

"자, 소마. 나덴을 받으러 성룡 산맥으로 가자!"

"…………."

두 사람의 승낙을 받고 리시아는 만면의 미소로 내게 말했다. 정말 이래도 되는 걸까. 머리를 부여잡은 내 어깨를 나덴이 툭툭 두드리며 위로했다.

프리도니아 왕국 북서부에, 후세에 [비탄의 평원]이라고 불리는 장소가 있다.

전해지는 이야기로는, 일찍이 그 땅에 있던 아름다운 처녀가 돌아오지 않는 연인을 생각하며 눈물을 흘리고, 그렇게 끊임없이 넘쳐흐른 눈물이 연못을 만들었다는 것에서 유래했다나. 실제로 그 [비탄의 평원]에는 연못이 있어 농가의 사람들이 농업용 저수지로 이용하고 있다. 그런 드라마틱한 비련의 전설에, 이 땅을 찾은 한창 때의 처녀들은 가슴을 두근거린다고 한다.

그러나 그 전설의 진상을 아는 사람들은 쓴웃음을 지을 수밖에 없었다.

"우와~."

곤돌라 창문으로 바깥의 풍경을 보며 리시아는 감탄을 흘렸다.

지금 우리는 하늘 위에 있었다. 나는 나덴의 등에 탈 수 있지만 리시아는 타더라도 용의 가호가 작동하지는 않으니 풍압이나 냉기를 고스란히 받고 만다. 그래서 나와 리시아는 와이번용 곤돌라에 들어가고, 용 상태가 된 나덴이 들고 옮기게 된 것이었다.

나덴이 하늘을 헤엄치는 속도는 와이번 따위보다 아득히 빨랐다. 고속으로 흘러가는 풍경을 보고 리시아는 조금 흥분한 기색으로 말했다.

"봐, 소마. 와이번보다 훨씬 빨라."

"크흑!"

"잠깐만, 왜 그래?! 갑자기 가슴을 부여잡고."

"아니…… 나도 *고전적인 소재로밖에 몰랐는데, 리시아의 입으로 들으니까 엄청나게 쇼크였거든……."

"그래서, 대체 뭔데?!"

응, 이 애절한 기분은 절대로 이해받지 못할 테고 이해할 필요도 없는 것이었다. 나는 영문을 모르겠다는 표정인 리시아의 어깨를 살며시 끌어안았다.

"부탁이니까 내 곁에 있어 줘."

"뭘 걱정하는지 잘 모르겠지만…… 당연하잖아."

리시아도 툭, 내 어깨에 머리를 얹었다.

"우리는…… 계속 함께니까."

"리시아……."

[이이이이이이이이이이이이놈들아아아아아아아아아아아!!!]

---

* RPG 게임 바하무트 라군에 나오는 히로인의 대사. 히로인을 적에게 빼앗기는 스토리로 악명이 높다.

둘이서 좋은 분위기에 잠겨 있노라니 머리 위에서 우렁찬 노성이 쏟아졌다.

[나한테는 이런 걸 시켜놓고 뭘 자기들끼리 알콩달콩하는 거야!]

"어어, 미안해. 나도 모르게 그만……."

[나도 모르게, 라니 뭔 소리야! 애당초 소마는 내 등에 타도 되잖아!]

"그러면 셋이서 대화를 할 수가 없으니까."

용 상태인 나덴은 텔레파시 같은 것으로 대화하니까 곤돌라의 벽이나 바람 소리 같은 것도 무시하고 대화할 수 있지만, 내가 나덴의 등에 타 버리면 곤돌라 안의 리시아와 대화를 할 수 없는 것이었다. 그러자 리시아가 내게 귓속말했다.

(소마, 나덴의 반응이 귀여우니까 일부러 그런 거 아냐?)

(응. 뭐, 조금은.)

(소마도 꽤나 대단한 성격이 된 것 같은데?)

(그야 범상치 않은 여성들한테 둘러싸여서 단련되었으니까 말이지.)

(……그거, 나도 들어가는 거야?)

[그러니까, 둘이서만 이야기하지 말고…… 응……?]

나덴의 불평이 중간에 멈췄다. 무슨 일일까 싶어 어리둥절했는데,

[저기, 둘 다 지상 쪽으로 좀 봐 줄래?]

나덴이 갑자기 그런 말을 꺼냈다. 곤돌라 창문을 열고, 불어드

는 바람에 리시아와 함께 움찔하면서도 지상 쪽을 보니…….

""뭐야?!""

내려다본 초원에 뻐끔뻐끔 커다란 구멍이 뚫려 있었다. 다양한 크기의 크레이터가 생긴 상태였다. 여기만 유성우가 쏟아졌나, 싶은 광경이었다.

"마치 와이번 편대가 폭격한 다음 같아……."

리시아가 툭하니 중얼거렸다.

"폭격?! 하쿠야한테서는 아무런 보고도 못 받았는데?!"

"잠깐, 소마! 여기는 아이샤 쪽에서 기다리는 마을 바로 옆이지?!"

"앗! 서두르자. 나덴, 부탁할게!"

[맡겨 둬!]

나덴은 아이샤 일행이 기다리는 마을로 급강하했다.


마을 근처에 내려서서 나덴이 인간 형태로 변한 뒤, 우리는 아이샤 일행이 기다리는 마을 입구를 지났다. 엉망이었던 초원과는 달리 마을 안은 이전에 왔을 때와 비교해도 달라진 기색은 보이지 않았다.

그럼 아까의 큰 구멍은 무엇이었을까. 그런 생각을 하는데,

다다다다다…….

무언가 지면을 쿵쿵 울리는 소리가 들렸다. 그리고,

"폐하아아아아아아아!!"

저 멀리서 아이샤가 이쪽을 향해 굉장한 기세로 달려오는 것

이 보였다.

　그 기세는 마치 날뛰는 말이나 야생 코뿔소 같아서, 가까워질
수록 본능이 경종을 울렸다. 저건 위험해. 나는 발길을 돌리려
고 했지만…….

　"폐하아아!! 간신히 붙잡았습니다아아!!"

　"으헉!"

　""소마?!""

　등을 돌릴 틈도 없이 급접근해서, 내 몸 측면으로 끌어안기 태
클을 먹었다. 마치 소형 승용차에 치인 것 같은 충격이었다.

　……이거, 괜찮나? 내 갈비뼈, 두 개 정도 부러지지 않았나?

　하지만 지옥은 계속 이어졌다.

　"어째서 갑자기 사라지셨나요! 저를 두고 가시다니 너무해요!
계속 곁에 있게 해 주세요~!"

　아이샤는 울면서 내 몸을 꽉 끌어안았다. 하는 말은 귀엽고 겉
모습은 애교 있는 여자아이 그 자체지만, 그녀는 우리 나라
제일의 무용을 자랑하는 아이샤였다. 그 위력으로 꽉 끌어안은
것만으로 온몸의 뼈가 삐걱댔다.

　"아이샤! 이거, 더는 허그가 아냐! 베어 허그니까!"

　"으으으으으, 폐하아아아아아아아(더욱 꽈악)."

　"항복항복항복항복항복항복!"

　탭했지만 아이샤는 전혀 그만두지를 않았다. 그런 우리의 모
습을 차마 못 보겠는지 리시아가 한숨과 함께 나덴에게 말했다.

　"……나덴. 처리해 줄래?"

"괜찮아? 지금 상태라면 소마도 휘말릴 텐데?"

"자업자득인 측면도 있으니까 허가할게."

"……맡겨 둬."

그러더니 나덴은 우리에게 손끝을 향했다. 어, 뭘 할 생각이야?!

"괜찮아, 위력은 제대로 조정할 수 있으니까."

"아니아니, 그런 문제가……."

"에잇. (파직!)"

""히꺅!!""

나덴의 전기 충격을 맞고 나와 아이샤는 동시에 벌러덩 쓰러졌다.

간신히 베어 허그에서는 풀려났지만 구해 줄 거라면 좀 더 원만한 방법으로 도와줬으면 했다. 정말이지…… 쿵 와서 꽉 안기고 으득으득하다가 끝내는 파직. 의성어만으로는 전달이 잘 안 될 거라 생각하지만, 이 몇 분 만에 나는 이미 만신창이였다.


"오라버니! 무사하셔서 다행이에요!"

아이샤 일행이 묵고 있던 방에 도착하자 토모에가 꽃이 피는 듯한 미소로 맞아 주었다. 나는 그런 토모에의 머리를 다정하게 쓰다듬었다.

"걱정 끼쳐서 미안해. 다른 사람들은?"

그러자 토모에는 "그게……." 라며 뒤를 돌아봤다.

그 시선을 따라가니 한 테이블에 엎어져 있는 할, 카에데, 카를라의 모습이 있었다. 셋 다 "모조리 불태웠어, 새하얗게." 같은 느낌으로, 모든 기력을 완전히 써버렸다는 표정이었다. 입고 있는 옷도 어쩐지 너덜너덜해진 것 같았다.

"무, 무슨 일이 있었던 거야……?"

"세 분 모두…… 정말 열심히 했어요."

토모에는 먼 곳을 보는 눈빛으로, 내가 사라진 뒤에 벌어진 일을 이야기해 주었다.

————이야기는 며칠 전으로 거슬러 올라간다.

"폐하아…… 폐하아아아아아아아아아아!!"

"우왁?! 위험하잖아!"

아이샤가 울면서 휘두른 대검을 할버트는 간발의 차이로 피했다.

허공을 가른 아이샤의 대검은 그대로 지면으로 쾅 처박혀 반경 5미터 정도의 구멍을 만들었다. 그 위력에 할버트의 뺨이 경련했다.

"마, 맞으면 즉사하는 수준이라고. 이거 훈련 아니었나?"

"마음을 다잡으세요. 이건 이미 실전이에요."

할버트 옆에 선 카를라가 검을 들어 자세를 취하며 그렇게 말했다. 할버트도 애용하는 단창을 양손으로 들고 "아, 정말이지. 어쩌다 이렇게 됐냐……."라며 한숨을 내쉬었다.

"정말이지…… 이 빚은 꼭 받아낼 거야, 소마."

"주인을 원망하는 것은 분수에 맞지 않지만…… 그 마음은 모를 것도 아니야."

"정말 그래요."

두 사람 뒤에서, 바닥에 양손을 짚고 있던 카에데도 동의했다.

"소마 폐하께는, 특별 수당을 요청하고 싶은 참이에요……얏."

쿠궁, 쿠궁.

카에데가 양손에 힘을 싣자 아이샤 주위의 지면이 융기하여 흙벽을 만들어 주위를 포위했다. 이것으로 구속할 수 있었나, 그렇게 생각했지만…….

"폐하…… 어째서…… 어째서…….."

아이샤는 눈물을 흘리며, 주위를 둘러싼 흙벽에 몇 번이고 몇 번이고 대검을 휘둘렀다.

몇 초 뒤에는 마구잡이로 쌓은 나무 블록이 무너지듯 흙벽이 산산이 붕괴하기 시작했다. 자세히 보니 흙은 벽돌 정도 크기로 절단된 상태였다. 단단한 바위도 무른 흙도 똑같은 형태로 잘려 있었다. 무시무시할 정도의 위력과 예리함이 없이는 불가능한 일이리라. 그런 광경을 지켜보는 세 사람의 뺨이 경련했다.

"나, 솔직히 꽤 강하다고 생각했는데 말이지……."

"무인으로서의 자신감을 잃어버릴 것 같아. 아니, 지금은 메이드지만."

"적군 가운데 아이샤 경을 홀로 던져 넣는 작전도 진지하게 검토하고 싶어졌어요."

기겁한 세 사람의 속마음 따윈 알지도 못하고, 아이샤는 엉엉 울고 있었다.

"폐하! 어째서, 어째서 절 놔두고 가 버리셨나요~!"

""""어쩐지 소마/주인님/폐하께서 죽은 것처럼 되었는데?!""""

"폐하께서 먼저 가 버리시면, 저는 이제 어쩌면 좋단 말인가요~!"

""""아니, 소마/주인님/폐하는 안 죽었다니까!!""""

세 사람이 입을 모아 딴죽을 날렸지만 아이샤에게는 들리지 않는 모양이었다.

왜 아이샤와 이 세 사람이 싸우고 있느냐면, 그것은 그저께 소마가 홀로 성룡 산맥으로 가 버린 것이 발단이었다. 성룡 산맥 측에 어쩔 수 없는 사정이 있었다고는 해도, 소마를 갑자기 데려가 버렸다는 사실에 제2정실 후보이면서 소마의 호위를 자인하는 아이샤는 지독히 당황했다.

그리고 소마를 데려간 사정을 설명하기 위해서 마더 드래곤 티아마트를 섬기는 무녀 드래곤이 그녀들 앞으로 파견되자, 아이샤는 분노한 눈빛으로 그 사자에게 덤벼들려고 했다. 그 자리는 어떻게든 카를라와 할버트가 수습했기에 별일 없이 넘어갔다.

이번 일은 성룡 산맥 측에 잘못이 있었기에 무녀 드래곤이 깊이 사죄했지만, 자칫 잘못하면 외교 문제로 발전했을 사태였다.

게다가 사정을 설명한 뒤로도 아이샤는 여전히 낙담한 모습 그대로였다.

소마가 참을 수 없이 걱정되고 또 걱정되어 마음이 완전히 딴 곳에 가 있는 느낌이었다.

그런 아이샤를 걱정한 토모에가 카에데와 상담한 끝에, 기분 전환으로 훈련이라도 하자는 이야기가 된 것이었다. ……그렇다, 처음에는 훈련일 터였다.

"으으…… 폐하아……."

그러나 뚜껑을 열어보니 아이샤의 기분전환 무쌍이 되어 있었다.

본래부터 아이샤의 무용이 뛰어나다는 사실은 알려져 있었지만, 아무래도 그것도 이래저래 힘을 아껴두었던 것인 듯했다. 지금은 감정의 제약이 완전히 사라지며 실력을 아껴 두는 기능도 사라진 상태라서, 힘 조절 없이 휘둘러진 무력에 지면은 엉망진창으로 파이고 훈련 상대인 할버트, 카에데, 카를라 세 사람은 너덜너덜하니 기진맥진한 상태였다.

어린아이처럼 우는 아이샤를 보고 카를라는 메마른 미소를 띠었다.

"저렇게까지 연모하고 있다면 주인님도 행복하시겠지."

"사랑이 무거워. 일격의 의미로."

할버트가 어깨를 빙글빙글 돌려 몸을 풀며 말했다.

"그보다도 원군은 안 오나? 왕성에 전서 쿠이는 날렸잖아?"

"이곳 일대에 비상선을 쳐서 일반인이 접근하지 않도록 하는 게 고작인가 봐요. 나머지는 현장에서 어떻게든 처리하라는 거 겠죠. 미래의 제2정실의 추태가 될 현장에 사정을 모르는 사람이 접근토록 할 수는 없으니까요."

카에데의 그 말에 할버트는 어깨를 풀썩 떨어뜨렸다.

"말은 참 간단하네. 현장의 고생도 모르면서 말이야."

"우는소리해도 어쩔 수 없어. 지금은 눈앞의 상대에게 집중하는 거다, 할버트 경."

마찬가지로 너덜너덜한 모습이면서도 어째선지 카를라는 생기가 넘쳤다.

"너…… 왜 그렇게 기운이 넘쳐?"

"오랜만에 무인으로서의 피가 끓어오르고 있거든. 최근에는 메이드 일만 하느라 내가 원래는 군인이었다는 사실을 잊어버릴 뻔했으니까. 뭐, 이 정도의 고난은 [미스 드란](프리도니아 왕국에서 절찬리에 방송 중인 특촬 방송 [초인 실반]에 등장하는 악의 여간부)의 섹시 코스튬(초 새디스틱 메이드장 세리나 고안)을 입고 국왕 방송의 보옥 앞에 서는 수치심과 비교하면 아무것도 아니야!"

"……너도 고생이 많구나."

불과 얼마 전까지 소마가 발안한 부대 [드라트루퍼]의 일원으로 와이번에서 강하 훈련을 받았던 할버트는, 마찬가지로 상사에게 휘둘리는 사람으로서 동정을 금할 수가 없었다. 그런 두 사람을 보고 카에데가 고개를 절레절레 흔들며 어깨를 으쓱였다.

"두 사람 다, 바보 같은 대화는 거기까지 하는 거예요."

"바보 같다고 하지 마! 우리한테는 엄청나게 중대한 일이라고?!"

"지금은 그런 소리를 할 때가 아니라는 거예요! 자칫 방심했다가는…… 당해 버릴 거예요."

"아, 정말. 정말이지!"

카에데의 주의를 듣고 할버트는 대검을 든 아이샤를 봤다.

"어쩔 수 없네, 해보자고오오오!!"

할버트와 카를라는 지면을 박차고, 아이샤를 향해 함성을 내지르며 돌진했다.

————그들의 싸움은 지금부터였다.

◇ ◇ ◇

"……그리고, 지금에 이르렀어요."

"다들 이렇게 될 지경이라니, 대체 얼마나 날뛴 거야!"

"일단 이 마을사람들에게 폐를 끼치지 않도록 가까운 들판으로 유인해서 싸운 모양인데, 전쟁 같은 소리가 콰과광 들려서 무서웠어요."

"지면의 그 구멍을 만든 게, 아이샤였냐!"

나도 모르게 아이샤 쪽을 보며 딴죽을 걸자 그녀는 딴청을 부리며 안 들리는 척을 하고 있었다. 아이샤가 전력으로 날뛰면 지형까지 변하는 거냐. 충견 같다고는 생각했지만 이 지경까지 오면 최종병기, 리썰 웨폰이잖아.

나중에 왕성에 연락을 넣어서 함몰된 지면 메우기를 부탁하자.

일단 다른 이들이 회복되기를 기다렸다가, 우리는 아이샤 일행이 묵고 있던 4인실로 이동해서 나뎬에게 모두를 소개했다.

"이 소녀는 나뎬 데랄. 나와 계약하게 된 성룡 산맥의 용이야. 용과의 계약은 결혼을 전제로 한 것이라, 추후에는 내 제2측실이 될 예정이야. 나뎬, 여기 다크 엘프 여전사가 내 제2정실 후보인 아이샤. 요랑족 여자아이가 여동생 토모에. 나머지 세 사람은 부하인 할버트, 카에데, 카를라야."

카를라는 신분을 따지자면 노예이지만 그렇게 된 사정을 설명하자면 길어질 테니 부하라고 해도 되겠지. 나뎬은 모두를 향해 꾸벅 머리를 숙였다.

"나뎬이에요. 잘 부탁드려요."

"오, 나뎬 양이신가요. 같은 왕비로서 폐하를 잘 보필해요."

아이샤는 프렌들리한 태도로 나뎬과 악수를 나누었다. ……어라?

"틀림없이 아이샤는 반대할 거라고 생각했는데……?"

"응? 어째서요?"

"아니, 그게 말이지. 성룡 산맥에서 온 사자한테 덤벼들려고 그랬잖아?"

"그건 폐하를 멋대로 데려가 버렸으니까 그렇죠!"

아이샤는 콧김을 잔뜩 뿜으며 역설했다.

"폐하를 제 앞에서 데려갔으니까, 성룡 산맥에 분노를 향한 거예요! 하지만 나덴 양은 폐하를 제 앞으로 데려와 줬어요. 감사한다면 모를까, 화를 낼 이유는 없어요."

"기준을 잘 모르겠는데…….'

"먹을 걸 훔치는 사람은 나쁜 사람이에요. 먹을 걸 주는 사람은 착한 사람이에요."

"단순했어?! 아니, 그보다도 나는 먹을 거 취급이냐!"

뭐, 음식을 향한 아이샤의 집념을 생각하면 그만큼 사랑받고 있다는 의미이니 나쁜 기분은 아닌가. 제2정실 후보가 점점 강아지처럼 변해 버리는 것은 걱정되지만.

"그럼……. 그 먹을 걸 독점하고 싶다는 생각은 없어?"

리시아가 아이샤에게 그렇게 물었다. 리시아도 대체 뭘 묻는 거야?!

하지만 아이샤는 어리둥절한 표정으로 고개를 갸웃거렸다.

"응? 독점하는 것보다 가족이 함께 먹는 게 맛있지 않나요?"

"……아하하, 아이샤가 그런 사람이라서 다행이야."

"???"

미소 짓는 리시아와 머리 위에 [?] 마크를 띄운 아이샤.

온화한 분위기를 자아내고 있는 참에 미안하지만, 모두의 음식 취급을 당해서 나는 살짝 등줄기가 서늘해졌거든. ……뭐, 험악한 분위기가 되는 것보다는 낫나.

그런 한편으로, 토모에가 나덴에게 인사하고 있었다.

"오라버니, 언니의 여동생인 토모에예요. 잘 부탁드려요, 나덴 씨."

"잘 부탁해. 리시아가 말한 것처럼 귀엽고 영리하구나."

"에헤헤, 그런가요."

"응. 이렇게 귀여운 여동생이 생기다니, 어쩐지 득본 기분이야!"

"꺅, 간지러워요~."

나덴이 토모에를 끌어안았다. 나덴도 체구가 작지만 열한 살인 토모에보다는 훨씬 컸기에 품속으로 폭 들어갔다.

자, 이러저러해서 각자의 자기소개가 끝난 참에, 나는 이곳에 남아 있던 팀에게 이제까지의 경위를 설명했다. 티아마트도 나를 부른 이유나 그녀(?)가 경계하던 폭풍에 대해서. 그리고 나덴이 용이라는 특별한 존재라는 사실 등도.

"역시 폐하, 어딜 가시더라도 희소한 인재 냄새는 확실히 맡으시는군요!"

아이샤가 묘한 부분에서 감탄했다. 나는 무슨 송로 버섯을 찾는 돼지 같은 거냐……. 어쨌든 한바탕 이야기를 마친 뒤에 가장 먼저 손을 든 것은 카를라였다.

"리시아가 올 수 있게 되었다는 건 알겠습니다만, 성룡 산맥에 초대된 동행인은 다섯 명까지였죠? 이대로는 한 사람이 남는 건 아닌가요?"

"아…… 그거 말인데, 토모에는 이 마을에 두고 갈 생각이야."

"어……."

두고 간다는 말에 토모에는 어리둥절했다. 갑자기 비가 와서 소풍이 취소됐다는 말을 들은 어린아이 같은 표정을 보고 죄책 감으로 가슴이 아팠지만, 역시나 그녀의 안전이 제일이었다.

"성룡 산맥의 [폭풍]이라는 불확정 요소가 있는 이상, 토모에를 데려갈 수는 없어. 한심하지만 나도 보호를 받는 입장이니까. 여 차할 때, 나와 토모에 두 사람 모두를 보호할 수는 없을지도 몰라. 나는 무슨 일이 있어서는 안 되는 입장이고, 그렇다고 토모에한 테 무슨 일이 생기더라도 나는 평정을 유지하지 못하겠지."

"……알겠어요. 여기서 여러분이 돌아오시길 기다릴게요."

사리분별이 확실한 토모에는 그렇게 말했지만, 축 늘어뜨린 늑대 귀와 꼬리가 그녀의 실망한 심경을 여실히 드러내고 있었 다. 나는 토모에의 머리를 쓰다듬었다.

"성룡 산맥의 일이 마무리되어도, 왕성으로 밀려드는 약혼 제 안이 가라앉을 때까지는 여행을 계속할 생각이야. 성룡 산맥 이 외의 나라에도 가 볼 생각이니까, 거기는 반드시 데려갈 테니까 기다려 줘. 약속할게."

"예…… 오라버니."

약속의 증표로 새끼손가락을 걸었더니 토모에의 귀와 꼬리는 살짝 위로 올라갔다. 그런 토모에의 모습에 모두가 안도한 사 이, 리시아가 물었다.

"소마가 무슨 이야길 하는 건지는 알겠는데, 토모에만 이 마 을에 남겨놓을 거야? 좀 걱정되는데."

"괜찮아. 모습은 안 보이지만 이 마을에는 [검은 고양이] 대원

들을 배치해뒀어. 그러니까 혼자 남는 건 아니야."

"그런 거야?"

"그래. ……이누가미."

내가 그렇게 말하자 4인실 문이 열리고 검은 개 마스크를 뒤집어쓴 남자가 들어왔다.

그는 첩보공작부대 [검은 고양이]의 멤버이자 대장인 카게토라의 오른팔인 부대장 이누가미였다. 이누가미는 내 앞까지 와서는 무릎을 착 꿇었다.

"부르심을 받고 왔습니다."

"음. [검은 고양이]에게는 우리가 성룡 산맥으로 가 있는 동안에 토모에를 부탁하겠다."

"알겠습니다."

"그리고 이누가미 개인은, 몸을 숨기지 말고 토모에 곁에서 이야기 상대를 해 줬으면 한다. 너는 거리의 백성들에게 그렇게까지 얼굴이 알려져 있지는 않으니까. 이 마을에 있는 동안에는 그 마스크를 벗는 것을 허가하지."

"……알겠습니다."

그러더니 이누가미는 뒤집어쓴 검은 개 마스크를 벗었다. 나타난 것은 늑대의 얼굴을 가진 수인족 남성이었다. 그의 얼굴을 보고 할이 의자에서 벌떡 일어났다.

"다, 당신은! 베오……."

"말을 삼가시게. 할버트 사관. 본인은, 그저 이누가미라는 사람이니."

"…………."

할이 내게로 시선을 향했다. 아니, 그런 눈으로 쳐다봐도 사정을 설명하지는 않을 거라고. 그와 면식이 있는 것은 육군에 있던 리시아와 할버트 정도니까 말이지.

그런 이누가미의 얼굴을 보고 토모에는 고개를 갸웃거렸다.

"이누가미 씨도 요랑족인가요?"

"아니요, 저희 종족은 스스로를 회랑족(灰狼族)이라 부르고 있습니다. 얼굴도 인간과는 다르니까요."

"하지만 같은 늑대 수인족인 거죠? 앞으로 친하게 지내 주셨으면 좋겠어요."

"예, 아가씨. 황송한 말씀이십니다."

이누가미는 토모에를 향해 머리를 숙였다. 요랑족과 회랑족이라는 외모적으로 닮은 종족이고 나이도 스무 살은 차이가 나다 보니 겉보기에는 완전히 부녀지간이었다. 그럼에도 부모가 자식에게 머리를 숙이고 있는 묘한 구도였다. 뭐, 사이좋게 잘 지낼 수 있을 것 같으니 괜찮겠지.

이야기가 마무리된 참에 나는 모두에게 말했다.

"나덴이 우리를 성룡 산맥으로 데려다 줄 거야. 지금부터 가면 한밤중이 될 테니까, 출발은 내일 아침 일찍 해야겠지. 다들 그런 일정으로 생각해 줘."

"그럼 오늘은 이 마을에서 묵는 건가요?"

카에데의 그 질문에 나는 고개를 끄덕였다.

"그렇게 되겠네. 으음, 방 배정은……."

"2인실을 하나, 4인실을 둘 잡자."

내가 무어라 말하기도 전에 리시아가 그렇게 말했다.

"할버트, 카에데, 카를라, 이누가미로 한 방. 나와 나덴, 토모에가 한 방. 소마는 아이샤랑 2인실을 사용해."

"그래도 되나요?!"

나와 같은 방이라는 말에 아이샤가 만면의 미소를 띠고 있었다. 그 얼굴을 보니 이의를 제기할 수도 없어서, 나는 리시아에게 작은 목소리로 말을 건넸다.

(저기…… 괜찮겠어?)

(잔뜩 걱정을 끼쳤으니까, 오늘 정도는 응석을 부리게 해 줘.)

(……알았어.)

뭘까. 리시아가 점점 제1정실에 걸맞은 멋진 여성으로 변해 간다.

리시아만이 아닌가. 주나 씨로, 로로아도, 아이샤마저도 만난 이후로 함께 시간을 보내는 가운데 나날이 성장하고 매력적으로 변해 간다. 아마 틀림없이 나덴도…….

그녀들에게 버림받지 않도록 나도 착실하게 성장해야겠지.


그날 밤. 나와 아이샤는 같은 방에서 자게 되었다.

(잔뜩 걱정을 끼쳤으니까, 오늘 정도는 응석을 부리게 해 줘.)

리시아가 작은 목소리로 한 말을 떠올렸다. ……그렇겠지. 이번 일로 꽤나 걱정을 끼치고 말았으니까, 오늘은 아이샤가 마음껏 응석을 부리게 해 주자. 내가 할 수 있는 범위 안에서 그녀가 바라는 일이라면 뭐든지 하자. 그렇게 각오를 다졌는데⋯⋯.

아이샤가 바란 것은 의외의 일이었다.

"정말로⋯⋯ 이것만으로 괜찮아?"

"예! 최고예요, 폐하."

아이샤는 침대에 앉은 내 무릎 위에 머리를 베고서 옆으로 누워 있었다.

즉, 무릎베개였다. 아이샤는 '무릎베개를 하고 머리 쓰다듬기'를 요구했다. 시키는 대로 머리를 쓰다듬거나 지금은 내리고 있는 머리카락을 손가락으로 쓸어 주거나, 그러는 동안에 아이샤는 그것만으로 "하후~." 라며 녹아내릴 듯한 표정을 짓고 있었다. 어쩐지 귀엽다.

아이샤는 황홀한 표정으로 만족스럽게 미소 지었다.

"오는 마차 안에서 폐하께 무릎베개를 해드릴 때 생각했거든요. 이거, 폐하께서 해 주신다면 좋겠다고. 받을 수 있어서, 무척 만족이에요."

"⋯⋯싸게 먹히는구나."

이런 간단한 걸로 괜찮으냐며 쓴웃음 지을 수밖에 없었다.

"내가 할 수 있는 일이라면 뭐든 할 생각이었는데 말이지. 리시아도 오늘은 응석을 부리게 해 주라고 그러니까, 아이샤가 바란다면 좀 더⋯⋯ 성적인 일도⋯⋯."

아아, 정말이지! 말하려니까 부끄럽잖아!

하지만 나와 아이샤를 같은 방에 둔 것은⋯⋯ 그런 의미겠지.

리시아보다 먼저 아이가 생겨 버린다면 왕위 계승 문제의 불씨가 되겠지만, 아이샤는 수명이 긴 종족이라서 그렇게 간단히 아이가 생기지는 않는다. 여기서 행위에 이른다고 해도, 거의 틀림없이 리시아보다 먼저 아이가 생기지는 않겠지.

"리시아도 아마 그럴 생각으로 우리를 둘만 두었을 테고."

내가 부끄러운 듯 말하자 아이샤는 쿡쿡 웃었다.

"후후후, 리시아 님답네요. 폐하랑 자신만이 아니라 저랑 주나 경, 로로아 경 그리고…… 나덴 경이었나요? 다른 약혼자까지 배려해 주셔요. 제가 말하는 것도 뭣하지만, 정말 멋진 여성이라고 생각해요."

"……그러네."

"그러니까, 멋진 여자다운 행동에는 멋진 여자다운 행동으로 답하고 싶어요. 그야, 폐하께서 귀여워해 주시길 바라는 마음은 있지만, 여기서 욕망에 휩쓸려 버린다면 그건 그저 리시아 님의 후의에 매달리는 것뿐이에요. 그런 건 싫어요."

그러더니 아이샤는 콧김을 흥 내뿜었다.

"그러니까 폐하께서 절 귀여워해 주시는 건, 리시아 님과 폐하 사이에 아이가 생긴 다음부터예요. 저는 승부를 한다면 어떤 상대일지라도, 설령 그것이 총애 경쟁일지라도 정정당당하게 정면승부로 이기고 싶어요."

총애 경쟁도 정정당당하게 정면승부인가. 아이샤답네.

"……아이샤도 충분히 멋진 여자야."

"에헤헤…… 그렇게 말씀하시니 부끄러워요."

그러더니 아이샤는 몸을 일으키더니 내 눈을 올려다보며 말했다.

"하지만 지금 당장에라도 저를 총애해 주셨으면, 그런 생각은 있다고요? 폐하께서 갑자기 사라져 버리셔서 정말로 쓸쓸했으니까 말이죠?"

"어, 응……."

"그러니까 빨리 아이를 만들어 주세요. 가능한 한 빨리."

"……노력할게."

그러자 아이샤의 얼굴이 다가오고, 그녀는 자신의 입술을 내 입술에 맞대었다.

그러고 보니…… 아이샤와 키스를 한 것은 이것이 처음이었다. 놀라서 눈을 크게 뜬 날 보고 아이샤는 싱긋 웃으며 말했다.

"이 정도는 허락해 주세요. 그리고…… 아이가 생긴 그날에는, 저도 제대로 귀여워 해 주시고요. 서방님."

그런 귀여운 행동에 내 얼굴이 홍당무처럼 달아오른 것은 굳이 말할 필요도 없겠지.


─────다음 날.

"그럼 폐하! 성룡 산맥으로 뛰어들자고요!"

아이샤가 반질반질 윤기가 흐르는 표정으로 신나게 구호를 날렸기에, 리시아와 나덴이 의미심장한 시선으로 나를 쳐다봤다.

나는 어제 있었던 일을 떠올리며 부끄러운 기분에 빠지는 것이었다.

[~♪~♪~♪]

용의 모습으로 변한 나덴이 즐거운 듯 콧노래를 부르며 하늘을 헤엄치고 있었다. 그런 나덴의 등에 타고 있는 나는 그녀의 몸을 쓰다듬으며 물었다.

"나덴, 괜찮아? 안 무거워?"

[응? 전혀 아무렇지도 않은데?]

나덴은 정말로 별일 없다는 듯 대답했다.

내가 나덴의 등에 타고 있는 이유. 그것은 다른 이들이 타면서 곤돌라 안이 좁아졌기 때문이었다. 지붕이 있는 배치고는 큰 곤돌라라서 평상시라면 어른이 열 명은 타도 충분한 공간이 있을 테지만, 지금은 [폭풍]이라는 녀석에 대비하기 위해 왕국에서 가져온 짐이 공간의 7할을 점령하고 있었던 것이다.

그래서 현재의 곤돌라에는 상당한 무게가 있을 터였다.

이 와이번용 곤돌라는 무게가 무거워졌을 경우 2~4마리의 와이번을 연결해서 들게 하는데, 나덴은 그것을 한 사람이(한 마리가?) 가뿐하게 들고 있었다. 용 상태인 나덴은 덩치가 와이번보다도 훨씬 크다지만, 정말로 안 무거운 걸까?

"드래곤은 다들 그렇게 힘이 센가?"

[다른 드래곤이 어떤지는 모르겠지만, 별로 무게는 안 느껴져. 뭐라고 할까, 물속에서 나무판자를 밀고 있는 느낌일까나?]

"흐~음……."

무의식중에 중력을 조정하고 있다는 걸까? 뭐, 자신의 거구마저 띄울 수 있으니까, 또 다른 마법적인 작용이 작동하고 있는 것일지도 모르겠다.

[~♪~♪~♪]

또다시 콧노래를 부르기 시작하는 나덴.

"꽤나 기분이 좋아 보이네."

[~♪ 그야 그렇지. 이번에는 소마가 등에 타고 있는걸.]

"곤돌라에 타고 있을 때랑은 다른 감각인가?"

[그러네. 전혀 다른데…… 다른 종족한테 설명하는 건 어려울지도. 뭐라고 할까, 굉장히 착 들어맞아. 용의 모습일 때 있어야 할 곳에 있어야 할 것이 있다, 그런 느낌? 간지러운 곳에 손이 닿는다고 할까, 어쩐지 안심이 돼.]

"흐~웅……."

나덴이 그렇게 말한다면 그런 거겠지. 리시아의 애마도 그녀를 태우고 있을 때는 팔팔하게 보였으니까. 약혼자가 된 상대를 말과 비교하는 것도 좀 그렇지만……. 그러자 나덴이 [하지만…….] 이라며 걱정스럽게 말을 꺼냈다.

[괜찮을까? 멋대로 다른 사람들을 데리고 와 버렸는데.]

티아마트가 동행인들은 나중에 초대하겠다고 그랬던 것이 걱정되는 모양이었다.

"뭐, [폭풍]이라는 게 뭔지 아직 모르니까, 무슨 일이 생길 때를 대비해서 동료들을 곁에 두고 싶어. 사후 보고로 허락을 받자."

[그러네. 하지만 그렇다면 토모에도 데려오고 싶었어.]

"그러게……. 드라클의 광경, 토모에한테도 보여 주고 싶었는데."

[대폭포]라든지 [라돈의 거목]이라든지, 절경이 잔뜩 있었으니까. 세계에 흥미를 가진 토모에에게 꼭 보여 주고 싶은 광경이었다. 그러자,

[응? 소마, 리시아 쪽에서 뭐라고 그러는데?]

나덴이 갑자기 그렇게 말을 꺼냈다. 나덴의 등에 타고 있으니까 나는 곤돌라 안에 있는 다른 사람들의 대화는 들을 수 없었다. 일행과 대화하고 싶은 경우에는 텔레파시 같은 능력으로 대화가 가능한 나덴이 중계해줄 필요가 있었다.

"리시아 쪽에서? 뭐래?"

[어디…… "성룡 산맥 쪽을 봐."……라고. 어쩐지 당황했어.]

"성룡 산맥?"

나덴은 성룡 산맥을 향해 날아가고 있으니, 성룡 산맥은 항상 정면으로 보였다. 조금 전까지는 딱히 이상한 모습이 보이지는 않는데…….

"[?!]"

나와 나덴은 둘 다 눈을 부릅뜨게 되었다. 후지산 수준의 산들

이 이어진 성룡 산맥. 그 한가운데 즈음의 하늘에 커다란 적란운이 하나 있는 게 보였다.

[저 위치, 드라클 바로 위잖아?!]

나덴이 당황한 듯 그렇게 말했다. 드래곤들이 사는 고지 [드라클].

올 때는 티아마트의 힘으로 전이되었기에 보지 못했는데, 아무래도 정말로 성룡 산맥 한가운데에 있는 모양이었다. 그런 드라클 위에 있는 적란운과 티아마트가 했던 폭풍의 예언…… 어쩐지 좋지 않은 예감이 드는데.

"나덴의 예보로는, 폭풍이 올 기척은 없었잖아?"

[응. 게다가 드라클 위에만 저런 구름이 있다니 이상해.]

"……그냥 구름일 리는 없을 것 같네. 일단 다가가 보자. 여기서는 멀어서 드라클의 상황도 알 수 없으니까."

[알았어.]

나덴은 그 구름을 향해 헤엄치기 시작했다. 멀리서도 보이는 그 구름은, 가까이 다가가며 점차 전모가 명백해졌다.

"이게 뭐야……."

그 적란운은 삼각뿔의 위쪽 부분을 뭉갠 것 같은, 이른바 원분(圓墳) 같은 형태였다. 게다가 자세히 보니 몇 개의 구름이 밀집하여 적란운 측면을 왼쪽에서 오른쪽으로 계속 움직이고 있다는 것을 알 수 있었다. 이건…… 혹시 이 구름, 소용돌이치고 있나?

[이런 구름, 이제까지 본 적 없어.]

"그래. 영화에서밖에 본 적이 없을 법한 구름이야."

[영화?]

"개인적인 이야기야. 그건 그렇고, 딱 드라클을 가리고 있는 것 같네."

드라클의 지표면을 보면 이 구름이 딱 고지를 가리듯 전개된 모양이라 빛이 차단되어 캄캄한 상태였다. 게다가 상당히 강렬한 비가 쏟아지는 것처럼 보였다. 바람 소리도 거칠게 들리는 것이 지금 드라클의 날씨는 심한 폭풍우겠지. 이 구름 바깥쪽은 정말 맑은데도 말이다. 정말 기묘한 구름이었다.

"집중호우라고 하기에는 너무 국지적이네."

[어째서 냉정한 건데?! 드라클에만 내리는 폭우 같은 게 있을 리가 없잖아!]

"서두르면 오히려 일을 그르친다고 하잖아. 우선은 잘 관찰해 야지."

나는 나덴의 등을 쓰다듬으며 그 구름의 상태를 관찰했다.

강우량이 많다. 이대로라면 신호의 숲 당시처럼 대규모 재해 가 발생할 우려가 있다. 그때는 오랫동안 계속 내린 호우가 원 인이었지만, 이만한 양의 비가 국지적으로 계속 쏟아진다면 단 기간에라도 같은 상황이 될 수 있다.

하지만 대책을 세우려고 해도…… 역시 바깥쪽에서만 관찰해 서는 알 수 없나.

"……나덴은 폭포를 거슬러 올라갈 정도니까 비나 바람은 괜 찮겠지?"

[으, 응.]

"그럼…… 내키지는 않지만 구름 안으로 돌입해 볼까."

[으어어어어?!]

나덴은 놀라고 있었지만, 이대로 바깥쪽에서 계속 관찰해 봐야 일이 진척되지는 않을 테니까 말이지. 다행히도 번개가 치지는 않으니까 안쪽 상황을 탐색해 봐야겠지.

"바깥쪽에서는 상황을 잘 알 수 없어. 구름 안으로 들어가서 관찰하며 크리스탈 캐슬로 가자. 물론 위험하다고 생각되면 즉시 철수. 곤돌라 안에 있는 사람들한테도 대비하라고 전해 줘."

[아, 알았어.]

나덴은 소용돌이치는 구름을 향해 천천히 나아갔다. 그 구름 앞에서 한순간 주저한 뒤, 각오를 다진 듯 천천히 구름 안으로 들어갔다.

처음에는 안개 가운데 있는 것 같았지만, 계속 나아가자 점점 어두워졌다. 그와 함께 몸에 닿는 비나 바람도 급속하게 강해졌다. 구름으로 돌입한 뒤로 1분도 채 되지 않아, 강렬한 비와 옆으로 휘몰아치는 바람이 몸을 두들겼다.

나덴의 가호가 없었다면 진즉에 떨어져 버렸을 테지.

"나덴! 괜찮아?!"

나는 비바람에 지지 않도록 크게 소리를 질렀다. 그러자,

[응! 어째서 그런지는 모르겠지만 흐름 같은 게 보이니까!]

나덴에게서 그런 대답이 돌아왔다. 확실히 나덴은 조금 전까지와 다름없이 구름 안을 헤엄치고 있었다. 역시나 풍운뇌우를

부른다고 일컬어지는 용이라고 할까. 이 맹렬한 비바람 가운데 서도 전혀 움츠러들지 않았다.

오히려 평범한 드래곤이나 와이번으로 이런 비바람 한가운데를 나는 것은 무리겠지. 커다란 날개가 강풍의 영향을 제대로 받고 말 테니까.

'혹시…… 바로 그렇기에 나덴이었나?'

이런 비바람 가운데서 날 수 있는 존재는 나덴 정도뿐인 것이다. 티아마트는 나를 [열쇠]라고 했다. 그리고 그런 나를 태울 수 있는 존재가 있다며 나덴과 만나도록 했다.

'그럼 역시 이 비바람이 티아마트가 경계하던 [폭풍]…….'

나는 주위를 둘러봤지만, 어두운데다가 양동이를 뒤집은 것처럼 쏟아지는 비가 눈에 들어와서 제대로 볼 수조차 없었다.

"나덴! 뭔가 보여?!"

[아니! 어두워서 아무것도 안 보여!]

나덴도 똑같은 상황인 듯했다. 그러자,

[소마! 나는 괜찮지만 다른 사람들이 탄 곤돌라가 위험할지도 모르겠어!]

나덴이 그렇게 소리쳤다. 이 바람이 곤돌라를 두들기고 있는 것이었다. 덜컹덜컹 소리를 내는 것이, 안에 있는 사람들은 무서운 경험을 하고 있겠지. 사각 곤돌라로는 바람을 흘려보낼 수 없을 테니 공중분해가 되기라도 했다가는 대참사가 벌어진다.

"다시 접근할 수밖에 없나…… 일단 크리스탈 캐슬로 내려가자!"

[알았어!]
나덴이 스르륵 강하를 개시했다. 그때,

————⋯⋯⋯⋯지⋯⋯않아⋯⋯.

'응?!'
지금 뭔가 들린 것 같은데.
"잠깐만, 나덴! 지금 뭔가 안 들렸어?!"
[어? 나는 못 들었는데?]

————어째⋯⋯서⋯⋯주지⋯⋯거야⋯⋯당신은⋯⋯.

"거봐! 역시 뭔가 들리잖아?!"
[정말이네⋯⋯.]
이번에는 나덴에게도 들렸나 보다. 이건⋯⋯ 목소리일까?
'당신은' 이라는 부분이 또렷하게 들렸다. 하지만 나덴은 아닌
모양이었다.
　[그러네⋯⋯ 하지만 뭐라고 그러는지 모르겠어.]
　어? 모르겠어? 목소리는 들렸는데도?
　" '당신은' 이라고 그랬어⋯⋯. 안 들렸어?"
　[그런 소리를 했어? 전혀 알아듣지 못했어.]
　어떻게 된 거지?
　나는 알아들을 수 있는데 나덴은 못 알아듣다니, 그런 경우가

있을까.

뭔가 이상하다. 게다가 이 목소리…… 어쩐지 걸렸다. 남성치
고는 너무 높은 것 같고, 여성이라고 하더라도 어쩐지 위화감이
있는 듯한…….

――――아직, 부족……거……였다면…….

또 들렸다. 이 목소리는…… 위에서 들리나?

고개를 들었을 때, 구름과 구름 사이로 어렴풋하지만 무언가
검은 그림자 같은 것이 엿보였다. 구름에 가려서 어렴풋한 정도
로밖에 안 보였지만 그 그림자는 상당한 거리가 있음에도 커다
랗게 보였다. 어쩌면 상당히 거대한 존재일까.

――――나……는……당신의……부수고……부수……위
해서…….

'부순다고?!'

부순다. 그런 뒤숭숭한 단어가 또렷하게 들렸다.

그리고 그 검은 그림자 같은 것은 구름 뒤로 숨었다. 나덴이 구
름을 빠져나갔는지 시야 아래로는 비에 젖은 드라클의 대지가
펼쳐져 있었다. 쏴아, 시끄러울 정도의 빗소리가 들렸다.

나는 비를 맞으며, 지금 막 빠져나온 구름을 올려다봤다. 드라
클 바깥쪽에서 오면 새하얗던 구름도 바로 밑에서 보니 시커멓

고 묵직하게 느껴졌다.

그 구름 안에서 들린, 언어임을 알 수 있는 목소리. ……틀림 없다.

————저 구름 안에 무언가가 있다.


빗속, 우리는 크리스탈 캐슬 앞에 내려섰다.

빛 안에서는 아름다웠을 이 성도 이렇게 어스름한 가운데서는 수수하게 보였다.

나는 나덴이 인간 형태로 변하는 것과 동시에 지면으로 내려서서 곤돌라로 달려갔다.

다른 이들은 괜찮을까 싶어서 문을 열자, 새파란 얼굴의 리시아, 아이샤, 카에데가 기어 나왔다. 그 뒤에서 할과 카를라가 나왔다. 두 사람은 아직 기운이 있는 듯했다.

"괘, 괜찮아?"

달려가자 리시아와 아이샤가 내게 몸을 기댔다.

"우웁…… 소마도 참, 너무 무모해."

"바람으로 이리저리 흔들려서 기분 나빠…… 우웁."

"어—…… 그게…… 미안해."

구역질을 하는 두 사람의 등을 문지르며 달랬다. 카에데 쪽은 할과 카를라가 돌보고 있었다. 이 세 사람과 달리 할과 카를라는 팔팔한 모양이었다.

"두 사람은 괜찮아?"

"저는 전직 공군이라 와이번은 자주 탔으니까요."

"……상공에서 떨어지는 것보다는 나아."

카를라는 공군에서의 경험으로, 할은 드라트루퍼의 훈련으로 익숙한 거겠지.

할이 무척 머나먼 곳을 바라보는 눈빛인 것이 신경 쓰이지만…… 어쨌든 이대로 비를 맞는 것보다는 지붕이 있는 곳으로 들어가는 편이 낫겠지.

"일단 할과 카에데는 곤돌라가 바람에 날아가지 않도록 고정시키고 와 줘! 나머지는 실내로 이동할게! 나덴, 안내를 부탁해!"

"맡겨 둬!"

우리는 크리스탈 캐슬의 실내로 들어섰다. 리시아와 아이샤를 진정시키고 할과 카에데가 합류하기를 기다린 뒤, 나는 나덴에게 물었다.

"티아마트 님과 만나고 싶어. 어디로 가면 만날 수 있지?"

"아마도 [대전당]일 거야. 드라클에서 비상사태가 발생했을 때는, 드래곤들은 크리스탈 캐슬의 대전당으로 모이도록 되어 있어."

"좋아. 그럼 거기로 가자."

우리는 나덴의 안내에 따라 그 대전당이라는 곳으로 향하기로 했다.

티아마트에게 전이되었을 때는 순식간이었지만, 이 무식하게 넓은 성 안을 이동하는 것은 상당히 힘겨웠다. 다들 뛰어가고 있는데도 좀처럼 목적지가 나타나지 않았다.

5분 가까이 뛰어서 도착한 대전당에서, 놀란 것이 두 가지.

하나는, 그 대전당이 '대(大)'로는 완전히 표현되지 않을 정도로 거대한 공간이었다는 것.

또 하나는, 자세히 보니 그 대전당이 내가 처음으로 성룡 산맥에 왔을 때 전이된 공간이었다는 것이다. 언덕처럼 커다랗던 티아마트와 만난 장소가 나덴이 말한 대전당이었나 보다.

그 대전당으로 들어가자 방 중심 부분에 백 명 정도의 사람이 있었다.

사람이라고 하지만 전원 뿔과 꼬리가 나 있으니, 인간 형태로 변한 용족이겠지.

나덴의 이야기로는 성룡 산맥에 있는 용족은 고작해야 300명(마리?) 정도라나.

드래곤의 거구를 고려하더라도 굉장히 인구밀도가 낮은 나라였다.

그 300마리 가운데는 아직 어린 드래곤이나 티아마트를 섬기는 무녀 드래곤 등도 포함되어 있기에, 지금 이 자리에 있는 백 명 정도가 실제로 움직일 수 있는 성룡 전부라고 한다.

대전당으로 들어선 순간, 어쩐지 살기 어린 분위기를 느꼈다. 인간이라면 수만 명은 들어갈 수 있을 법한 거대한 공간 안에서 드래곤들은 어째선지 몹시 밀집한 상태로 한곳에 모여 있었다.

무언가 시끄러운 소리도 들리고, 누구 하나 새로이 방으로 들어온 우리의 존재를 알아차리지 못했다. 티아마트도 없는 모양인데, 대체 무슨 일이 있었던 걸까?

어쨌든 이야기를 듣고자 우리는 그 집단 쪽으로 다가갔다. 그러자,

"나덴!"

그 집단 안에서 하얀 원피스 차림의 소녀가 뛰어나왔다. 저건…… 나덴 친구인…… 파이였던가? 나덴은 자신에게 안기는 파이를 받아냈다.

"파이! 다행이다. 무사했구나."

나덴은 안도한 표정을 지었지만 파이의 필사적인 분위기는 허물어지지 않았다.

"나덴, 어디 갔었어?! 걱정했다고!"

"아, 미안해. 잠깐 소마네 나라까지 다녀오느라……."

"소마네 나라? 누구?"

아, 그러고 보니 파이한테는 가명밖에 안 가르쳐 줬던가. 나덴도 그 사실을 깨달은 모양이었다.

"파이한테는 카즈마의 나라라고 하는 편이 나으려나. 프리도니아 왕국이야."

"프리도니아 왕국?! 그렇게나 멀리?! 어떻게……."

"아하하, 이야기하자면 길어지는데 말이지. 실은……."

"아니, 지금은 그런 이야기를 할 때가 아니야!"

나덴은 이제까지의 사정을 설명하려고 했지만 금세 파이가 가로막았다. 불만스러워하는 나덴에게 파이는 진지한 표정으로 매달렸다.

"부탁이야, 나덴! 모두를 말려줘! 이대로는 루비가……."

루비? 루비라면 분명히…… 나덴한테 이상하게 시비를 걸어대던 레드 드래곤이었지? 그리고 파이는 현재의 상황에 대해서 가르쳐 주었다.

이야기는 조금 과거로 거슬러 올라간다.

아무래도 오늘 아침, 드라클 상공에 저 이상한 구름이 갑자기 나타났다나.

그때까지는 쾌청했음에도 불구하고 갑자기 나타난 저 구름은, 드라클에 격렬하게 비와 바람을 일으켰다. 격렬한 비바람에 호수는 불어나서 넘치고 나무들은 쓰러졌다.

이 사태를 맞아 드래곤들은 크리스탈 캐슬로 집결했다.

비바람은 아무래도 드라클만을 덮친 모양이니 바깥으로 대피하면 될 테지만 그럴 수 없는 이유가 있었다.

크리스탈 캐슬 아래에는 드래곤들의 알이 있다고 한다.

기사와 계약한 드래곤이 용족의 알을 낳은 경우, 성룡 산맥에 맡기게 된다는 이야기는 들었다. 아무래도 그 알은 단순히 시간이 지나면 부화하는 것은 아닌 듯했다.

크리스탈 캐슬 아래에 있는 [요람의 방]이라는 공간에 놓아두고 깨어날 때를 기다린다고 한다. 그 깨어날 때란, 자신과 계약할 운명의 상대와 만날 수 있는 시간이다. 길어질 경우, 백 년 가까이 알인 상태로 지내는 경우도 있어서, 이 사실도 용족이 부모 곁에서 자랄 수 없는 요인이었다. 그런 알은 [요람의 방]에서 옮길 수가 없기에 드래곤들은 어떻게든 이곳 크리스탈 캐슬을 지킬 필요가 있었던 것이다.

　그리고 드래곤들은 기묘한 구름을 조사하려고 했지만, 날개를 가진 드래곤은 강풍에 휘말려 아무도 구름까지 다다를 수가 없었다.

　이 사태에 드래곤들은 티아마트에게 지시를 청했다. 그러자,

　[날개 없는 드래곤이라면 이 비바람 속에서도 날 수 있겠죠.]

　티아마트는 그렇게 말했다고 한다. 그리고,

　[그 사람은 이미 열쇠를 손에 넣었습니다. 저는 그 사람이 귀환할 때까지, 깨어날 때를 기다리는 알들을 지키겠습니다.]

　……라면서 무녀 드래곤을 데리고 지하에 있는 [요람의 방]으로 가 버렸다.

　남겨진 드래곤들은 당황했다. 자신들로서는 해결하지 못한다고 일방적으로 선고당한 셈이었으니까. 그렇다면 이 사태를 해결할 수 있는 [날개 없는 드래곤]이란 누구인지를 생각하니, 금세 나덴 데랄이라는 결론에 이르렀다. 나덴이 날개를 지니지 않은 특이 개체라는 사실은 드래곤들 사이에서는 누구나 아는 사실이었으니까.

　그러나 그런 나덴을 부르러 가려던 참에 파이가 제지했다. 최근 며칠 동안 나덴은 거처로 삼고 있는 동굴을 비웠다는 사실을 알린 것이었다.

　그래서 확인하러 갔더니 역시나 동굴에 나덴의 모습은 없었다.

　당연했다. 나덴은 나와 함께 프리도니아 왕국으로 가서, 오늘

아침이라면 아직 아이샤 일행이 기다리던 국경 연선의 마을에 있을 무렵이었다.

그리고 드래곤들은 경악했다.

티아마트에게 이 사태를 해결할 수 있노라고 보증을 받은 나덴의 부재.

당초에는 '이럴 때 어디 갔느냐.'라며 나덴을 향한 불만의 목소리도 높았지만, 본인이 없어서야 아무런 의미도 없었다. 이윽고 논조는 '어째서 나덴은 드라클에 없느냐?'라는 쪽으로 바뀌었다. 그리고 생각이 미친 것은, 자신들이 나덴을 향해 품고 있던 생각이었다. 날개 없는 드래곤, 웜이라고 모멸한 마음.

'어쩌면 웜이라고 모멸당하는 것이 지긋지긋해서 성룡 산맥을 나가버린 게 아닌가?'라고. 그런 생각에 다다랐을 때, 창끝이 향한 곳이 바로 루비 일당이었다.

루비가 자주 나덴에게 트집을 잡고 싸움을 걸어 댔다는 사실은 잘 알려져 있었으니까. 그리고 드래곤들은 이번에는 일제히 루비 일당을 규탄하고 나섰다.

그것이 바로 현재의 소란이라고 한다. 파이는 나덴에게 매달리며 말했다.

"루비는, 생각이 부족하고 직설적인 성격이지만 자존심이 강하니까, 사피아랑 에메라다의 책임까지 혼자서 받아들이고…… 나도 그 애들의 언동에는 화가 났지만 한 사람을 다 같이 책망하다니…… 아무리 그래도 가여워서……."

"……웃기지 말라고."

고통이 밴 목소리. 쳐다보니 나덴의 머리카락이 파직파직 불꽃을 날리며 곤두서 있었다. 나덴의 분노가 가시화된 것 같았다. 나덴은 흐느끼는 파이를 내게 맡기더니, 분노를 그대로 드러내며 드래곤들이 모여 있는 쪽으로 향했다.

"이놈이고 저놈이고, 죄다 제멋대로라니까!"

"나덴……."

한순간 말려야 할지도 모른다고 생각했다. 지금 창끝이 향한 상대는 나덴이 아니었다. 오히려 현상타파의 키맨이 되어 성룡 산맥 안에서도 인정을 받은 존재가 되었다. 그러니까 굳이 여기서 드래곤들이랑 일을 벌여서 입장을 나쁘게 할 필요도 없을 터인데.

하지만…… 그런 약삭빠른 선택을 하는 나덴은 보고 싶지 않았다.

그렇기에 나는 나덴에게 말했다.

"생각하는 그대로 하면 돼. 그것 때문에 성룡 산맥의 드래곤들과 껄끄러운 사이가 되더라도, 나덴이 있을 곳은 이제 프리도니아 왕국에…… 우리의 집에 있어."

"나덴은 가족이 되고 싶다고 그랬지. 그렇다면 돌아갈 장소는 하나일 거야."

"가족이 돌아갈 장소라면, 그 언제라도 당연히 따뜻한 우리 집이니까요."

리시아와 아이샤도 장난기 가득하게 윙크하고 있었다.

"소마, 리시아, 아이샤……."

"그러니까 제대로 보여줘, 나덴!"

"……맡겨 둬!"

나덴은 눈꼬리를 훔치더니 용의 모습으로 변하여, 크게 입을 벌리더니 있는 힘껏 포효했다.

ㄱㅇㅇㅇㅇㅇㅇㅇㅇㅇㅇㅇㅇㅇㅇㅇㅇㅇㅇ!!

대전당을 뒤흔들 정도인 나덴의 포효가 울리고, 모여 있던 드래곤들의 시선이 일제히 나덴에게 모였다. 그리고 드래곤들이 보는 앞에서 나덴은 공중으로 날아올랐다.

"말도 안 돼…… 나덴이, 날고 있어……."

파이가 손을 입가에 대며 눈을 크게 떴다. 다른 드래곤들도 눈앞에서 벌어진 일을 믿을 수 없다는 표정이었다. 그런 그들 앞에서 나덴은 우아하게 몸을 굽이쳤다.

그 모습을 멍하니 올려다보던 파이의 눈에서 눈물 한 줄기가 흘러내렸다.

"그런가…… 그래서 티아마트 님은…… 잘됐구나. 나덴……."

그러면서 파이는 눈물을 흘리며 미소를 띠었다. 친구로서 계속 걱정했을 테지. 좋은 친구를 두었잖아. 나덴은 드래곤들 바로 위에 자리 잡더니,

[적당히 좀, 하라고ㅇㅇㅇㅇㅇㅇㅇ!!]

파직파직!!

드래곤들이 밀집한 공간을 향해 번개를 내리꽂았다.

여기저기서 비명이 터지고 드래곤들이 차례차례 쓰러졌다. ……이거, 힘 조절을 제대로 한 건가? 꺼림칙한 소리가 났고, 어쩐지 그을린 냄새도 났다.

뭐, 뭐 드래곤들이라면 이 정도 전격은 괜찮지 않으려나…… 그런 생각도 했지만, 파이의 굳은 표정을 보면 드래곤의 기준에서도 조─금 지나치게 저지른 모양이었다.

그만큼 참을 수가 없었던 거겠지.

소란이 그치고 서 있는 이가 사라진 집단 중심으로, 나덴은 사람의 모습으로 내려섰다. 그리고 나덴은 발밑에 쓰러진 무언가를 보고 있었다.

저건…… 루비인가? 머리카락은 흐트러지고 입가에는 찢어진 흔적이, 비늘로 만든 옷은 군데군데 손상된 상태였다. 솔직히 말해서 너덜너덜했다. 격렬한 린치가 있었음이 엿보였다. 나덴은 그런 루비를 흘끗 보고는 다시 주위를 둘러보며 재차 노성을 날렸다.

"적당히 좀 해! 시비를 걸던 루비는 짜증났지만, 험담을 한 건 너희도 마찬가지잖아! 그런데 뭐?! 상황이 나빠졌다고 루비한테 전부 떠넘기고는 규탄한다고?! 무슨 바보 같은 짓이야!"

마치 둑이 터진 것처럼, 이제까지 나덴 안에 담겨 있던 감정이 넘쳐 나왔다. 말 못 하고 참느라 가슴속에 쌓아놓았던 어둡고 검은 감정이었다.

"우, 우리는 그저……."

무언가 말하려던 드래곤도 있었지만 결국에는 나덴의 험악한 분위기에 입을 다물었다.

"이제 와서 뭔데! 실컷, 나를 윔이라느니 날지 못하는 드래곤이라느니 바보 취급해 놓고! 그러고는 나한테 귀찮은 일을 떠넘기는 거야?! 날개가 있잖아! 나보다 대단하시잖아! 그렇다면 너희끼리 어떻게든 해 보라고!"

"나덴……."

슬픈 목소리로 다가가려는 파이를, 나는 제지했다. 지금은 모두 쏟아내야만 하겠지. 저건…… 나덴이 앞으로 살아갈 인생에 필요한 일이라고 생각하니까.

"잔뜩 바보 취급했잖아! 막상 나밖에 못 한다고 그러니까 손바닥 뒤집듯이 나한테 부탁하는 거야? 웃기지 마! 나는 말이지, 이런 성룡 산맥의 분위기가 싫어! 파이랑 티아마트 님 말고 다른 드래곤이 싫어! 그런 내가 어째서 성룡 산맥을 위해 움직여야 하는데! 여기가 멸망해도 나는 전혀 아랑곳하지 않을 거야!"

그리고 나덴은 말을 잃은 드래곤들을 노려보고 발을 동동 굴렀다.

"잔뜩 험담했잖아! 윔이라느니, 분수를 알라느니 어쩌느니! 그런 나한테 대체 무슨 낯짝으로 부탁하는 건데? 분수는 어쩌고? 뭣하면 땅에 머리를 처박고서 애원해 보는 건 어때? 내 마음이 바뀔지도 모른다고?"

아―…… 이건 독설을 너무 쏟아내다가 이상한 스위치가 들어가 버렸는데. 나덴 스스로도 이제는 본인이 무슨 소리를 하는지 모르는 거겠지. 이것 참…….

"자, 어서……."

"자 자, 이제 그만해."

나는 나덴의 어깨를 붙들어 말렸다.

◇ ◇ ◇

"이제 됐잖아. 그 이상은 나덴 본인의 가치를 떨어뜨릴 거야."

소마가 진지한 표정으로 내 어깨를 붙들었다. ……뭐야, 방해하지 말라고.

나는 소마의 손을 뿌리치고 분노의 감정 그대로 힐문했다.

"뭐어? 내 가치라니 뭔데! 날개도 없는데도 날 수 있다는 거?"

"아니야."

"폭풍 속에서도 날 수 있다는 게 가치라는 거야? 그러니까 날라고?"

"아니야."

"그럼 대체 뭐라는 거야!"

"가치에 사로잡히지 않는 마음이, 나덴의 가치잖아!"

소마는 또다시 내 양쪽 어깨에 손을 얹고 분명하게 단언했다. 강하게 붙잡은 탓에 조금 아팠다. 그 아픔이…… 내가 정신을 차리게 해 주었다.

"다른 사람들이 다들 뭐라고 하든, 좋은 건 좋다고 인정할 수 있는 게 나덴의 매력이야! 즐겁다면 바깥 세계의 연애 소설도 읽고, 제국의 국왕 방송도 봐. 갑자기 나타난 나 같은 이방인과도 태연하게 어울릴 수 있어. 다른 사람의 시선 따윈 신경 쓰지 않고 자기가 하고 싶은 일을 하고 있어. 그런 평범하고 자유로운 정신을 가졌으니까, 나는 나덴이 좋아. 다른 어느 드래곤도 아닌 나덴과 계약을 맺고 싶다, 그렇게 생각했어!"

"…………."

좋다, 그 말을 듣고 내 머리는 급격하게 식었다. 아니, 반대였다. 끓어올랐다. 머리가 뜨거웠다. 물고기처럼 입을 뻐끔뻐끔 했지만 말이 나오지 않았다. 소마는 개의치 않고 계속 이야기했다.

"입장이나 상황이 변했다고 해서 다른 사람의 인격을 짓밟는다면, 네가 가장 싫어하는 이와 같은 부류가 되는 거야. 나는 나덴이 그렇게 되지 않았으면 해."

"소, 소마……."

"게다가 이제 나덴이 혼자서 참을 필요는 없어."

정신이 드니 리시아와 아이샤도 곁에 서 있었다.

"나덴도 우리 가족이 되는 거니까, 힘겨울 때는 확실하게 의지해."

"그래요. 저는 폐하나 다른 사람들처럼 머리가 좋지는 않으니까 무예로 노력할게요. 혹시 나덴 경을 다치게 하려는 사람이 있다면 제가 이 검으로 쓰러뜨릴게요."

쓴웃음 짓는 리시아와 호쾌하게 웃으며 뒤숭숭한 소리를 하는 아이샤.

아아……. 그런가. 지금의 내게는 내 아픔을 자신의 아픔처럼 느껴 주는 상대가, 파이 말고도 이렇게나 있는 것이다. 그리고 나도 모두의 아픔을 나 자신의 아픔처럼 느끼겠지. 나는 그들을 향해 머리를 숙였다.

"미안해. 어쩐지 확 복받쳐서."

"아아, 뭐 가끔은 토해 내는 것도 필요하겠지. 게다가 화가 난 건 우리도 마찬가지니까. ……못을 좀 박아둘까."

그러더니 소마는 멀리 빙 둘러서서 보고 있는 드래곤들 앞에 섰다. ……어, 뭘 하려는 거야?

"나는 프리도니아 왕국의 왕, 소마 카즈야다."

소마가 갑자기 자기소개를 했다. 그 말을 듣고 드래곤들이 술렁였다.

"구, 국왕이라고……?!"

"그것도 프리도니아 왕국?! 동쪽의 그 대국?!"

계약의 의식보다도 전에 인간이 와 있다는 사실에도 놀랐는데, 그뿐만이 아니라 노툰 용기사 왕국의 인간이 아니고 프리도니아 왕국의 국왕이라고 한다. 소마를 알고 있는 파이마저도,

"어, 카즈마 군이 소마? 게다가 임금님?"

……눈을 깜빡거릴 정도였다. 소마는 국왕다운 말투로 말했다.

"금번에 나 소마 카즈야는 티아마트 님의 인도에 따라 여기 있는 나덴과 계약을 맺게 되었다. 이건 이 [폭풍]에 대처하기 위한 것이기도 하지. 즉, 나덴 데랄은 프리도니아 왕국의 왕비 중 한 사람이 되었다는 뜻이다."

그리고 소마는 드래곤들을 노려봤다.

"그러니까 앞으로 나덴에게 쓸데없이 시비를 건다면 외교 문제를 각오하도록."

드래곤들은 위압하듯 말하는 소마는 국왕이라기보다 마왕 같았다.

못을 박는다, 그렇게 말하기에는 그 못이 너무 커서 솔직히 말뚝을 박아서 땅에 고정시켜 버리는 것 같았다. 그 증거로 드래곤들은 아무 말도 못 하고 굳어 있었다. 사실은 드래곤들이 훅 부는 것만으로 날아가 버릴 정도로 빈약한 인간인데도, 소마는 완전히 이 자리의 분위기를 지배하고 있었다. 소마가 짊어진 국가라는 것의 크기를 새삼 실감했다.

하지만 소마도 평소에는 그런 권위 같은 것을 사용하고 싶어 하지 않는구나. 나랑 처음으로 만났을 때도 가명을 사용했을 정도인걸. 그런 소마가 권위를 끄집어내면서까지 위압한다는 건…… 상당히 화가 났다는 의미일까?

'내가 모멸당했으니까, 날 위해서…… 그런 건 자만이려나.'

그런 주책없는 생각을 하는 동안, 시야 한편으로 너덜너덜해져서 쓰러져 있는 루비가 비쳤다. 나는 천천히 그녀에게 다가갔다.

쓰러진 루비를 내가 위에서 내려다본다. 루비가 하늘에서 나를 내려다봤을 때와는 반대인 구도였다. 나는 거친 숨을 몰아쉬는 루비를 향해 물었다.

"정신 차렸어? 멍청한 루비."

"정신 차렸어. 바보 나덴."

너덜너덜한 상태에서도 독설에 독설로 답할 여유는 있는 모양이었다. 이렇게 되었어도 루비는 루비인가 보다. 아까 실컷 토해낸 덕분인지 이제 나쁜 감정은 느껴지지 않았다. 불평도 불만도 있을 터인데, 지금은 이미 아무래도 상관없는 이야기였다.

"……드래곤들은 너무 지나쳤다고 생각하지만, 절반은 네 자업자득이야."

"흥……."

"그보다도 이렇게까지 당할 건 없었잖아? 그야말로, 나는 도망쳤다고 그랬으면 말이지."

"그러면…… 저 녀석들이랑 똑같아질 텐데."

루비는 화를 내듯 그렇게 말했다.

"저 녀석들은 언제나 뒤에서 소곤소곤 그럴 뿐이잖아. 그런 녀석들이랑 똑같이 되고 싶지 않아. 나는 하고 싶은 말이 있다면 본인 앞에서 당당하게 말해."

"나한테는 엄청 민폐였다고."

뭐, 그래도 제대로 싸울 수 있는 만큼, 뒤에서 험담만 하는 다른 드래곤보다는 낫다고 생각했다. 화가 나면 전격을 쏠 수도 있었으니까. 몰래 험담만 해댄다면 그럴 수도 없다. 그러자 루비는 작게 한숨을 내쉬었다.

"……너는 좋겠네. 그런 꼴인데도 하늘을 날았잖아. 게다가 국왕한테 시집을 가다니, 대체 얼마나 특별한 거야. 부럽기 짝이 없네."

부럽다……. 소마가 한 말은 정답이었나 보다. 그렇다고 나한테 그런 소리를 해도 곤란한데. 그게…….

 "나는 루비 같은 평범한 드래곤으로 태어나고 싶었다. 몇 번이나 그렇게 생각했어."

 평범한 드래곤이었다면 나를 그런 시선으로 보지 않을 텐데, 계속 그렇게 생각했다. 루비처럼 평범했다면. 하지만 그런 루비는 내 특별함이 부러웠다고 한다.

 평범과 특별. 이것이 혹시 반대였다면 좋았을 텐데…… 뭐, 그런 단순한 이야기도 아니겠지. 혹시 내가 평범했다면 특별함을 동경했을 테고, 루비가 특별했다면 평범한 드래곤이 되고 싶어 했을 테지. 사람은 자신에게 없는 것을 바라게 되는 법이니까.

 "나덴…… 너나 나나, 참 힘들구나."

 "세상일은 그런 거야, 루비."

 둘이서 함께 쓴웃음 지었다. 정말로…… 힘겨운 법이다. 그리고,

 "나덴, 이쪽으로 와 줘."

 소마가 나를 불렀다. 지금부터 [폭풍] 대책을 세우려나 보다.

 "……부르네. 갈게."

 "예 예, 구름이든 왕국이든, 어디로든 가 버리렴."

 평소 그대로인 루비의 독설을 받으며, 나는 소마에게 달려갔다.

◇　◇　◇

‘아아, 정말이지…… 최악이야…….’

온몸이 아프다. 몸이 너덜너덜해진 채로 나는 위를 보며 쓰러져 있었다.

나, 루비는 나덴에게 시비를 걸었다며 비난받더니 드래곤들의 집중 공격을 받게 되었다. 드래곤으로서 나름대로 강하다고 생각했지만 역시나 다수를 상대로는 너무도 무력했다.

나를 공격한 드래곤들도 뒤에서는 나덴을 험담했으면서, 막상 나덴의 힘이 필요해지자 손바닥을 뒤집듯 나를 규탄했다.

[절반은 네 자업자득이야.]

아까 나덴의 말이 떠올랐다. ……정말이지, 나도 알거든.

나덴의 남편이 한 말이 맞았다. 나는 나덴이 부러웠던 것이다.

가치 기준이 굳어져서 개성이 매몰되는 경향이 있는 성룡 산맥 안에서, 선천적으로 특별한 나덴이. 나도 나덴처럼 다른 드래곤에게는 없는 특별함을 바랐다…….

[나는 루비 같은 평범한 드래곤으로 태어나고 싶었다, 몇 번이나 그렇게 생각했어.]

…………정말로 참 힘겹구나.

결국 서로에게 없는 것을 욕심냈을 뿐이었던 것이다.

나는 너무 높아서 보이지 않는 천장을 바라보았다. 눈꼬리에서 넘친 눈물이 귀를 향해 흘렀다. 아, 정말이지. 어디서 잘못된 걸까…….

"도저히 남 일 같지가 않아서 말이지."

갑자기 머리 위에서 그런 목소리가 쏟아졌다. 쳐다보니 비교적 억센 체격의 붉은 머리 청년이 나를 내려다보고 있었다.

"잘못을 저질러서 엉망진창으로 당한 널 보고 얼마 전의 날 떠올렸어. 나도 소마를 상대로 사고를 쳐서 아버지한테 잔뜩 두들겨 맞았거든."

그러면서 붉은 머리 청년은 머리를 벅벅 긁었다. 그리고는 드러누운 내 얼굴을 들여다보듯 웅크려 앉더니 작게 웃었다.

"어—…… 쓸데없는 참견일지도 모르겠지만, 충고 하나 할게. 한번 잘못을 저질렀다는 사실은 이제 바꿀 수는 없어. 없었던 걸로 할 수는 없어."

"…………"

"그러니 남은 건 바로, 어떻게 만회하느냐. 세상에는 만회할 수 없는 일도 있겠지. 하지만 만회할 수 있는 문제라면 확실하게 만회하고, 떳떳해지고 싶잖아."

만회하고, 떳떳해지고 싶다……인가.

"그건 잘못을 저지르고 만 상대에게 말이야?"

"아니. 나 자신에게 말이야."

잘못을 만회한다. 나 자신에게 떳떳해질 수 있도록. 뭘까. 이 청년의 말이 완전히 가슴속으로 스며드는 기분이었다. 그리고,

"뭘 잘난 척하는 건가요, 할."

"어, 카에데?! 뭐 어때! 내가 누구를 좀 걱정할 수도 있지!"

"흐~응……."

여우귀 여자가 다가와서는 싸늘한 눈으로 쳐다보자 붉은 머리 청년이 허둥댔다. 조금 전까지는 조금 멋있어 보였는데, 허둥지둥하고 있는 지금은 여러모로 이미 엉망이 됐다.

멋있었다가, 얼빠졌다가…… 보고 있으니 재밌다. 게다가,

[만회하고, 떳떳해지고 싶잖아.]

[나 자신에게 말이야.]

이 청년의 말은 내게 지표를 준 것 같은 느낌이었다. 나는 아픈 몸을 일으켰다.

"어, 잠깐. 일어나도 괜찮아?"

"아프다면 누워 있는 편이 나을 거라고요?"

내 몸을 걱정해주는 붉은 머리 청년과 여우귀 소녀.

확실히 온몸이 아프지만…… 하지만 여기서 누워만 있어서는, 나는 나 자신에게 떳떳해질 수가 없다. 그러니까, 붉은 머리 청년…… 여우귀 여자는 할이라고 불렀던가. 나는 할을 향해 깊이 머리를 숙이며 말했다.

"당신에게, 부탁드리고 싶은 것이 있어요."

자. 나덴 건으로 드래곤들에게 못을 박아둔 참에, 진짜 문제인 이 폭풍을 어떻게 하느냐에 대해서 생각하게 되었다.

나와 동료들은 제대로 박살난 드래곤들 때문에 무슨 밤샘을 하고 다들 뻗은 것 같은 분위기가 된 대전당에서 조금 떨어진 조

출한 방으로 장소를 옮겼다.

나덴의 이야기로는, 이곳은 티아마트와 면회하기 위한 대합실 같은 방이라고 한다. 그런 방에서 나는 동료들을 향해 말했다.

"나와 나덴은 저 폭풍 속에서 무언가를 봤어."

"무언가?"

리시아가 되물었기에 나는 고개를 끄덕였다.

"검은 물체가 구름 사이로 흘끗 보였을 뿐이었지만."

"잘못 봤다든지 그런 건 아니겠지?"

"목소리도 들렸으니까 틀림없이 있을 거라 생각해. 제대로 들은 건 '당신' 이라든지 '부순다' 든지, 그런 단편적인 단어였지만. 나덴도 들었지?"

"확실히 듣기는 했지만 나한테는 그렇게까지 또렷하게 들리지는 않았어."

나덴은 팔짱을 끼며 "으~음." 하고 신음했다.

"게다가 그 목소리, 우리가 사용하는 언어가 아니었던 것 같아. 무언가 말을 한다는 건 알겠지만 전혀 알 수가 없다는 느낌?"

"응? 주인님은 이해했는데 나덴 양은 이해하지 못했다는 건가요?"

"……잠깐 괜찮을까요?"

카를라가 고개를 갸웃거렸을 때, 그때까지 잠자코 이야기를 듣던 카에데가 손을 들었다.

카에데는 특유의 통찰력으로 장래에는 국방군 총대장이 유력

한 루드윈의 참모를 맡고 있었다. 하쿠야가 없는 현재 상황에서는 의지할 수 있는 두뇌 담당이었다.

"폐하께서는 확실히 이 세계의 사람이 아니신 거죠?"

"응? 어, 그렇긴 한데."

"폐하의 세계에서는 이 세계와는 다른 말이 사용되었을 거예요. 그런데도 저희의 말을 아시고, 저희가 폐하의 말씀을 알 수 있는 건 신기한 힘에 따른 것이겠죠."

그건 그렇겠지. 좀 더 엄밀하게 말하자면, 내가 이야기하는 일본어는 다른 이들에게 일본어 그대로 들리지만 그들은 이해할 수 있는 듯했다. 반대 경우도 마찬가지였다.

가령 내가 일본의 노래를 부를 경우에 다른 이들은 그 가사의 내용을 이해할 수는 있지만, 예를 들어 주나 씨가 일본의 노래를 내가 부른 그대로 완전히 카피해서 부르더라도 다른 이들로서는 그 가사의 내용을 이해할 수는 없는 상황이 발생하는 것이다.

'그러고 보니…… 이 세계의 문자를 읽고 쓸 수 있었지.'

신기하게도 나는 이 세계의 문자를 인식할 수 있다. 쓸 수 있고 읽을 수 있다.

반대로 다른 이들에게 일본어 문자를 보여 주더라도 전혀 읽을 수 없는 모양이었다. 이 경우, 번역 능력이 작동하는 것은 나뿐이라는 의미였다. 덕분에 서류 작업을 할 수 있다지만……

언어와 문자에서 번역되는 방법이 다른 데에는 무언가 의미가 있는 것일까.

그런 생각을 하는 동안, 카에데가 나덴에게 물었다.

"나덴 경을 포함해서 드래곤들은, 사람의 의식에 직접 말을 걸 수 있는 거죠?"

"응. 우리는 마음으로 대화한다든지 염화(念話)라든지, 그렇게 부르지만."

"그래서 떠오른 거예요. 폐하의 힘도 거기에 가까운 것은 아닐까, 생각한 거예요."

과연, 텔레파시인가. 청각에 직접 작동하는 것이 아니라 뇌의 정보 처리 쪽 부분에 작동하는 건가. 어쩌면 토모에의 동물이나 마족과 대화할 수 있는 능력도 이쪽에 가까운 것인지도 모른다.

하지만 어째서 갑자기 이런 이야기를...... 아, 그런가.

"내가 알아듣고 나덴이 못 알아듣는 건, 그런 힘의 유무가 원인일지도 모른다는 거로군."

"예. 저로서는 그렇게 생각되는 거예요."

"그럼 혹시 그 구름 안에 있다는 누군가는, 소마가 있던 세계의 언어를 사용하고 있었다는 거야?"

리시아가 그렇게 물었다. 그런가, 그런 패턴도 고려할 수 있나. 하지만 이 의견에 대해서는, 카에데는 명확하게 고개를 가로저었다.

"그건 아니라고 생각하는 거예요."

"어째서 그렇게 단언할 수 있어?"

"이건 실제로 시험해보는 편이 빠르겠죠. 폐하, 수고를 끼쳐 죄송합니다만, 폐하께서 계시던 세계의 언어로 인사말을 가르쳐주시겠어요? 가능한 한, 천천히."

그 말에 나는 음절을 하나하나 끊듯이 말했다.

"안 · 녕 · 하 · 세 · 요."

"……안녕하세요, 인가요. 공주님, 안녕하세요."

카에데가 "안녕하세요."라고 말하자 리시아가 놀란 표정으로 눈을 크게 떴다.

"신기해! 양쪽 다 똑같이 '안녕하세요.'로 들렸는데, 소마의 말은 이해할 수 있고 카에데의 말은 들은 적이 없는 언어로 들렸어."

"그, 그런 건가?"

그렇게 묻자 카에데는 고개를 크게 끄덕였다.

"예. 그것이야말로 구름 안에 있는 무언가가 폐하께서 계시던 세계의 언어를 사용하지 않는다는 증거가 된다고 생각하는 거예요. 폐하께서 계시던 나라의 언어를 사용했다면, 나덴 씨는 말의 의미는 이해하지 못하더라도 '당신'이나 '부순다'라는 '발음'은 들었을 거예요."

언어로는 안 들리더라도 '발음'으로는 들린다……인가. 카에데는 입가에 손을 대며 생각에 잠긴 듯 말했다.

"구름 안에 있던 누군가의 말을 폐하께서는 이해하실 수 있지만 나덴 씨로서는 이해할 수 없었다. 그러나 폐하께서 계시던 세계의 언어라고 생각하기는 어렵다. 그 사실로부터 판단할 수 있는 건, 구름 안에 있던 누군가는 이 대륙의 공통어도, 폐하께서 계시던 세계의 언어도 아닌 언어로 이야기를 했다는 거예요."

그게 뭐야. 구름 안에 있는 녀석은 이 세계도 내가 있던 세계도 아닌, 전혀 다른 세계에서 온 녀석이라는 건가? 그런 게 있다면, 어떻게 대처하면 좋을지 전혀 알 수가 없다고. ……아니, 어라?

'……아니, 그게 아니야. 다른 세계의 녀석이 아니더라도 상관없어. 있잖아, 이 대륙에. 전혀 다른 언어를 사용할 법한 자들이.'

"마족……."

내가 그 말을 입에 담았을 때, 모두 일제히 숨을 삼켰다.

마왕령 깊은 곳에 존재한다는, 마물과는 또 다른 의문의 종족.

대화 사례는 아직 토모에와 코볼트 사이에서 나누었던 한 건뿐이었다. 토모에가 가진 특수한 능력이 있었기에 가능한 일이니까 그도 당연하겠지.

그들이라면 대륙 공통어도 내가 있던 세계의 언어도 아닌 독자적인 언어 체계를 가지고 있더라도 신기할 것은 없었다.

그리고 혹시 마족이 언어를 다룰 수 있다면, 내가 가진 의문의 번역 능력으로 알아들을 수 있을지도 모른다. 마침 폭풍 안에 있던 누군가의 언어를 나만이 알아들은 것처럼 말이다. 내 능력으로는 토모에처럼 동물의 목소리까지 들을 수는 없지만 마족이 상대라면 대화가 가능할 수도 있다는 건가.

"……티아마트 님이 나를 열쇠라고 한 건 이런 이유였나?"

"아마도 그럴 거라고 생각하는 거예요."

카에데가 고개를 끄덕였다. 그러자 리시아가 머리를 부여잡으며 말했다.

"혹시 만약에…… 구름 안에 있는 게 마족이라면……."

"마족이라면?"

"나는 소마가 가지 않았으면 해."

리시아가 내 눈을 똑바로 보며 말했다.

"너무 위험해. 소마에게 무슨 일이 생긴다면 우리 나라는……
나는……."

"그래요! 폐하 대신에 제가 가서 원흉을 끝장내고 오겠어요!"

리시아 뒤를 이어서 아이샤도 그렇게 말했다. 두 사람 모두 나를 걱정해 주는 거겠지. 스스로가 얼마나 약한지는 알고 있으니까 보통은 이런 위험한 다리는 피해서 지나갈 것이다. 하지만 이번만큼은 어떻게 하더라도 피해서 지나갈 수 없을 것 같았다.

"무용으로 해결할 수 있는 문제라면 티아마트도 나를 부르진 않았을 거야. 나보다 강한 녀석은 이 세계에 얼마든지 있을 테니까. 그러지 않았다는 건, 티아마트는 이번 일을 다름 아닌 '대화'로 해결할 수 있다고 생각하는 거겠지."

"하지만……."

"나는 이번 일을 귀중한 찬스라고 생각해. 우리 나라는 다행히도 마왕령에서는 떨어져 있어. 이 기회를 놓친다면 다음에 언제 마족과 대화할 수 있는 찬스가 올지 알 수 없어. 할 수 있을 때 가능한 한 많은 정보를 모아두어야 해."

"소마……."

여전히 걱정스러워하는 리시아의 어깨에 손을 툭 얹었다.

"물론 최대한의 안전을 확보해서 갈 생각이야. 왕국에서 가져온 장비도 있어. 게다가 호위를 위해서 아이샤도 동행시킬 거야. 남은 사람들은 지상에서 대기해 줬으면 해. 나덴. 아이샤도 같이 등에 태워줬으면 하는데 괜찮을까?"

드래곤이 등에 태울 수 있는 것은 반려뿐이라고 들었으니까. 나덴은 잠시 생각에 잠겼지만,

"음─. 기분이 좋지는 않지만…… 아이샤는 반려의 반려니까 그것도 반려의 하나라는 걸로 괜찮지 않을까? 다만 가호를 받을 수는 없으니까 몸은 단단히 고정하고."

……그렇게 승낙해 주었다. 그러자 카를라가 팔짱을 끼며 신음했다.

"반려의 반려는 그 또한 반려, 인가요. 그럼 저는 동행할 수 없겠군요. 이렇게 바람이 불어서야 저도 날 수 없을 테고, 무언가 도움이 되고 싶었습니다만……."

"이런 상황이니까 어쩔 수 없잖아. 아이샤, 미안하지만 날 지켜 줘."

"처음부터 저는 폐하를 지키는 [동풍의 무사]입니다!"

아이샤는 가슴을 턱 두드렸다. 그러자 리시아가 아이샤의 손을 잡았다.

"아이샤. 소마를 부탁할게."

"리시아 님…… 예! 맡겨 주세요!"

아이샤도 리시아의 손에 자신의 손을 겹치며 말했다.

그럼…… 일단 이걸로 이야기는 마무리되었나? 각자의 역할

도 정해졌고…… 아니, 어라? 동료들의 면면을 둘러보고 어떤 사실을 깨달았다.

"어라? 할은 어디 갔어?"

"어? 그러고 보니…… 없네."

리시아도 주위를 두리번두리번 둘러봤다. 이 방에 있는 것은 나, 리시아, 아이샤, 나뎀, 카를라, 카에데까지 여섯 명뿐이었다. 할은 어디로 간 걸까. 그러자 카에데가 "그게 말인데요……." 라고 말끝을 흐리며 이야기했다.

"준비할 게 좀 있다면서 자리를 비운 거예요."

"준비?"

"어, 그게…… 무슨 일이 벌어졌을 때를 대비한 보험인 거예요."

카에데는 무언가 다른 뜻이 담긴 말로 대답했다.

어쩌면 예측하지 못한 사태에 대비해서 카에데도 무언가 준비를 해 준 걸까. 카에데는 선견지명이 있으니까 대비해 준다면 든든하다.

"아뇨, 기대하셔도 곤란하다는 거예요……. (정말로 할은 괜찮을까…… 그녀의 제안이 무슨 의미인지 확실하게 이해하고 승낙한 거겠죠?)"

"응? 뒷부분은 작아서 잘 안 들렸는데?"

"……아뇨, 아무것도 아닌 거예요."

당황한 듯 고개를 가로젓는 카에데. 잘은 모르겠지만…… 뭐, 됐나.

"어쨌든 다들, 잘 부탁해."


"……그래서, 왜 소마는 그런 차림인데?"

구름 안으로 향할 준비를 하는데 리시아가 한심하다는 듯한 눈빛으로 물었다.

내 차림새란 땅딸막한 인형 옷이었다.

손에는 언월도. 어깨에 건 염주. 흰 명주를 감은 얼굴에서 엿보이는 동그란 눈이 사랑스러웠다. 내가 입고 있는 것은 유노 일행과 술을 마셨을 때 이후로 처음 이용하는 [무사시 도련님(대형)]이었다. 만약의 사태에 대비하여 왕국에서 가져온 장비 중 하나가 바로 이것, 무사시 도련님이었다.

"최대한의 안전은 확보하겠다고 했잖아."

나는 머리 부분을 벌컥 열고 리시아와 얼굴을 마주했다.

이전에 입은 것은 등 쪽의 구멍으로 들어가는 타입이었지만, 이것은 머리 부분이 밥그릇 뚜껑처럼 열리는 타입이었다. 이전 것과 비교해서 월등히 탈착이 편한 사양이었다. 수수한 버전업은 지금도 진행 중이었다.

"이런 겉모습이라도 남아도는 돈을 들여서 좋은 소재를 사용해 만들었으니까 어지간한 갑옷보다 튼튼할걸? 내화, 내전, 방검, 방독, 방산(防酸)에 뛰어나서 던전의 마물과도 싸울 수 있는 물건이야. 내【리빙 폴터가이스트】도 작동하니까 굉장히 사용하기 편하거든."

"그렇다고 해도…… 하아, 어쩐지 걱정했던 게 바보 같잖아."

리시아는 머리를 부여잡고 있었다. 이것 참, 이런 느낌도 오랜만이네. 처음 만났을 무렵의 리시아는 내게 휘둘리며 자주 머리를 부여잡고는 했던 것 같은데.

뭐…… 지금은 머리를 부여잡은 사람이 또 하나 있었지만…….

"……이상하네. 나는 기사를 태우고 날기를 꿈꿨는데, 어째서 이런 불가사의한 생명체(?)를 태우고 날아야 하는 걸까……."

인형 옷을 장비한 나를 보고 나덴이 머리를 부여잡으며 투덜투덜 말했다.

"아니아니, 용인 나덴한테 불가사의한 생명체라는 소릴 듣고 싶지는 않은데……."

"나, 그런 차림새인 소마를 태우고 나는 거라고?! 너무 쾌활한 거 아냐?!"

"…………."

덴데라덴데라 구름의 바다를 나아가는 용. 그 위에 타고서 기뻐하는 무사시 도련님.

……응. 상상해 보니 이상한 던전 느낌에 한층 박차를 가하는 것 같네.

"뭐, 뭐어 긴급 사태니까 참아줘."

"으으…… 알았어."

"아이샤도, 준비는 됐어?"

"언제든지 괜찮습니다!"

애용하는 대검을 들며 아이샤는 힘차게 고개를 끄덕였다. 비바람 가운데를 나아가야 하기도 해서 아이샤는 평소의 경갑옷 위로 온몸을 커버할 수 있는 비막이 망토를 착용하고 있었다. 자, 준비가 갖춰졌으니 돌입하도록 할까.

저 두꺼운 구름 안에 있는, 누군가에게로.



그리고 용은 폭풍 안을 나아간다. 등에 비막이 망토를 걸친 다크 엘프와, 동글동글하고 기기묘묘한 생물(?)을 태우고서.

귓가에서 바람이 휘이잉 울었다. 나덴은 수월하게 나아가고 있지만 여전히 몸을 두들기는 비바람의 기세가 강했다.

"아이샤, 괜찮아?!"

"아무렇지도 않아요! 곤돌라 안에 있을 때보다 흔들림은 적으니까요!"

나와는 달리 아이샤에게는 나덴의 가호가 작동하지 않기에 비바람이나 중력의 영향을 고스란히 받고 만다. 그래서 지금은 아이샤를 내 앞에 앉히고 몸을 무사시 도련님과 함께 로프로 묶어 고정시켜 놓았다. 무사시 도련님이 이런 체형이니까 일등석 시트에 안전띠를 맨 것처럼 보이기도 했다.

"그건 그렇고, 이 폭풍에 있는 누군가는 보이시나요. 비 때문에 시야가 너무 안 좋아요."

아이샤는 얼굴로 들이치는 비를, 팔을 들어 막으며 말했다.

확실히 이런 비바람 속에서 무언가를 찾기는 어려울 듯했다.

……그보다도 이 인형 옷을 입어보고 깨달았는데, 이러니저러

니 해도 시야가 좁았다. 무슨 당연한 소리를, 그렇게 생각할지도 모르겠지만 내 능력【리빙 폴터가이스트】로 내려다보는 시점에서 볼 수 있다 보니 이제까지는 신경이 쓰이지 않았던 것이다.

하지만 이런 비바람 속에서는 아무래도 그 내려다보는 시점의 능력이 제대로 기능하지 않았다.

아니, 볼 수 있기는 하지만 전파가 나쁜 텔레비전의 지직거리는 화면 같은 상태였다. 폭풍 속에서 사물을 움직인 경험이 없는 탓에 알아차리지 못했지만, 내 능력에는 그밖에도 이런 식의 제약이 존재할지도 모른다.

어쩔 수 없이 무사시 도련님의 머리 부분을 벌컥 열었다. 그 순간 맹렬한 비바람이 안면을 두들겼지만, 능력을 쓸 수 없는 이상 육안에 의지할 수밖에 없었다. 아이샤가 말한 것처럼 이러고도 아직 시야는 나쁘지만, 애당초 찾을 필요는 없는 것일지도 모른다.

"이 폭풍을 일으키는 게 그 녀석이라면 반드시 기류의 중심에 있을 거야. 나덴."

[알고 있어. 조금만 더 가면 이 흐름의 중심에 도착해.]

그리고 갑자기 비바람 소리가 줄어들었다. 폭풍의 기세가 약해졌나?

조금 전까지 얼굴을 두드리던 빗방울의 감각이 사라졌다. 바람은 아직 강했지만 비가 사라진 것만으로도 상당히 편해졌다. 하지만 주위는 여전히 구름으로 뒤덮여 있었다.

'……아니, 구름 안에 있을 때는 안개에 감싸여 있는 것처럼

느꼈어.'

주위가 구름으로 가득하다는 것이 보인다면 이곳에만 구름이 없다는 의미였다.

"여긴……."

"폐하! 위를 보세요!"

아이샤의 말에 올려다보니 그곳에는…….

"……뭐야, 저거…….."

회색에 엄청나게 큰 사각형 덩어리가 떠 있었다.

형태는 거의 정육면체이고 한 변은 10미터 정도는 될 것 같았다. 현재의 용 상태인 나덴의 전체 길이가 대략 40미터 정도니까 한 번 감을 수는 있을 정도겠지. 그런 거대한 정육면체가 중력을 무시하고 떠 있었다.

"폐하께서 보신 건 저건가요?"

"……모르겠어. 그때는 그림자밖에 안 보였으니까."

[하지만 이 흐름의 중심에 있는 것은 틀림없이 저거야!]

나덴이 정육면체를 노려보며 말했다. 저게…… 폭풍을 일으킨 존재? 카에데의 추론으로는 마족이 아닌가, 그런 이야기로 정리되었는데 저건 애당초 생물이기는 한가? 이 세계의 기준으로 봐도 내가 있던 세계의 기준으로 봐도 저건 이질적이다. 그리고,

————어째서 대답해……주지 않아……당신은.

또다시 그 목소리가 들렸다. 꺼질 듯한 목소리라 잘 들리지 않았지만 높고, 여성 같은 목소리지만 역시 어딘가 위화감이 있었다. 저 정육면체에서 들리나?

"아이샤, 나덴. 저 말을 알겠어? '어째서 대답해…….' 같은 소리를 했는데."

"그런가요? 전혀 못 알아들었어요."

[무언가 말을 한다는 것만큼은 알겠지만…….]

역시 두 사람은 들리는 목소리가 무슨 뜻인지 알 수 없는 모양이었다. 나는 두 사람을 위해서 들리는 목소리를 복창했다.

――――티아마트……우리 아이들……사라지……는데, 어째서…….

"으음…… 티아마트, 우리 아이들, 사라지, 는데, 어째서."

――――멸망하……않는 거……하기에는 이제, 나를……되지 않는데…….

"멸망하, 않는 거, 하기에는 이제, 나를, 되지 않는데."

내 말을 듣고 나덴과 아이샤 모두 신음을 흘렸다.

[티아마트……라니, 티아마트 님 말이겠지? 분명히.]

"아무래도 티아마트 님에게 무언가를 호소하는 것처럼 들리는데요."

나도 두 사람과 같은 의견이었다. 이 정육면체에 대해서 티아마트는 뭔가 알고 있는 것일까. 그러고 보니 티아마트는 이 폭풍을 예언했지.

　어쩌면…… 이 물체는 이전부터 티아마트와 접촉하고 있었나? 그런 생각을 하는 사이, 갑자기 목소리의 분위기가 바뀌었다.

　――――여기까지……하지만, 당신은……응답하지 않…….

　"여기까지, 하지만, 당신은, 응답하지 않…… 인가."

　들리는 것은 억양이 없는 평탄한 목소리였다. 하지만 선택하는 단어에서 무언가 분노 같은 것이 느껴졌다. 전체 내용은 불명이지만 무언가를 강하게 비난하는 것 같았다.

　"알 수 있을 것도 같고 모를 것도 같고. 좀 더 또렷하게 말해 줬으면 좋겠네요."

　아이샤가 그러면서 고개를 갸웃거렸다. 나덴도 생각에 잠겨 있었다.

　[당신……이라니, 아마도 티아마트 님이겠지? 그거…….]

　"잠깐만! 또 뭐라고 그래."

　나덴의 말을 가로막고 귀를 기울였다. 그러자…….

　――――그렇다면…….

"그렇다면."

————나……당신 아이들의……세계를 부수겠어.

"뭐?!"
[잠깐만, 소마?! 저 녀석 대체 뭐라고 그랬는데?!]
나덴이 소리쳤지만 곧바로 말로 옮길 수가 없었다.
당신 아이들의, 세계를…… 부수겠어?
당신이라는 게 나덴이 말한 것처럼 티아마트를 가리킨다고 하면 그 아이들이라는 것은 나덴을 포함한 용족을 가리키는 것이고, 그리고 그들이 사는 세계라는 건 드라클이라는 이야기가 된다. 그것을 파괴할 생각인가. 명확한 파괴 예고였다.
'이건…… 대화로 해결할 수 있는 상대가 아닌가……?'
그렇게 생각했을 때, 정육면체가 던진 다음 한마디가 내 뇌리를 뒤흔들었다.

————나……부수겠어. 당신이 나를, 부수어……주도록…….

"뭐?!"
나는 부수겠어. 당신이 나를 부수어 주도록.
그렇게 들린 것 같았다. 부수어 주도록, 부수겠어? 이 목소리의 주인은 드라클을 파괴하고 싶은 것이 아니라, 드라클을 파괴

하려고 해서 티아마트가 자신을 부수도록 만들려는 건가? 그것을 티아마트가 거부하고 있으니까 화가 났다?

즉, 이 폭풍은 목소리 주인의 자기 파괴 희망으로 발생했다는 건가?

[소마!]

"윽!"

나덴이 나를 불러 정신이 들었다.

[정신 차려! 저것의 말은 소마밖에 모른다고?!]

"미안해. 아무래도 저건 티아마트가 자신을 부수어 주길 바라서 드라클을 부수려고 하는 모양이야."

"예? 부수고 싶은 건 자신인데 다른 사람의 땅을 부수려고 하는 건가요? 자신을 부순다는 것도 무슨 소린지 잘 모르겠지만, 애당초 목적과 수단이 일치하지 않는 것 같은데……."

아이샤가 고개를 갸웃거렸다. 나도 그 이유까지는 알 수 없었다.

"어쨌든 저건 자신을 부수어 주길 바라고 드라클까지 온 모양이야. 하지만 무언가 이유가 있는지 티아마트는 그것을 거부한 것 같아. 그래서 저런 이 폭풍을 일으킨 모양이고. 티아마트의 아이…… 즉, 용족이 위기에 빠지면 티아마트도 자신을 파괴할 수밖에 없을 거라 생각한 것 같아."

['것 같다'라든지 '모양이야'가 너무 많지 않아?]

"어쩔 수 없잖아. 단편적인 정보로 추론한 거니까."

핵심인 티아마트 본인이라면 모든 사정을 알고 있을 테지만,

들은 바로는 하쿠야가 말했던 것처럼 [권한]이라는 게 없다고 했으니 더는 소용없겠지.

　……어쩌면 티아마트가 저걸 파괴하지 않은 것도 그 [권한]이라는 것과 연관이 있을까.


　————나는 부수겠어. 당신이……부수어……주도록…….


　또다시 그 목소리가, 그 말이 울렸다. 그리고 회색의 정육면체 상부에서 무언가 작은 공 모양 물체가 스무 개 정도 튀어나왔다. 다만 작다는 것은 그 정육면체와 비교했을 경우이고, 크기를 보면 직경 1미터 정도는 될 듯했다.

　그 구체는 떠 있지 않고 중력에 이끌려 아래로 떨어졌다. 그것을 보고 나덴은 당황한 듯한 목소리로 내게 물었다.

　[저기, 소마…… 저건…….]

　"그래. 어쩐지 위험해 보이는데."

　부수겠다는 말 다음에 튀어나온, 정체 모를 무수한 구체. 안 좋은 예감이 들었다.

　"나덴! 다가가지 말고 격추할 수 있겠어?!"

　[해내겠어!]

　그오오오오오오오오오오오오오오오!!

　나덴이 울부짖고, 튀어나온 물체를 향해 전격을 발사했다. 파직파직 몇 줄기나 가지를 치며 나아간 전격이 흩뿌려진 물체를 꿰뚫었다. 그러자,

————!!

전격이 닿은 순간, 그 구형 물체는 눈부신 파란 섬광을 발하며 빛 덩어리가 되어 부풀어 올랐다. 그리고 빛보다 늦게 들린 쿠궁, 하는 굉음. 그에 이어서 몸을 두들긴 풍압이 그 충격이 얼마나 엄청난지를 이야기했다.

역시…… 저 검은 구체는 폭탄 같은 건가!

그자 아이샤가 무언가 떠오른 듯 나를 돌아봤다.

"위험해요, 폐하! 밑에는 리시아 님이랑 다른 사람들이 있어요!"

"알고 있어. 나덴, 부탁할게. 어떻게든 격추해 줘!"

[처음부터 그럴 생각이었어!]

나덴은 하늘을 헤엄치며 잇따라 전격을 발사, 낙하물을 차례차례 격추했다. 하지만 숫자가 너무 많았다.

"나덴 양! 저도 도울게요!"

아이샤가 몸을 고정하고 있던 로프를 풀고 일어섰다.

"폐하, 저를 붙잡으세요!"

"이, 이렇게?!"

나는 무사시 도련님의 얼굴 부분으로 상반신을 내밀고 아이샤의 허리에 손을 둘렀다. 동시에 무사시 도련님 인형을 조종해서 인형의 손으로 아이샤의 발목을 붙들어 고정했다. 나덴 위에 올라선 상태가 된 아이샤는 애용하는 대검을 들었다.

"그럼 폐하, 머리를 낮추고 계세요!"

"어, 응."

"갑니다…… 하아아아아아아!!"

엄청난 기합과 함께 아이샤는 대검을 휘둘렀다.

리시아와의 훈련 같은 데에서 본 예의 날카로운 풍압이 날아
가서 낙하물 중 하나를 둘로 갈랐다. 그리고 옆으로 휘두르기,
비스듬히 왼쪽 베기, 비스듬히 오른쪽 베기…… 아이샤가 그렇
게 대검을 휘두를 때마다 날카로운 풍압이 날아가서 낙하물을
갈라 놓았다. 일상 생활에서 아이샤는 유감스러운(?) 느낌을
풍기지만, 전장에서는 가장 의지가 되는 왕국에서도 최강 클래
스의 전사였다.

나덴과 아이샤의 활약으로 정육면체가 떨어뜨린 낙하물은 차
례차례 폭파, 혹은 절단되었다. 그러나 낙하물은 연이어 계속
투하되고 있었다.

"끝이 없잖아……."

[하지만 저걸 격추하지 않으면 아래쪽에서 피해가 발생해.]

"진퇴양난이에요. 이대로는 점점 악화될 거예요."

아이샤의 말이 옳겠지. 젠장, 적어도 지상과 연락을 취할 수
있다면 위기 상황임을 알리고 피난을 유도할 수도 있을 텐데.
이럴 거라면 연락용 코보 암도 가져왔어야 했나…… 아니, 없
는 걸 바라봐야 소용없나.

"아, 정말이지. 어떻게 한다……."

나는 정육면체를 올려다보며 계속 고민했다. 바로 그때였다.


————이봐아아아아아아…….

멀리서 목소리가 들렸다. 조금 전까지와는 다른, 이번에는 남자의 목소리였다.


　————이봐아아아아아아!! 소마아아아아아아!!


　이 목소리는…… 아래쪽에서 들리잖아?!

　나덴에게서 몸을 내밀어 내려다보니 이쪽을 향해서 굉장한 기세로 돌진하는 레드 드래곤이 보였다. 날개는 접혀서 마치 화살촉 같은 형상이었다. 그보다도 날개를 퍼덕이지 않는데도 엄청난 속도가 나오잖아?

　게다가 그 드래곤의 등에는 할버트가 필사적으로 매달려 있었다.

　"할?!" [루비?!]

　나와 나덴의 놀라는 목소리가 겹쳐졌다.

　할버트를 태운 레드 드래곤 루비는 우리 옆을 지나갔다. 그대로 한 사람과 한 마리는 수직으로 올라갔지만, 이윽고 감속하더니 거꾸로 곤두박질쳤다. 날개를 펼치지 않는데…… 아, 그런가! 날개를 펼치면 바람의 영향을 받기 때문인가!

　"나덴!"

　[나도 알아!]

　떨어지는 루비 밑으로 들어가서 나덴은 단단히 받아냈다. 그대로 자신의 긴 몸을 루비에게 휘감아 고정했다. 루비는 안도한 듯 말했다.

[이렇게 나는 거…… 심장에 안 좋아.]

[루비, 너 어떻게…….]

[이야기는 나중에! 저게 밑으로 떨어지면 큰일이잖아?!]

그러더니 루비는 크게 숨을 들이마시고, [드래곤 브레스]라고 불리는 화염 방사를 토해냈다. 버너처럼 뻗어 나간 불길이 낙하물을 태워 유폭시켰다. 그것을 보고 나덴도 사방으로 전격을 날리며 몸을 회전시켰다. 그에 따라 루비의 불꽃도 시계바늘처럼 회전, 더욱 광범위하게 낙하물을 유폭시켰다.

주위는 불꽃과 전격과 폭발에 따른 빛으로 넘쳐났다. 눈이 따끔따끔했다.

단숨에 유폭시키자 다음 낙하물 투하까지 조금 여유가 생긴 듯했다.

[그래서, 왜 루비가 여기 있는 건데.]

주위가 차분해진 타이밍에 나덴이, 살짝 호흡이 거칠어진 루비에게 물었다. 그러고 보니 날개가 있는 드래곤은 이런 난기류에서 날지 못한다고 그러지 않았나?

[이 사람한테 협력을 받아서…… 억지로, 날아왔어…….]

루비는 호흡을 가다듬으며 말했다. 긴 목을 쭉 뻗어서, 코끝으로 등 쪽을 가리켰다. 이 사람이라니, 할 말인가?

"할. 너 대체 어떻게……."

잔뜩 지친 표정의 할에게 내가 그렇게 묻자 그는 손을 들어 자신의 후방을 가리켰다.

"소마가…… 이 녀석을 가져왔잖아. 이걸로…… 확 날아왔어.”

　그러면서 할이 가리킨 것은, 자신이 앉은 안장 뒤에 달려 있던 [맥스웰식 추진기], 별칭 [스스무 군 마크 V 라이트]였다. 나는 눈을 크게 떴다.

　‘카에데가 말했던 준비라는 게 이거였나!’

　“당신에게, 부탁드리고 싶은 것이 있어요.”

　나는 아픈 몸을 일으키고 자세를 바로한 뒤, 붉은 머리 청년 할을 향해 머리를 숙였다. 내가 갑자기 자신을 향해 머리를 숙이자 할은 옆에 있는 여우귀 소녀…… 카에데라고 불렀던가? 그 카에데와 얼굴을 마주했다.

　“아니, 갑자기 부탁한다고 그래도 말이지…….”

　“우선은 그 부탁을 알려 주셨으면 하는 거예요. 할한테 무얼 부탁하고 싶은 건가요?”

　그렇게 묻는 두 사람에게 나는 매달리는 듯한 심정으로 말했다.

　“뭐든 좋아! 나한테, 할 수 있는 역할을 주세요!”

　나는 다시 한번, 깊이 머리를 숙였다.

　“이 사태를 나덴에게만 맡기고 싶지 않아! 지금 여기서 드라클의 운명을 나덴한테만 짊어지게 하고 움직이지 못한다면…… 나는 더 이상 스스로에게 떳떳할 수 없어!”

이 폭풍 속에서 나는 날 수 없다. 그렇다고 날 수 있는 나덴에게만 모든 것을 떠넘겨 버린다면, 성룡 산맥의 드래곤으로서 체면이 서지 않는다. 그것만이 아니다. 혹시 나덴에게만 무리를 시켰다가 무슨 일이 생긴다면, 나는 스스로를 용서할 수 없을 것이다.

"당신은 그 소마라는 왕의 가신이잖아? 우리에게는 어떻게 할 방도가 없지만, 성룡 산맥 밖에서 온 당신들이라면 무언가 수단이 있지는 않을까 생각했어."

"그런 소리를 해도……."

"아무리 위험할지라도 상관없어. 나도 뭔가 하게 해 줘."

나는 비통한 심정으로 그렇게 호소했다. 할은 곤란하다는 듯 머리를 긁적였다.

"으~응, 드래곤이 날지 못하는 하늘을 날 방법이라니, 나도 그런 건 안 떠오르는데. 카에데의 마법은 중력 조작이지만 그건 지상에서 살짝 띄울 수 있는 정도고. 그렇지?"

"예. 토 속성 마법이라도 별다른 방도는 없다고 생각하는 거예요."

카에데가 고개를 끄덕였다. ……역시 나는 아무것도 할 수가 없나. 절망할 것만 같았던 그때, 카에데가 툭 말했다.

"……하지만 방법이 없지도 않은 거예요."

"무, 무언가 방법이 있어?!"

"위험하지만…… 날개가 바람을 받는다면 날개를 안 펼치면 되는 거예요."

카에데가 그런 이야기를 꺼냈다. 날개를 안 펼친다? 날개를 움직이지 않고 하늘을 날 수 있다는 거야? 그런 건…… 나덴밖에 할 수 없는 일이다. 할도 의아해하는 표정이었다.

"아니 아니, 날개가 있는 드래곤이 날개 없이 어떻게 난다는 거야?"

하지만 카에데는 어이없다는 듯 할의 얼굴을 마주 봤다.

"잊은 건가요, 할. 곤돌라 안에 있는 걸."

"곤돌라 안? 그러니까, 소마가 사용하는 희한한 인형 옷이 랑…… 아, 그런가! 그 [스스무 군 어쩌고] 라는 [추진기] 말인 가!"

추진기? 나로서는 무슨 소리인지 전혀 모르겠지만 두 사람은 납득한 모양이었다. 카에데는 내 등 쪽을 가리키며 말했다.

"드래곤과 와이번은 크기야 다르지만 형태는 무척 닮은 거예요. 와이번 기병과 마찬가지로 등에 [스스무 군 마크 V 라이트] 를 달고 그걸 풀파워로 기동하면 날개를 접은 상태에서도 지면과 수직으로는 올라갈 수 있다고 생각하는 거예요."

"이론은 알겠지만…… 위험하지 않을까? 수직으로밖에 못 올라가잖아?"

할의 의문에 카에데는 고개를 크게 끄덕였다.

"물론. 조타 같은 건 불가능할 테니까 그저 위로 올라갈 뿐이 에요. 게다가 폭풍 속에서 실험한 적도 없으니까, 지금 말한 게 정말로 가능할지도 알 수 없어요. 하지만 현 상황에서 어떻게는 하고 싶다면 이 방법밖에……."

"상관없어."

걱정스러워하는 표정을 짓는 카에데에게 나는 확실하게 단언했다.

"처음부터 위험은 각오했어. 시켜 줘."

"루비 씨……."

"정말이지, 어쩔 수 없네!"

그러자 할이 머리를 벅벅 긁적이며 히죽 웃었다.

"널 부추긴 건 나야. 어쩔 수 없으니까 어울려 줄게."

할버트의 제안에 카에데는 눈을 동그랗게 떴다.

"할은 자기가 무슨 말을 하는 건지…… 알고 있는 건가요?"

"위험하다는 거 말이야? 그건 각오한 바야. 어차피 추진기는 등에 짊어진 드래곤이 조작할 수는 없어. 누군가가 타고 조작해야만 하잖아?"

"제가 걱정하는 건 그것만이 아닌 거지만…… 아, 정말이지. 어쩔 수 없네요. 알았다는 거예요. 폐하께는 잘 말해 두겠다는 거예요."

카에데도 어쩔 수 없다는 느낌으로 어깨를 으쓱이며, 그럼에도 동의해 주었다.

"고마워. 할, 카에데."

나는 다시 한번, 두 사람에게 머리를 숙였다. 두 사람에게는 아무리 고마워해도 부족했다.

지금 이곳에서 급조 붉은 용기사가 탄생했다.

◇  ◇  ◇

나덴과 아이샤가 낙하물을 계속 추격하는 사이, 나는 할과 루비에게 현재 상황을 간단히 설명했다. 폭풍을 일으키는 것은 저 정육면체이고, 그 정육면체가 뿌리는 구형 낙하물은 폭탄. 지상으로 낙하하도록 두기에는 위험한 물체라는 사실 등을 말이다.

다만 저 물체가 자신을 부수어 주기를 바라고서 드라클을 부수려하는 모양이라는 사실은 말하지 않았다. 확증도 없고 설명할 시간도 아까웠으니까 말이지.

내 설명을 듣고 할과 루비는 함께 고개를 끄덕였다.

"알았어. 지상과의 연락은 우리한테 맡겨."

[다른 드래곤들도 지상에서는 싸울 수 있어.]

루비는 목을 뻗어 나덴에게 고개를 가져다 댔다.

[그러니까 나덴, 너는 아래를 신경 쓰지 말고 저 물체를 바로 노려.]

[맡겨도 되겠어?]

[소마를 옮기는 게 네 역할이잖아? 성룡 산맥에 사는 드래곤으로서, 앞장서서 움직이지는 못하더라도 등 뒤를 지키는 역할 정도는 하게 해 줘.]

[……알았어.]

나덴은 루비를 감고 있던 자신의 몸을 풀었다. 해방되자마자 할과 루비는 자유낙하에 몸을 맡기고서 강하하기 시작했다. 나는 떨어지는 할을 향해 외쳤다. "할! 다른 사람들을 부탁해!"

"맡겨 둬! 그쪽도, 잘 하라고!"

할과 루비는 올 때와는 반대로, 지상을 향해 곤두박질쳤다. 강하 중이면서도 할은 손에 든 창을 던져서 낙하물을 격추했다. 드라트루퍼 훈련의 성과가 나오는 듯했다. 붉은 드래곤 위에 앉아서 창을 던지는 붉은 머리의 할버트……인가.

"저쪽이 제대로 용기사 그 자체구나……."

[정말 그러네. 우리는 이렇게 희한한 일만 계속 겪고 있는데 말이지.]

"자 자, 폐하. 저쪽은 저쪽, 이쪽은 이쪽. 그걸로 충분하지 않나요."

"[푸흡.]"

아이샤의 그런 마무리에, 우리는 동시에 뿜어버렸다.

드라클이 위험한 상태임에도 그런 느긋한 소리가 나오니 별일 아닌 것처럼 느껴졌다. 응, 어떻게든 해결될 것 같은 기분이 들었다.

"하하…… 그럼 낙하물은 지상에 남은 사람들한테 맡기고, 우리는 정육면체에 대해서 탐색하러 가기로 할까."

[그래. 가자, 소마, 아이샤.]

"예!"

확 가속을 붙여 나덴이 상승으로 전환했다.

◇ ◇ ◇

할버트와 루비가 지상으로 돌아가니, 크리스탈 캐슬 앞에는 드래곤들이 한데 모여 있었다. 거구가 늘어서 있고 그 발밑에 카에데, 리시아, 카를라 세 사람이 있는 것이 보였기에 할버트와 루비는 그 근처로 내려섰다.

"할, 하늘 위의 상황은 어떻게 되고 있나요?"

카에데가 묻자 할버트는 하늘을 가리키며 말했다.

"사각형 모양의 이상한 녀석이 있었어. 세 사람은 그 녀석과 접촉하러 가고 있어. 그보다도 지금부터 지상을 향해 폭탄 같은 게 떨어질 거야. 격추해야 해."

"격추하라고 해도, 이런 빗속에서는 불꽃의 위력은 반으로 줄어."

자신도 불꽃의 마법을 사용하는 카를라가 그렇게 지적했다. 드래곤이 내뿜는 불꽃은 강력하지만, 이런 비바람 속에서는 약해져서 흩어지고 말 것이다. 리시아도 씁쓸하게 동의했다.

"내 얼음도 하늘을 향해 쏠 수 있는 만한 게 아니야."

"방법이라면 있는 거예요."

카에데는 그렇게 말하더니 몸을 웅크려 손을 지면에 대고 움직였다.

"다소 지형이 변할 테지만 용서해 줬으면 하는 거예요."

그러자 지면이 울퉁불퉁 융기를 시작하고, 한 변이 1미터 정도 크기로 살린 바위나 흙덩어리가 여기저기서 굴러 나왔다. 카에데가 토 속성 마법을 사용해서 만든 것이었다. 덩어리는 언뜻 보기에도 백 개는 될 것 같았다. 굉장한 양의 마력이 필요했으리라.

아니나 다를까, 힘을 과도하게 사용한 카에데의 몸이 휘청거리고 리시아가 황급히 부축했다.

"괘, 괜찮아?"

"죄송해요. 좀 지나치게 무리를 한 거예요."

리시아의 부축을 받으며 카에데는 모두에게 작전을 전했다.

"드래곤 여러분은 낙하물을 향해 이 덩어리를 던지세요. 드래곤의 힘이라면 상당한 높이까지 던질 수 있을 거예요. 우리 일행은 마법을 부여한 화살로 격추하죠. 우선시해야 하는 건 지하에 드래곤의 알이 잠들어 있다는 크리스탈 캐슬 방어예요. 다른 건 무시하더라도 크리스탈 캐슬을 향해 떨어지는 걸 먼저 격추하세요."

"알았어…… 다들, 들었지!"

리시아는 카에데를 일으켜 세우고는 동료와 드래곤들에게 지시를 내렸다. 한 나라의 공주이기도 한 만큼 자연스럽게 이 자리를 지휘하는 입장이 되었다.

"우리는 여기서 소마와 나덴을 엄호하는 거야!"

"""오오오오!"""

"""그오오오오오오오오오오!!"""

동료들이 함성을 올리고 드래곤들도 일제히 포효했다.

"루비. 우리는 또 하늘에서 요격하자."

[그래. 가자, 할.]

할버트와 루비는 또다시 [스스무 군 마크 V 라이트]로 날아올랐다.

모두가 지금 할 수 있는 일을 최대한 하고자 한다. 그런 광경을 보며 리시아는 활에 화살을 메겼다.

'우리는 우리가 할 수 있는 걸로 여길 지키겠어.'

시위를 당기고, 하늘 위에 있을 소마 일행을 생각했다.

'그러니까, 다들…… 반드시 무사히 돌아오는 거야.'

그런 생각을 실어, 리시아는 두꺼운 구름을 향해 화살을 날렸다.

"우왁!"

"괜찮아, 아이샤?"

"아, 예!"

상승할 때, 고정을 위한 로프를 풀어두었다는 것을 잊어버린 탓에 균형을 잃은 아이샤를 받아들며, 나는 재차 로프를 칭칭 감아서 고정했다. 그동안에도 나덴은 낙하물을 회피하며 정육면체에게 다가갔다. 정육면체에서는 폭탄을 뿌리는 것 말고는 공격다운 공격도 없었기에 간단하게 바로 옆까지 올 수 있었다.

'이 정육면체…… 우리를 상대하지는 않나?'

목표, 정확하게 말하자면 흥미가 있는 대상은 티아마트뿐이라는 걸까.

어쩌면 티아마트가 아니고서는 자신을 파괴할 수 없다는 절대적인 자부심이라도 있는 걸까. 어쨌든 옮겨 탈 수 있을 정도로 접근했기에 그 정육면체를 자세히 관찰할 수 있었다.

크기는 역시 한 변이 10미터 정도인 정육면체였다.

멀리서는 회색으로 보였던 표면에는 마치 잘라낸 흑요석 같이 윤기 있는 돌이 겹쳐져 있고, 그 돌의 표면에는 무언가 기하학적인 문양이 떠 있는 상태였다. 명백한 인공물이지만 또 다른 일부에는 이끼가 낀 부분도 있어서 새것인지 낡은 것인지 영 알 수가 없었다. 프로펠러나 제트 엔진 같은 것은 보이지 않았다. 그야말로 떠 있었다.

'으~응…… 목소리를 냈으니까 생물이나 탈것 같은 걸 예상했는데…….'

어찌 보아도 그냥 정육면체였다. 탈것이라든지 그런 느낌도 아니었다.

하지만 그냥 거대한 정육면체가 추진력도 없이 하늘 높이 떠 있을 리가 없다. 이것의 내부 구조는 심플한 표면과는 달리 상당히 복잡하지 않을까.

그 증거라고 할 수 있을지는 모르겠지만, 위쪽에는 무수한 구멍이 뚫려 있고 그곳에서 폭탄 같은 것을 토해 내고 있었다. 일정한 간격으로 폭탄 같은 것을 토해내는 그 광경은 그야말로 시스템을 바탕으로 하는 '기계적'인 느낌이었다.

그렇다면 이것은 국왕 방송의 보옥이나 루나리아 정교황국에 있다는 [루나리스] 같은, 지냐가 말한 [초과학——오버 사이언스]의 산물일지도 모른다.

"표면을 보기에는…… 베지 못할 것도 없다고 생각하는데요."

아이샤가 그런 소리를 꺼냈다.

"시도해 봐도 될까요?"

"가능한 한 모서리를 노려 주겠어? 혹시 부서져서 떨어질 경우, 어떤 영향이 발생할지 모르니까."

"알겠어요. ……하앗!"

아이샤가 대검을 휘둘러 풍압을 날렸다. 풍압은 정확하게 정육면체의 모퉁이에 맞았……을 터였다. 하지만 정육면체에는 전혀 변화가 보이지 않았다

아이샤는 대검을 내리며 신음했다.

"으~음…… 이 표면, 단단한 정도가 철과는 비교도 안 되는데요."

……철이라면 벨 수 있다는 이야기인가. 그러더니 아이샤는, 이번에는 품속에서 나이프를 꺼내어 정육면체를 향해 투척했다. 그러자 똑바로 날아간 나이프는 정육면체의 표면으로 접근하더니 쩡, 요상하게 날카로운 소리를 울리고 아래로 떨어졌다.

"보세요. 표면에는 생채기 하나 없어요."

"굉장히 단단하다는 건가?"

"아뇨, 접촉한 소리가 아니었어요. 표면에 닿기 직전에 튕겨

나간 것처럼 보였으니까요."

"음——…… 배리어 같은 거라도 쳐져 있으려나……."

"배리어? 그게 뭔가요?"

"과학적인 결계 같은 거라고 할까. 내가 있던 세계에서도 공상의 산물이었지만."

SF적인 능력이지만, 무언가 인간의 지식을 초월한 [오버 사이언스]의 산물이라면 쓸 수 있을 것 같기도 했다. 나는 나덴에게 부탁했다.

"나덴. 저기에 전격을 한 발 날려 주지 않겠어?"

[그야 상관없지만…… 풀파워면 될까?]

"응. 전력으로 날려 줘."

[알았어. ……에잇.]

파밧, 파직파직!!

나덴이 수염을 곤두세우고 정육면체를 향해 전격을 날렸다.

번개가 공기를 찢어발기고 정육면체를 표면에 닿으려나 싶던 그때, 조금 전까지보다 훨씬 더 크고 형용하기 어려운 소리가 울려 퍼졌다. 손톱을 세워 칠판을 긁는 소리를 증폭시키고 이펙터를 건 것 같은, 듣고 있으면 귀가 아플 듯한 소리였다.

하지만 고통스럽게 느껴질 정도의 소리가 울렸음에도 불구하고 정육면체에는 아무런 변화도 보이지 않았다. 대체 얼마나 튼튼한 거야……. 나는 머리를 긁적였다.

"물리 공격도, 마법도, 전격도 효과가 없나. 부수어달라고 그러는 것치고는 너무 단단하잖아."

[그러니까 티아마트 님께 부수어달라고 그러는 거 아냐?]

"그런 걸까나……."

어쩌면 좋을지 고민하는 사이, 또다시 그 목소리가 들렸다.

————부수겠어. 당신이, 나를 부수도록.

남성으로 여겨지지는 않을 만큼 높은, 그렇지만 여성 같으면서도 어딘가 위화감이 있는 목소리가 들렸다. 그 목소리를 듣고, 나는 무언가 마음에 걸렸다.

'이 목소리…… 어디선가……'

이전에 어디선가 들은 적이 있다. 왠지 그런 생각이 들었다. 대체, 어디서?

기억을 되짚어보려고 했지만, 정육면체는 그럴 여유를 주지 않았다.

————티아마트. 이렇게까지 해도 나를 부수어 주지 않는다면,

그런 말이 들렸을 때, 정육면체 아래쪽에서 소리가 났다.

"나덴, 아래로."

[알았어.]

나덴에게 부탁해서 그쪽으로 가 보니, 아래쪽 표면이 마치 상차처럼 열리고 그곳에서 카메라 망원렌즈 같은 형태의 물건이

바로 아래쪽을 향해 자라났다.

　이 망원렌즈 같은 물체…… 굉장히 좋지 않은 예감이 들었다.

　――――나는 정말로, 당신의 모든 것을 부수겠어.


　아래쪽에서 뻗어 나온 망원렌즈 같은 물체가 빛을 발하기 시
작했다.

　처음에는 어렴풋하던 빛이 서서히 진하게, 눈부시게 바뀌었
다.

　이런 장면…… 오래된 SF 영화에서 본 적이 있다. 우주에서
나타난 거대 원반의 하부가 뻐끔히 열린다 싶더니 서서히 빛을
모으고…… 마지막에는 바로 아래쪽에 있던 건물이나 도시를
빛의 격류로 날려 버리는 그거다.

　아니, 바로 아래쪽에는 리시아가, 다른 사람들이 있다고!

　"아이샤, 나덴! 저 아래쪽 부분을 공격해!"

　"아, 알겠습니다!"

　[맡겨 둬! 으랴아아아아!]

　아이샤가 검을 휘두른 풍압으로, 나덴이 전격을 날려 공격했
다. 그러나 화려한 소리는 나지만 망원렌즈 같은 물체는 꿈쩍도
않고 계속 빛을 모았다.

　이제는 모인 저 빛이 아래쪽을 향해 발사되는 미래밖에 보이
지 않았다.

　"그만해애애애애애!!!"

　나는 무의식적으로, 있는 힘껏 소리쳤다.

"폐, 폐하!"

[소마?]

내 목소리에 아이샤와 나덴이 놀랐지만, 나는 개의치 않고 정육면체를 향해 외쳤다.

"부서지고 싶다면 그냥 떨어지든지, 바다에 빠지든지 네 멋대로 부서져! 네 파멸 소망에 다른 사람을…… 내 가족을 끌어들이지 마, 멍청아아아아아아!!"

————대응……언……확인……능을 정지한다.

그러자 갑자기 빛의 축적이 멈추고, 하부에서 튀어나온 망원렌즈 같은 물체의 빛은 서서히 줄어들었다. 이윽고 완전히 꺼지자 정육면체는 그 망원렌즈 같은 물체를 자기 안으로 집어넣기 시작했다. 멈췄……나?

자세히 보니 정육면체는 이제 낙하물을 토해 내는 것도 멈춘 상태였다.

"이건…… 멈춘 건가요?"

[소마의 말로 멈췄어?]

아이샤와 나덴이 고개를 갸웃거렸다. 나덴의 말처럼, 타이밍을 보면 내가 외친 목소리를 들었나 싶었다. 어쩌면 내 말이 통했나? 그러고 보니…….

————대응……언……확인……능을 정지한다.

정육면체는 분명히 그렇게 말했다. 중간에 잡음 같은 것이 끼어서 제대로 듣지는 못했지만, 그건 어쩌면 '기능을 정지한다'라고 한 것은 아니었을까.

그렇다면 신경 쓰이는 것은 앞쪽의 "대응, 언, 확인."이라는 부분이었다.

'확인'은 알겠고, '대응, 언'이란 대체……?!

이 정육면체의 움직임이 멈춘 것은, 내가 소리쳤기 때문이다.

혹시 이 정육면체가 내 말을 '확인'하고 '기능을 정지'했다면, '대응, 언'이란 내 말을 가리키는 것이겠지. 다시 말해,

"대응 언어……."


————대응 언어를 확인. 기능을 정지한다.


정육면체는 그렇게 말한 게 아니었을까.

'대응 언어…… 내가 이야기하는 말은…… [일본어]?!'

내가 [일본어]를 사용했으니까, 이 정육면체는 기능을 정지했다?

일본어가 열쇠인가…… 아니, 대응 언어라고 했으니까 [일본어] 이외의 언어에도 대응할 가능성이 있다. 좀 더 광범위하게 [지구의 언어], 혹은 [이곳과는 다른 세계의 언어]를 사용했으니까 이 정육면체는 기능을 정지한 것이 아닐까.

그런 생각에 이르렀을 때, 내 안에 있던 많은 기억의 파편이 차

례차례 이어졌다.

티아마트가 나를 열쇠라 부르며 성룡 산맥으로 초대한 그 이유.

그것은 [용사]로서가 아니라 [일본인]이나 [지구인]이나 [이세계인]으로 부른 게 아니었을까. 내가 사용하는 언어…… [일본어]인지 [지구의 언어]인지 [이곳과는 다른 세계의 언어]인지는 모르겠지만, 그것이 저 정육면체를 멈추는 열쇠라는 사실을 티아마트는 알고 있던 게 아닐까.

[티아마트 님은 폐하의 세계에 대해서도 어느 정도 알고 계셨던 게 아닐까요. 티아마트 님이 폐하께서 용의 존재를 안다고 확신했다면, 그것은 폐하께서 계셨던 세계에 용이라는 개념이 있다는 걸 알고 있었다는 의미입니다.]

[티아마트 님은…… 내가 있던 세계를 알고 있었다?]

며칠 전, 하쿠야와 나눈 대화.

티아마트는 내가 있던 세계를 알고 있던 게 아니냐는 추측. 그것이 지금, 점점 확신으로 바뀌고 있었다. 티아마트와, 정육면체와, 내가 있던 세계.

그 사이에 무언가 연결점이 있다면, 그것은 [이 세계]와 [저 세계]에도 무언가 연결점이 있다는 의미가 아닐까. 즉,

'다른 세계라고 생각했던 이 세계가, 다른 세계가 아닐지도 모른다'는 것이다.

'아아, 정말이지…… 더더욱 영문을 알 수가 없잖아.'

머릿속에서 수많은 억측이 오갔지만, 그 어느 것도 억측의 범

주를 벗어나지 않았다.

　무언가를 판단하고 싶어도 정보가 너무도 부족했다.

　이 세계에 대해서 알고 있는 것은 단 하나. 지금은 아직 아무것도 모른다는 것뿐이다. 내 머리가 혼란의 극치에 다다른, 바로 그때였다.


　————그래…… 그래서 티아마트는…….


　정육면체가 또다시 무언가를 말하기 시작했다.


　————그리운……이 있는……잃어……리지 않아…….


　꺼질 듯한 목소리. 드문드문 들려서 알아듣기는 어려웠지만 분노나 슬픔 같은 느낌은 없었다. 애절하지만 그러면서도 무언가를 기도하는 듯한 목소리였다.


　————……리운 사람……부탁……이 있어…….


　"리운 사람…… 아, 그리운 사람인가? 그런데 부탁이라는 건 뭐지?"

　정육면체를 향해 물었다. 그러자 대화가 통했는지 정육면체는 이야기했다.

————부탁……그리운 사람……당신의 뜻……다하기 전……게든 날 멈춰……때……우리 아이들이 평안……나날을 보내…….

젠장, 기껏 대화가 성립되었는데도 빈칸이 너무 많아. 정육면체는 담담하게 이야기하는 모양이지만, 잡음이 심해서 무슨 소리를 하는지 전혀 알 수가 없었다.

"길면 못 알아들어! 당신의 바람을, 가능한 한 짧게 말해 줘!"

그렇게 말하자 정육면체는 단 한마디만을 입에 담았다.

————북으로.

북으로…… 북으로 향하라는 건가!

그러더니 정육면체는 내 앞에서 모습을 감췄다.

"사, 사라졌어……."

날아갔다든지 그런 느낌이 아니라, 그 자리에서 순식간에 모습이 사라졌다. 아마도 티아마트가 사용하는 것 같은 전이술을 사용한 거겠지.

정육면체가 사라지는 것과 동시에, 그렇게나 휘몰아치던 폭풍은 단순한 구름 덩어리로 바뀌더니 이윽고 뿔뿔이 흩어져 소멸되었다. 정신이 드니 우리는 햇살이 비치는 하늘 아래에 남겨져 있었다. 맑은 공기에 붉은 저녁놀이, 눈이 부실 정도로 빛났다.

"마치 꿈이라도 꾼 것 같은 기분이에요."

낙차가 느껴지는 그 광경에 아이샤가 멍하니 말했다.

[하지만 꿈이 아니야. 저기, 소마? 그 사각형은 마지막에 뭐라고 그랬어?]

나덴의 그 질문에 나는 아이샤와 똑같이 멍한 표정으로 대답했다.

"……북으로, 라고 그런 것 같아."

[북? 북이라는 건 역시…….]

"마왕령……이라는 거겠지?"

이번 일로 다양한 정보를 손에 넣을 수 있었다고 생각한다.

하지만 그것은 더욱 많은 의문을 만들어냈다. 이 세계에 대해서, 나에 대해서, 이 세계와 내가 있던 세계의 관계에 대해서……. 유일하게 분명한 것은, 그 가운데 어느 의문도 당장 대답이 나올 만한 것이 아니라는 사실뿐이었다.

"어쨌든 폭풍은 사라졌어. ……모두가 있는 곳으로 돌아가자."

[그러네. 어쩐지 갑자기 피곤해졌어.]

사태는 일단 해결되었지만, 우리는 멍한 기분 그대로 지상으로 귀환했다.

"지독하네……."

지상으로 귀환하는 도중, 아래쪽으로 드라클의 모습이 보였다.

무척 지독한 상황이었다. 나덴의 동굴 근처를 흐르던 개울은 수량이 불어나고 흙탕물이 되었으며 도처에서 하천이 범람해 평야 지대는 물에 잠겨 있었다.

애당초 드라클의 날씨는 티아마트가 조정하고 있던 모양이라 배수 등은 고려하지 않았을 테지. 드래곤의 강함을 생각하면 이 범람에 따른 사상자는 없겠지만, 여기저기가 흙탕물에 갈색으로 변해 버리니 아름다웠던 경관도 허사였다.

"다른 사람들은 괜찮을까."

[걱정되지만, 무슨 일이 있다면 루비가 또 날아왔겠지.]

"이제는 드래곤도 날 수 있게 되었을 테니까요. 무소식이 희소식이에요."

우리는 나덴과 아이샤에게 격려를 받으며 다른 이들이 기다리는 티아마트의 거처, 크리스탈 캐슬로 향했다. 크리스탈 캐슬은 주위를 둘러싸고 있던 호수의 물이 불어나서 면적이 넓어지기는 했지만 성 자체에 변화가 보이지는 않았다.

어쩌면 부유섬 같은 구조로 되어 있는 것일지도 모르겠다.

그 사실에 안심하며 중앙 정원으로 내려서자 금세 다른 이들이 달려왔다.

"소마!"

리시아는 달려오자마자 내게 안겨들었다.

"다행이야…… 무사해서…….."

"리시아도 무사해서 다행이야."

나도 리시아를 끌어안으며 뒷머리를 쓰다듬었다. 정말로 무사해서 다행이야.

한동안 서로 끌어안고 있다가, 리시아는 몸을 떼더니 조금 화난 듯한 표정으로 말했다.

"정말이지, 걱정했잖아?! 구름 안이 환하게 빛나는가 싶더니 폭발음도 들리고. 혹시 할버트랑 레드 드래곤이 안 갔으면 곤돌라에 추진기를 붙여서 내가 날아가려던 참이었다고?"

곤돌라 발사?! 아무리 그래도 그건 너무 무모하잖아.

"거, 걱정 끼친 건 사과할게. 그러니까 그렇게 위험한 짓은 부디 하지 마."

"지금 네가 할 말이야?!"

리시아가 내 뺨을 꾹 잡아당겼다. 지, 지당하십니다.

하지만 자기가 날아가려던 참이었다……인가. 최근의 리시아는 부쩍 제1정실다운 모습이 되었다고 생각했는데, 이런 부분에서는 아직 [말괄량이 공주]였던 무렵의 편린이 보이는구

나. 뭐, 그런 면도 리시아다워서 좋아하지만.

그리고 리시아는 나를 내팽개치고 아이샤와 나덴 쪽으로 향했다.

"둘 다, 무사해서 다행이야."

"당연하지! 확실하게, 아무 일 없이 소마를 데려왔어."

"저는 거의 폭탄만 베었을 뿐이지만, 별일 없이 끝나서 다행이에요."

그다지 없는 가슴을 펴는 나덴과, 사실은 상당히 있는 가슴을 쓸어내리는 아이샤. 나는 그런 세 사람의 모습을 보며, 내게 다가온 카를라를 향해 물었다.

"지상에서는 뭔가 피해 같은 건 있었나?"

"아뇨, 할버트 경과 레드 드래곤이 위기 상황을 전달해 준 덕분에 드래곤들이 낙하물을 격추할 수 있었기에 눈에 띄는 피해는 없었습니다. 저나 리시아, 카에데 경 등등도 지상에서 마법을 부여한 화살 등으로 격추했고요. ……다만……."

카를라가 시선을 헤맸다. 어쩐지 말하기 힘들어하는 것 같은데…….

"무슨 일 있었나?"

"아뇨…… 무슨 일이 있는 건, 지금부터겠죠."

그러더니 후방을 흘끗 돌아봤다.

그 시선을 따라가니 그곳에는 박력 있는 미소를 띠며 우뚝 서 있는 카에데 앞에 할이 무릎을 꿇고 있었다. 그 뒤에서는 루비가 안절부절, 우두커니 서 있었다. 어, 뭐지? 이 수라장 같은 구도.

"할. 당신은 자신이 뭘 했는지 알고는 있는 건가요?"

미소를 무너뜨리지 않은 채로 카에데는 할을 내려다보고 말했다.

"당신은 미혼인 드래곤의 등에 탄 거라고요? 그게 어떤 의미인지, 이제는 알고 있겠죠?"

"아니, 그게…… 모, 몰랐다니까! 등에 타도 되는 게 남편이 될 인물뿐이고, 남편 이외에 다른 사람을 태우지 않는 게 정조의 증거가 된다니!"

할이 식은땀을 흘리며 그렇게 변명했다.

아아, 그러고 보니 나덴도 그런 이야기를 했지. 혹시 할은 그런 사정을 모르고서 루비에 타고 있었나? 상황을 예로 들자면 미혼 여성의 입술을 훔쳤다든지, 그런 느낌인가. 수라장으로 보인다 싶더니 정말로 수라장이었나 보다.

"그런데 사전 지식 없이 등에 태워 버린 경우에는 어떻게 되지?"

나덴에게 물어보니 그녀는 곤란하다는 듯 웃으며 뺨을 긁적였다.

"으~음……. 태운 상대와 계약을 맺는다면 문제없지만, 그 인물이 살아있는 동안 다른 사람과 계약을 맺으려고 한다면 경박하다든지 음란하다든지 그렇게 보일 거야. 혹시 할버트와 계약을 못 맺는다면, 루비는 앞으로 80년 정도는 계약을 못 할지도."

등에 태운 것뿐인데도, 용족의 정조 관념은 터무니없이 강한 모양이었다.

카에데는 믿을 수 없다는 듯 어깨를 으쓱였다.

"사전 지식이 없었더라도, 폐하와 나덴 경의 이야기를 제대로 들었다면 알 수 있었을 거예요."

"아니, 나도 잘못했다고는 생각하는데! 카에데도 그때…… 내가 탈 때 안 말렸잖아!"

"긴급사태였으니까요. 뭐, 할이니까 틀림없이 자신이 하는 행동이 무슨 뜻인지 이해 못 했을 거라고 생각했지만, 그런 상황이었으니까 저도 각오를 다져야겠다고 생각했던 거예요. 예, 바로 요전날 '약혼을 막 했다' 지만 말이에요."

"으극……."

아, 할과 카에데는 약혼했나. 축하해. 뭐, 소꿉친구이기도 하니 조만간 할 거라고 생각했으니까 놀라지는 않았지만…… 그렇다면 타이밍에서는 최악이네. 카에데는 "하아~." 하고 한숨을 내쉬고 어깨를 떨어뜨렸다.

"그럼 어쩌나요. 몰랐다? 당신을 태운 루비 씨는 어떻게 되는 거냐고요. 이제 계약의 의식에는 못 나가요. 당신이 책임을 지지 않는다면, 당신이 살아있는 동안에는 독신으로 지내야만 한다고요! 여자의 수십 년을 허사로 만들 셈인가요!"

"저, 저기…… 카에데. 나는 그것도 각오를 하고……."

"루비 씨는 조용히 하세요!"

"아, 예……."

루비는 두 사람을 말리려고 했지만 카에데의 일갈에 옆으로 물러났다.

"다른 사람도 아니고 루비를 한마디로 침묵하게 만들다니……."

나덴이 묘한 부분에서 감탄했다. 평소에 카에데는 행동을 조심스러워하는 경향이 있지만, 바로 지금이다 싶은 순간에는 겁내지 않는 담력의 소유자였다. 할이 게오르그에게 가려고 했을 때라든지. 주로 할과 관련이 있다는 점에서 그녀의 애정이 얼마나 깊은지를 느꼈다.

그러자 카를라가 내게 귓속말을 건넸다.

(저기, 주인님. 두 사람을 말리지 않아도 괜찮나요?)

(이 건에 대해서 내 말에 설득력이 있을 거라 생각해? 이런저런 상황이 겹쳐져서 그런 것도 있다지만, 약혼자가 넷이나 있는데 나덴과도 계약을 맺으려 하는 입장이라고?)

(……그도 그렇군요.)

카를라도 납득했는지 내 곁에서 슥 떨어졌다. 응…… 그런 반응이구나. 그리고 카에데는 손을 들어 미간을 짚으며 말했다.

"이렇게 되었으니 어쩔 수 없는 거예요. 제대로 순리에 따르도록 하세요."

"카에데는, 그걸로 괜찮겠어?"

"……이번만큼은 너그러이 봐주는 거예요. 저는 앞으로 마그나 가문을 가장 우선으로 생각해야만 해요. 마그나 가문을 부흥시키는 것만을 생각한다면, 드래곤인 루비 씨와 계약을 맺는 건 나쁘지 않아요. 용기사가 되면 적에게도 아군에게도 인정받을 수 있을 테고, 할이 전장에 나설 때 도움도 되겠죠. 그러니까 저희 가문에도 이득이 있다고 결론 내린 거예요."

"카에데……."

"하지만 상황에 따라 이리저리 흘러가다가 아내가 늘어나는 건, 이번 일만으로 해 줬으면 하는 거예요."

"아, 예…… 명심하겠습니다."

"고, 고마워요, 카에데."

할은 도저히 고개를 들 수가 없다는 느낌으로, 루비는 안도한 듯 각자 카에데에게 머리를 숙였다. 결과적으로 카에데가 정실로서의 넓은 도량을 보여주어 할과 루비 위에 선 모양새였다. 이것으로 할은 평생 가정 내의 일로는 카에데에게 고개를 들 수 없게 된 것이다. 우리랑 마찬가지로. 그러고 보니 할아버지가 '가정 원만의 비결은 아내에게 잘 휘둘리는 것이다.' 라고 그랬던가. 항상 생글생글하던 인상의 할머니도 젊을 적에는 할아버지가 장난이라도 치면 철저하게 혼을 냈다고 그러니.

내 아내들도 언젠가 그렇게 될까……. 편린은 이미 보인 것도 같고.

"……뭔가 실례되는 생각하는 거 아냐?"

무언가를 헤아린 듯 리시아가 싸늘한 시선으로 나를 쳐다봤다.

"어, 아니…… 루비 건도 잘 매듭지을 수 있도록 티아마트 님한테 부탁을 하는 편이 좋으려나…… 그런 생각을 했어. 응."

"흐~응……."

리시아는 여전히 의심스럽다는 눈빛을 보냈다. 화, 화제를 바꾸자.

"그렇지. 다른 드래곤들은 어디로 갔어? 카를라 이야기로는 지상에서 요격했다고 들었는데?"

"응? 아, 그랬지. 무녀 드래곤한테 전언을 받았거든."

리시아는 지금 떠올랐다는 듯 손뼉을 짝 쳤다.

"전언?"

"'대전당으로 와 주시길.'이라고. 티아마트 님도 거기서 기다리고 있대."

"그런가…… 그럼 갈까."

티아마트가 기다리고 있다……인가.

묻고 싶은 것은 산더미만큼 있지만 어디까지 설명해 줄까.

크리스탈 캐슬 안으로 들어가서 우리는 대전당으로 향했다.

"?!"

대전당으로 이어지는 긴 복도로 들어섰을 때, 복도 양옆에 사람의 모습으로 변한 드래곤들이 죽 늘어서 있었다. 우리가 다가가자 드래곤들은 일제히 무릎을 꿇고 머리를 숙였다. 그 모습은 마치 대장군의 행차를 눈앞에 둔 민중 같았다.

"뭐, 뭐야?! 대체 뭔데?!"

"드래곤들이 일제히 머리를 숙이다니……."

그 광경을 보고 나덴과 루비가 각각 놀라움과 감탄의 목소리를 흘렸다. 왕성에 사는 나, 리시아, 아이샤, 카를라에게는 익숙한 광경이지만 다른 멤버에게 이 광경은 기이하게 비치는 듯했다.

어느샌가 익숙해져 버린 스스로가 무서웠다. 그런 생각을 하는 사이, 무릎을 꿇은 드래곤들 사이에서 무녀 드래곤이 나타났다. 무녀 드래곤은 우리 앞에서 인사를 하더니,

"대전당에서 티아마트 님께서 기다리고 계십니다. 소마 왕, 리시아 공주, 다른 여러분도 이쪽으로."

그러면서 무녀 드래곤은 드래곤들이 무릎을 꿇은 복도를 걸어갔다. 그녀의 인도에 따라 대전당에 다다르자, 그곳에는 처음으로 성룡 산맥에 왔을 때와 마찬가지로 언덕처럼 거대한 백은색 드래곤 모습의 티아마트가 기다리고 있었다.

처음으로 그 위용을 본 멤버는 일제히 숨을 삼켰다.

"이야~. 엄청 크네~…… 아얏."

("조용히 하는 거예요, 할.")

무심코 말을 꺼내버린 할의 발을 카에데가 꾹 밟았다.

그리고 티아마트는 두껍고 긴 목을 우리 앞으로 내렸다. 그것을 보고 나덴과 루비가 눈을 크게 떴다.

"세상에, 티아마트 님께서 머리를 숙이시다니!"

"화, 황송한 일이에요."

아, 이거 머리를 숙인 건가. 너무 커서 몰랐다.

성룡 산맥의 드래곤들에게는 어머니로 공경받고 모룡 신앙의 신자들에게는 신으로 숭배받는 티아마트가 우리를 향해 머리를 숙이고 있다면 그야 놀랄 만도 하지. 티아마트는 천천히 머리를 들고는 조용한 말투로 이야기했다.

[우선은 엘프리덴 및 아미도니아 연합왕국의 국왕, 소마 카즈야 님. 이곳 드라클의 위기에 맞서 온힘을 다해 주신 것, 성룡 산맥에 사는 이들을 대표하여, 또한 모든 용족의 어머니로서 깊이 감사를 드립니다.]

그러면서 티아마트는 또다시 머리를 숙였다.

[또한 동행하신 여러분께도, 애써 주신 데에 감사를. 나덴과 루비도 열심히 잘해 주었어요.]

"아, 예!"

"과찬의 말씀이세요!"

나덴과 루비가 한쪽 무릎을 꿇고 머리를 숙였다. 나는 한 걸음 앞으로 나와서는,

"머리를 들어 주시길. 이번 일은 귀국만의 문제였다고 생각되진 않습니다. 그 구름 안에서 폭풍을 일으키던 존재가 드라클을 파괴한 뒤에 어떤 행동에 나섰을까. 어쩌면 우리 나라에도 피해가 나왔을지도 모릅니다. 협력하는 건 당연한 일입니다."

멤버를 대표해서 그렇게 대답했다. 그리고 한 번 호흡을 뗀 다음 진짜 이야기를 꺼냈다.

"국가 수장으로서의 인사는 이 정도면 되겠죠. 티아마트 님. 당신에게 묻고 싶은 것이 잔뜩 있습니다."

머리를 든 티아마트 님은 승낙의 뜻을 내보이듯 고개를 끄덕였다.

[알고 있습니다. 하지만 제가 이야기할 수 있는 것은 그렇게 많지 않습니다.]

"그래도 괜찮습니다. 할 수 있는 부분까지면 되니까 가능한 한 가르쳐 주십시오."

[……알겠습니다.]

그리고 티아마트는 빛으로 감싸이더니 그때와 마찬가지로 백은색 로브를 걸친 여성의 모습으로 변신했다. 눈부신 그 빛에 눈을 감았다가 다음으로 떴을 때는, 눈앞에는 어느샌가 커다란 원형 테이블과 인원수만큼의 의자가 놓여 있었다.

티아마트는 의자 등받이에 손을 얹으며 우리에게 자리에 앉도록 권유했다.

"계속 올려다보며 이야기를 나누기는 어렵겠죠. 자, 이쪽으로."

"……그렇군요."

각자가 자리에 앉은 것을 확인한 뒤, 나는 티아마트에게 물었다.

"단도직입적으로 묻겠습니다. 구름 안에서 폭풍을 일으키던 그건 무엇입니까?"

"그건……. 제게는 대답할 수 있는 권한이 없습니다."

역시 권한이 방해를 하는가. 하지만 물러설 수는 없었다.

"대답하실 수 있는 범위 안에서라도 되니까, 권한……이라는 것 때문에 말하기 어려운 부분은 넘어가더라도 가능한 한 정보를 주십시오."

"그렇군요…… 그건 저와 같은 [오래된 자]입니다.

오, 오래된 자? 오래되다…… 신 같은 그런 이야기일까?

"[오래된 자]에게는 각자 사명이 있습니다. 저는 '지켜보는' 것이 사명이고 그것은 '만들어 내는' 것이 사명입니다. 본래 [오래된 자]들끼리는 상호불간섭이며, 또한 [오래된 자]가 [새로운 자]에게 간섭하는 것은 최대한 피해야 하는 일로 여겨집니다. 하지만 그것은 자신에게 주어진 그런 계율을 깨고 우리 아이에게 위해를 가했습니다. 이것은 용서받을 수 없는 일임과 동시에, 그만큼이나 그것이……."

"아, 아니, 잠깐만 기다려 주십시오."

나는 담담하게 이야기를 시작한 티아마트를 막았다.

확실히 가능한 한 많은 정보를 바란다고 했고 말하기 어려운 부분은 넘어가도 된다고 했지만, 제대로 알아듣지도 못하는 상태에서 계속 이야기를 해봐야 이쪽으로서는 그저 종잡을 수 없는 소리일 뿐이었다. 이래서야 하나하나 질문을 하는 편이 낫나.

그리고 나중에 검증하기 위해서라도, 왕성의 코보 암에 남겨둔 의식으로 메모를 해두는 편이 낫겠지. 하쿠야랑도 상담을 하고 싶으니까.

"그 [오래된 자]란 무엇입니까?"

"이 대륙에 사는 이들, [새로운 자]와는 별도의 시조를 가진 자들입니다."

"티아마트 님은 그 [오래된 자]입니까? 다른 용족들은?"

"성룡 산맥에서 [오래된 자]는 저뿐입니다."

역시 티아마트는 다른 용족과는 격이 다른 존재인 듯했다.

"그 [오래된 자]는 당신과 그 정육면체 외에도 존재하는 겁니까?"

"일찍이는 존재했습니다. 하지만 이제껏 남아 있는 것은 저와 그것뿐이겠죠. 다른 [오래된 자]는 시간의 흐름 속에 사라지고 [신수] 등으로 이름을 남겼을 뿐입니다."

"신수라고요?!"

놀라서 소리친 것은 아이샤였다.

"제 고향인 [신호의 숲]에도 신수가 숲을 지키고 있다는 전설이 있어요."

"프리도니아에서 다크 엘프가 사는 숲이로군요. 확실히 그 숲에도 일찍이 영양의 모습을 본 딴 [오래된 자]가 존재했습니다."

티아마트가 '일찍이'라고 말하자 아이샤는 머리를 감싸 쥐었다.

"이건…… 어찌 생각해야 할까요. 일찍이는 확실히 존재했다는 사실을 기뻐해야 할까요? 아니면 이미 사라졌다는 사실을 슬퍼해야 할까요?"

"뭐, 뭐어, 신앙이란 그런 게 아닐까?"

"으으…… 동포들에게 이 사실을 전해야 하는 걸까요."

"……그런 부분은 보던 씨랑 이야기를 나누고 결정하자."

뭐, 애당초 오래도록 목격자는 나타나지 않았다는 존재였으니까 설령 이미 존재하지 않는다고 할지라도 신앙의 대상으로서는 문제없겠지. 신이란 본래 있는지 없는지 알 수 없는, 하지만 있어 준다면 감사한 그런 존재니까.

그건 그렇고…… [오래된 자]와 [새로운 자]……인가.

그들 사이를 나누는 것은 역시 시간이겠지. 그것도 '이 세계에서 흐르는 시간' 말이다. 그렇다면…… 그 시간의 밖에서 온나는 어떻게 되는 걸까.

"아뇨. 당신은 그중 어느 쪽도 아닙니다."

내 의문에 선수를 치듯 티아마트는 말했다. ……그러고 보니티아마트에게는 마음이 바로 누설되던가.

"나는 리시아와 같은 인간족이라고 생각했습니다만?"

"예. 당신은 확실히 종족을 따지자면 인간입니다. 하지만 당신은 다른 인간족처럼 [새로운 자]로서 규정할 수는 없습니다."

"그건 내가 다른 세계에서 소환되었기 때문에?"

"……뭐라고 대답해야 할지 모르겠군요."

"그 정육면체는 나를 [그리운 사람]이라고 했습니다. 그리고당신은 이전에 나를 [그리운 향기를 지닌 자]라고 불렀죠."

의식이 싱크로된 그 꿈속에서 티아마트는 내 가슴 쪽에 자신의 코끝을 가져다 대고, 나를 [그리운 향기를 지닌 자]라고 불렀다. 처음에는 엘프리덴 왕국의 초대 국왕도 이세계에서 소환된용사라는 모양이고 성룡 산맥의 드래곤과도 계약을 맺었다는이야기를 들었기에, [그리운 향기]란 내게서 초대의 모습을 겹쳐 보았기에 나온 발언이라고 생각했다.

하지만 구름 안에 있던 그 정육면체 또한 나를 [그리운 사람]이라고 불렀다.

그 정육면체가 초대 용사와 관계가 있다는 확증은 없다.

그리고 나를 [그립다]고 하는 티아마트도 정육면체도 [오래된 자]라고 한다.

인간족이면서 [새로운 자]의 카테고리에는 들어가지 않으며 [오래된 자]들에게 [그립다]는 말을 듣는 나. 그것이 의미하는 바는…….

"혹시 나는 [오래된 자]보다 [더욱 오래된 자]라든지, 그런 겁니까?"

"무슨 이야기야?"

리시아의 의문에, 나는 머릿속에 떠오른 가설을 말하기로 했다.

"내가 있던 세계와 이 세계는, 시간축이 이어진 게 아닐까 싶었거든. 그러니까 엄밀하게 말하면 이 세계는 내게 다른 세계가 아니라는 거지."

"소마가…… 이세계의 용사가, 아니다?"

리시아가 깜짝 놀란 표정으로 중얼거렸다. 내 발언에 모두 당황한 모양이지만, 가장 당황한 것은 나 자신이었다. 머릿속은 대혼란에 빠졌다. 하지만 짚이는 바는 꽤 존재했다.

"다시 생각해 보면, 전에 있던 세계와 이어진다고 느낀 부분이 꽤 있어. 일단 가장 강하게 느낀 건 이름이야. 토모에라든지 카에데라든지, 그건 내가 있던 나라의 언어, 일본어야."

"그, 그런 건가요?"

카에데가 눈을 동그랗게 떴기에 나는 "그래." 라며 고개를 끄덕였다.

"카에데라는 건, 내가 있던 나라에서는 가을에 잎이 붉게 물드는 식물의 이름이야. 저녁놀을 받은 낙엽은 아름답다며 여성의 이름으로도 붙였지."

"구두룡 제도 연합의 혈통인 가문에서는 일반적인 여성의 이름이지만…… 식물에서 유래된 이름인 줄은 몰랐어요."

모르는 채로 사용하고 있었나. 나는 티아마트를 봤다.

"그리고…… 가장 내 마음에 걸리던 건, 티아마트 님. 당신의 이름입니다."

"…………"

"게임 같은 것의 지식 정도밖에 없지만, 내가 있던 세계에서 [티아마트]라는 건 오래된 신화에 나오는 드래곤의 이름이었을 겁니다. 그리고 이 세계에서 용족을 통솔하는 마더 드래곤의 이름이 [티아마트]라는 게 아닙니까. 이렇게까지 이름이 실체를 상징하고 있다면 우연이라고 넘어갈 수는 없어요. 당신이 마더 드래곤이기에 [티아마트]라는 이름이 붙은 게 아닙니까?"

"…………"

티아마트는 긍정도 부정도 하지 않았다. 대답할 수 있는 권한이 없는 거겠지.

그렇다면 그것은 내 생각이 핵심을 찔렀다는 의미가 아닐까.

예를 들어 지냐가 연구하고 있는 오버 사이언스의 던전 유물.

국왕 방송의 보옥 등은 중세 말기 정도의 과학력밖에 없는 이세계에서는 물론이고 내가 있던 세계에서 봐도 오버 테크놀로

지의 산물이었다.

하지만 혹시 이곳이 미래의 세계라고 한다면 일단은 설명할
수 있다.

다만 그렇다면 새로운 의문이 발생한다.

그 세계와 이 세계가 시계열로 이어져 있다면, 무엇이 어떻게
되어 그런 과학적인 세계가 이런 검과 마법의 세계로 변했을까.
게다가 이 세계에는 인간족만이 아니라 수인이나 엘프, 드래고
뉴트 등의 다양한 종족이 있다.

그들은 어떤 경위로 탄생하였을까.

이 세계란, 마법이란, 오버 사이언스란, 이종족이란, 마물이
나 마족이란⋯⋯.

어느 것 하나 제대로 설명할 수 없다. 안 돼. 이야기가 너무 커
져서 나 하나의 자그마한 머리로는 도저히 대답이 나올 것 같지
가 않다.

"그 의문도 언젠가 밝혀질지도 모릅니다."

혼란스러워 머리를 부여잡고 있노라니 티아마트의 조용한 목
소리가 내게 닿았다.

"제가 모든 것을 가르쳐드릴 수는 없습니다만, 이 세계에 대
해서 당신이 알고자 한다면 언젠가 진실에 다다르게 되겠죠."

"그건⋯⋯ 예언입니까?"

"아뇨. 이건 '소망'입니다."

"소망?"

되묻자 티아마트는 온화하게, 그리고 어쩐지 애틋하게 미소

지었다.

"언젠가 진실에 이르러, 북쪽에서 기다리는 그 아이 곁으로."


결국 티아마트와의 대화 가운데 알게 된 것은, 내가 있던 세계와 이 세계가 같은 시간축으로 이어져 있는 건 아닌가, 그런 의문점뿐이었다. 그 이상의 내용을 물어봐도 티아마트는 아무것도 대답해 주지 않았다.

아무리 그래도 대륙의 형태나 크기 등을 보면, 옛날 영화처럼 "여기는 지구였나!" 같은 전개가 되지는 않을 것 같지만……그 정육면체도 그렇고 이 세계의 성립도 그렇고, 어느 것이든 내가 있던 세계와 관련이 있는 것처럼 여겨지면서도 명확한 대답이 나오지는 않고 찜찜한 기분만이 남았다.

대전당에서 일단 대합실 같은 방으로 옮기고 폭신폭신한 소파에 앉은 뒤에도, 나는 좀 전에 나눈 대화를 곱씹고 있었다.

[언젠가 진실에 이르러, 북쪽에서 기다리는 그 아이 곁으로.]

아, 정말이지. 뭐냐고, 진실이라니. 신경 쓰여서 참을 수가 없다. 나라를 도맡은 신분만 아니었다면 당장에라도 각지로 날아가서 전에 있던 세계의 흔적이 없는지 조사했을 텐데…….

"티아마트 님의 말이 신경 쓰여?"

옆에 앉은 리시아가 내 어깨에 머리를 얹으며 말했다.

"……뭐, 그러네. 내 출신이랑도 관련이 있는 이야기니까 신경일 수밖에 없지."

"그러네. 하지만 소마는 소마이고…… 그리고 국왕이야."

그러면서 리시아는 내 손에 자신의 손을 겹쳤다.

"국왕이기 때문에 사람을 움직일 수도 있어. 국민의 문해율도 올릴 수 있고, 머리가 좋은 인재도 모았어. 그러니까…… 혼자서 끌어안지 마. 소마가 어디서 온 누구이며 소마의 세계가 어떻게 되었을지라도, 나는 너를 받아들이겠어."

"리시아……."

"뭐, 소마가 계속 국왕으로 있어 줬으면 한다는 내 바람도 있겠지만."

리시아는 그러면서 장난스러운 미소를 띠었다. 그러더니 이번에는 리시아와는 반대쪽에 앉은 아이샤가, 어깨와 어깨가 닿을 정도로 몸을 붙였다.

"그렇죠! 소마 폐하께서 어떤 분이실지라도, 저희가 함께할게요!"

"아이샤…… 고마워. 둘 다."

두 사람의 격려에 나는 간신히 어깨의 힘이 빠진 기분이었다.

그런 우리를, 맞은편 소파에 앉은 할이 반쯤 어이없다는 듯, 반쯤 감탄했다는 듯한 표정으로 보고 있었다.

"소마는 잘도 두 사람을 상대로 달달한 분위기를 내는구나."

그런 할 옆에는 카에데가 찰싹 달라붙어 있어서, 빈자리가 없었기에 같은 소파에 앉아 있는 카를라가 살짝 불편해하는 것처럼 보였다.

할버트는 한숨을 내쉬더니 머리를 벅벅 긁었다.

"나는 아직…… 루비를 아내로 맞아들인다는 실감이 안 든단 말이지. 귀족이나 기사의 세계에서는 정략결혼이 보통이지만, 나한테는 카에데가 있었으니까. 소꿉친구고…… 그게…… 언젠가 아내로 맞이하고 싶다 생각했거든."

갑자기 사랑 타령인가? ……그런 생각도 들었지만 잠자코 이야기를 들었다.

"하지만 이제 와서, 갑자기 두 번째 아내가 정해져 버렸어."

"어—…… 잘 됐네, 할. 루비 건을 티아마트 님이 허락해 줘서."

조금 전 회담 마지막에, 나는 티아마트에게 할이 미혼의 드래곤인 루비의 등에 타고 만 것을 사죄했다. 결과적으로는 드라클에게 좋은 쪽으로 움직였다고는 해도, 부하의 섣부른 생각으로 일을 저질러 버렸으니 이 일이 외교 문제로 비화되지 않도록 하기 위해서라도 확실하게 사죄를 한 것이었다. 티아마트는 할과 루비를 향해 미소 지었다.

[그 또한 인연의 이끌림이겠지요.]

그리고 티아마트는 할에게도 머리를 숙였다.

[할버트 경. 부디 생의 마지막까지 루비를 잘 부탁드립니다.]

신으로도 숭배받은 모룡이 자신에게 머리를 숙이자, 할은 조건반사적으로 의자를 박차고 일어나서는 진장한 표정으로 "예, 옛!" 하고 대답을 했다.

나는 그때를 떠올리며 쓴웃음과 함께 말했다.

"다름 아닌 티아마트가 머리까지 숙였다고. 루비, 행복하게 만들어 줘야지."

"그게 말이지……."

할은 머리를 부여잡았다.

"이런 상황이 되리라고는 상상도 안 했으니까, 어떻게 대하면 좋을지 모르겠어. 정략결혼으로 결론을 내려야 하나? 평등하게 사랑해야 하나? 카에데한테 미안하다든가, 루비한테 미안하다든가. 그런 생각이 그치질 않아."

"할. 루비와 약혼하는 건 싫나?"

"싫었다면 이렇게 고민하지도 않아!"

할은 기본적으로 단순하고 외골수적인 남자인지라, 두 여성을 사랑한다는 사실에 좀처럼 타협을 할 수가 없는 거겠지……. 뭐, 약혼자가 다섯 명이나 있는 자신이 한심해지는데.

그런 할을 카에데는 어떻게 생각할까 싶어서 살펴보니, 입에 손을 대고서 부들부들 떨고 있었다. 아무래도 웃음을 참고 있는 모양이었다. 카에데 본인은 이미 확실하게 결론을 내린 일에, 할이 없는 지식을 짜내어 번민하는 것이 재밌을 테지.

여전히 표정이 어두운 루비가 가여우니, 조금 다독여 줄까.

"할. 너, 스스로가 두뇌보다는 육체파라는 자각은 있어?"

"엉? 자각은 있지만, 대놓고 그렇게 말하니까 울컥하는데."

불만스러운 표정을 짓는 할을 향해 나는 한숨을 내쉬며 말했다.

"서투른 사람의 생각은 시간 낭비. 네가 없는 지혜를 짜내 봐야 좋은 생각 같은 건 안 나오니까, 생각하면 할수록 시간 낭비야. 그리고 분명한 건…… 네가 우물쭈물 고민하면서 시간을 낭비하는 동안에는, 카에데도 루비도 행복해질 수 없다는 사실이야."

"윽……."

"게다가 너는 생각하는 것보다 먼저 행동하는 쪽이 어울리잖아? 이것이 성실한 행동인지 망설이면서 낭비할 시간이 있다면, 두 사람을 성심성의껏 대하겠노라고 태도로 보여 줘."

"고민하기 전에 태도로 보여 줘라. ……그렇군."

"꺅."

그러자 할은 일어나서는 카에데를 공주님 안기로 안아들었다.

"확실히 이러쿵저러쿵 생각하는 건 나답지 않나. 아직은 확실하게 결론을 내리지는 못했지만, 나는 카에데도 루비도 최선을 다해서 행복하게 만들겠어."

역시 단순 바…… 성격이 똑바른 할이었다. 이것저것 생각하지 않겠다고 결심한 순간에 각오를 다진 모양이었다. 공주님 안기를 한 상태로 그런 뜨거운 대사를 맨정신에 할 수 있다니 멋있구나. 안겨 있는 카에데도 얼굴을 새빨갛게 물들이고 있었다.

"그런……가요. 열심히 해 달라는 거예요, 할……."

부끄러워서 애써 그리 말하는 것이 고작이었나 보다. 아하하, 할도 참 한 방 먹였잖아. 그런 생각에 웃으면서 보고 있었는데,

"그렇게 말하는 소마도 힘내라고.(싱긋)"

"예! 예! 폐하! 저도 공주님 안기로 안겨보고 싶어요!"

리시아와 아이샤가 양옆에서 그런 말을 건네는 통에 나는 몸을 움츠렸다. 그리고,

"소마 님. 할버트 경. 준비가 마무리되었습니다."

갑자기 나타난 무녀 드래곤이 우리에게 그렇게 고했다.

"소마, 그 아이의 화려한 무대니까 정신 단단히 차려."

"파이팅이에요! 폐하!"

리시아와 아이갸는 그러면서 나를 보내 줬다.

"할도, 마그나 가에 수치가 되지 않도록, 하세요."

"나한테도 다정한 말 좀 해달라고?!"

카에데도 할을 배웅했다. 저쪽은 어쩐지 부싯돌을 두드리며 남편을 배웅하는 에도의 안주인 같은 모습인데.

자⋯⋯ 그럼, 갈까. 나덴과 루비가 기다린다.


내가 성룡 산맥에 온 이유는 두 가지.

하나는, 성룡 산맥으로 다가오는 폭풍에 대처하기 위하여 협력해 달라는 티아마트 경의 요청에 따른 것. 또 하나는, 그 폭풍 안을 날 수 있는 나덴과 나를 대면시켜서 용기사의 계약을 맺도록 하는 것이었다. 그를 위해 내게는, 노튼 용기사 왕국의 기사와 성룡 산맥의 드래곤이 용기사가 되는 계약을 맺는 [계약의 의식]에 참가해달라는 요청이 들어온 것이었다.

다만 사태의 추이가 빨랐기에 그 순서가 엉망이 되었고, 또한 앞선 폭풍으로 드라클에도 홍수 등의 피해가 발생했기에 노튼

용기사 왕국을 초청하여 진행하는 [계약의 의식]은 연기되었다. 그렇지만 나와 나덴, 게다가 할버트와 루비는 이미 실질적으로 계약한 상태였다.

그래서 이 두 팀만은 오늘 이 자리에서 [계약의 의식]을 진행하게 된 것이었다.

나와 할이 [대전당]으로 전이하자, 이미 티아마트가 드래곤의 모습으로 자리 잡고 사람의 모습을 한 드래곤들이 주위를 둘러싸고 있었다. 나덴의 친구인 파이나 루비의 추종자였던 사피아, 에메라다의 모습도 보였다.

모두의 시선이 집중된 가운데 내던져져 긴장하고 있는 우리 앞에, 각각 검은 드레스와 붉은 드레스로 몸을 감싼 나덴과 루비가 나타났다.

루비는 본래 아름다운 아이였지만, 지금의 나덴은 리시아가 트리트먼트해 준 덕분에 루비에게 지지 않는 빛을 발했다. 드레스에는 금실과 은실 같은 것이 아로새겨져 있고, 나덴과 루비가 나란히 서니 [누아르(검정색)]와 [루비(붉은색)]의 대비가 아름다웠다.

한편, 나와 할은 평소의 군복 차림이었다. 나는 검은색이고 할은 녹색.

두 사람은 우리 곁으로 다가오더니 한쪽 무릎을 꿇고, 왼손을 가슴에 댄 채 우리를 향해 오른손을 뻗었다. 그리고 먼저 루비 쪽부터 입을 열었다.

"나의 기사, 나의 반려. 이곳에서 당신과 기승의 계약을 맺고

자 하오."

"윽…… 승낙한다!"

할이 그녀의 손을 잡고 일으켜 세웠다.

이것은 나중에 나덴한테 들은 이야기인데, 계약 순서는 기사가 되는 사람의 신분에 따라 정해진다고 한다. 우선 가장 고위 기사가 피날레를 맡고, 다음부터는 순서가 빠를수록 고위층이라나. 그러니까 나덴이 마지막이 되는 거지만, 둘밖에 없는 상태에서는 피날레고 뭐고 없는 것 같기도 했다. 그건 제쳐놓고, 이번에는 나덴이 입을 열었다.

"나의 '왕', 나의 반려. 이곳에서 당신과 기승의 계약을 맺고자 하오."

"승낙하지."

나도 나덴의 손을 잡고 일으켜 세웠다.

나의 왕이라는 말이 나왔을 때는 놀랐지만, 확실히 나는 기사가 아니라 국왕이었다.

일으켜 세운 뒤, 나는 나덴과 양손을 맞잡았다.

이것으로 딱 사교댄스를 출 수 있는 자세가 되었다. 그와 동시에, 대전당에 음악이 흐르기 시작했다. 처음에는 작게, 그리고 서서히 커진다. 티아마트 앞에 늘어선 무녀 드래곤들이 악기를 연주하기 시작한 것이었다. 느린 리듬의 느긋한 멜로디가 흘렀다.

"?! 이 노래……."

"왜 그래? 소마."

"······아니, 아무것도 아냐."

흘러나온 멜로디에 맞춰서 스텝을 밟았다.

느긋한 멜로디에 맞추어 나덴과 춤을 춘다. 할과 루비도 춤추기 시작했다. 춤을 추며 나는 나덴의 귓가에 입을 대고 물었다.

"계약의 의식에서 춤을 출 때, 언제나 이 곡이 나와?"

"아닐 거라고 생각해. 들은 적 없는 곡이니까."

"그런가······."

그렇다면 이것은 티아마트의 재량일지도 모르겠다.

흘러나온 곡은 내가 있던 세계의 곡이었다. 그것도 미녀와 야수가 춤추는 영화의 주제가였다. 극중의 하이라이트인 댄스신에서 나오는 명곡을 배경으로 나는 나덴과 춤췄다.

문득 가까이 있는 나덴의 얼굴을 보고 생각했다. 나와 나덴, 어느 쪽이 미녀이고 어느 쪽이 야수인 걸까. 이종족 혼인담으로 보자면 용인 나덴이 야수 포지션일 테지만, 미녀라고 형용해야 마땅한 것 또한 나덴이었다.

내 눈앞에 있는 소녀는 그야말로 '미녀이자 야수'였다.

"참으로 호사스러운 댄스 상대구나······."

"응? 뭐라고 했어?"

"아니, 아무것도 아냐. 행복하구나, 생각했을 뿐이야."

턴을 할 때, 할과 루비가 춤추는 모습이 보였다. 할은 이런 것에 익숙하지 않은지 움직임이 조금 어색했지만 루비가 잘 리드하는 듯했다.

"소마는 춤을 잘 추는구나. 이런 건 서툴 거라고 생각했는데."

나덴이 그런 말을 꺼냈다.

"서툴었지만 필사적으로 익혔거든. 사교계에 불려갈 기회도 많았으니까."

"아하하. 고생이 많네."

"뭐, 그렇지. 나덴도 연습을 땡땡이친 것치고는 잘하잖아."

"때, 땡땡이친 건 최근뿐이야. 이전에는 제대로 연습했어."

그런 식으로 변명을 하는 나덴을 흐뭇하게 바라보는데,

[나덴.]

머릿속으로 갑자기 티아마트의 목소리가 들렸다.

"티아마트 님?"

나덴에게도 이 목소리가 들리는 모양이었다. 아니, 나덴을 부르고 있으니까 당연한가. 계속 춤추는 우리의 머릿속에서 티아마트의 다정한 목소리가 울렸다.

[나덴. 당신에게 사죄해야만 하는 일이 있습니다.]

"예? 사죄라고요?"

[당신이 자신의 용모가 다른 드래곤들과 다르다는 사실을 고민하고 있었을 때, 저는 "당신은 용이다." 라고 가르쳐줄 수 없었습니다. 당신이 이 시대에 태어났다는 것은, 당신의 가치를 아는 자가 나타났다는 의미. 그 만남을 방해하지 않도록 당신의 정체를 숨겨야만 했던 것, 사죄합니다.]

"세상에!"

나덴을 춤을 추며 고개만 티아마트 쪽으로 돌렸다. 곡은 이미 중반을 넘어서 절정에 다다랐다. 고조되는 멜로디에 맞추어 감정도 고양되었다. 나덴은 눈에 눈물을 글썽이며 소리 질렀다.

"티아마트 님께서는 저를 항상 위로해 주셨어요! [언젠가 당신의 가치를 아는 사람이 나타납니다.]라고요! 들었을 때는 반신반의…… 아니, 정말로 믿지 않았지만…… 하지만 저는 정말로, 소마랑 만날 수 있었어요!"

나덴의 눈에서 크게 방울진 눈물이 넘쳐흘렀다.

"그러니까…… 감사하고 있어요. 고마워요…… '어머니'."

나덴이 건넨 감사의 말에 티아마트는 온화하게 미소를 띤 것 같이 느껴졌다.

[사랑하는 내 딸이여. 부디 건강히 잘 지내기를.]

곡의 마지막이 다가왔다. 눈물로 얼굴이 엉망이 된 나덴을 꼭 끌어안았다.

"나덴. 나는 미덥지 못한 사람이지만, 앞으로 잘 부탁해."

"훌쩍…… 응. 응!"


————오늘 이곳에서 나는 나덴과 반려가 되는 계약을 맺었다.

# 중기

현국 6권을 사 주셔서 감사합니다. 드래곤 형태에 비해 숫자는 적지만 전자성수 돌이나 용성왕 등 용 형태 메카 중에는 멋있는 것이 많다고 느끼는 도조마루입니다.

이번에는 이것저것 이야기를 드리고 싶어 세 페이지나 받았습니다. 여기서부터는 이번 6권의 스포일러를 포함한 해설을 진행하겠사오니, 본편을 읽으신 다음에 읽으시길 추천합니다.

이번 6권에서는 마침내 다섯 번째 약혼자인 흑룡 나덴이 소마의 가족에 추가되었습니다. 드래곤 가운데 유일한 용이라는 특이한 존재이면서, 성격은 소마가 있던 세계의 여성에 가까운 평범한 여자아이인 나덴. 사랑에 사랑하는 느낌을 자아내고 싶어서 상당히 소녀틱하게 마무리되지 않았나 생각합니다. 앞으로도 사랑받았으면 좋겠다고 생각합니다.

또한 이번 6권에서는 [소마가 있던 세계]와 [다른 이들의 세계] 사이의 연결점이 드러났습니다. 즉 이 세계가 [다른 세계]가 아니라는 사실이 암시되었다는 겁니다. 그렇다면 이 세계에서 마법이란, 이종족이란, 마족이란, 마물이란 무엇인가. 그 해답을 차례차례 밝혀나가는 이야기 전개로 진행하고 싶습니다.

변함없이 이상한 이야기네요.

보통은 [검과 마법의 세계]를 원점으로 한다면 그곳을 토대로 이야기를 만들어나가는 법입니다만, 이 이야기의 경우에는 [어째서 검과 마법의 세계가 되었는가]를 파고들어 갑니다. 핑계 같지만 그 부분이 이 이야기의 [독자성]이 아닐까 생각합니다.

본편 안에서도 이야기한 [보편성]과 [독자성]에 대해서 말인데, 소마는 수험 전쟁 같다고 이야기했습니다만 저는 문예 창작 쪽에서 이러한 걸 강하게 느꼈습니다. 너무도 돌발적인 내용이라면 사람들이 받아들이지 못하여 거들떠보지도 않습니다. 하지만 만인이 받아들일 수 있는 내용이라면 이미 클리셰가 되어 유사품 안에 매몰되어 버리고 맙니다.

만인이라고는 할 수 없더라도 많은 사람이 받아들일 수 있을 법한 내용이면서, 어느 부분에서는 자신다운 느낌을 자아내어 다른 이야기와는 차별화를 꾀하고 싶다. 그 틈새에서 글쟁이 (뿐으로 한정되지는 않겠지만)는 우왕좌왕하고 시행착오를 거듭하는 것이라 생각합니다.


그리고 또 이야기할 것이 있다면, 이번 6권과 동시에 발매되는 우에다 사토시 선생님의 만화판이겠죠. 매번 콘티를 볼 때마다 높은 창작 실력에 압도되는 기분이 듭니다.

소설판에서는 길게 이야기하는 부분을 잘 정리해 주셔서, 과거를 돌아보고 싶다면 만화판을 읽으면 되겠다는 생각마저 드는 높은 완성도에는 경의를 표합니다. 우에다 선생님, 정말로 감사합니다. 앞으로도 본 소설과 함께해 주시기를.

그리고 이 이야기의 다음 내용 말입니다만…… 읽을 수 있습니다. 성룡 산맥 편 다음으로 pixiv에 올려두었습니다. 서적으로 환산하면 대략 네 권 정도 앞부분까지 읽을 수 있습니다. 이 내용을 말씀드려야 할지 담당 분께 논의를 했더니, "괜찮지 않을까요? 광고가 될 테니까." 라며 가볍게 이야기했습니다. 궁금하신 분은 pixiv에서 유저 검색으로 [도조마루(どぜう丸)]를 검색해 주시길. 무사시 도련님의 아이콘이 표식입니다. 다만 pixiv판은 자잘하게 나뉘어 있으니 한꺼번에 읽고 싶은 사람은 서적판을 기다리시길 추천합니다.

제 경우, 서적판의 경우에는 새로 쓰거나 덧붙이는 경우가 많사오니 이대로 서적판도 구입해주신다면 감사하겠습니다. 단언하죠. 인터넷 연재판에서 어떻게 적혀 있든 서적화된 내용이 [정사]입니다.

그럼 길게 말씀을 드렸습니다만, 여기서 일단 줄이도록 하겠습니다.

항상 멋진 캐릭터를 디자인해 주시는 후유유키 님, 멋진 만화판으로 완성해 주신 우에다 사토시 선생님, 담당분, 디자이너분, 교정분, 그리고 이 책을 손에 들어 주신 모든 분께 감사를. 이상, 도조마루였습니다.


이 중기 뒤에는 번외편으로, 6권의 이야기가 진행되는 동안 왕국에 남은 사람들의 활동이 3화 정도 수록되어 있습니다. 본편 사이사이에 시계열을 맞추어 집어넣는 방법도 생각해 봤지만, 본편은 끊임없이 한 번에 완결시켜야 한다고 판단하여 이런 구성이 되었습니다.

시간축을 따지자면 번외편 1은 소마가 나덴과 한때 귀국하기 직전의 이야기, 번외편 2는 소마가 다른 이들을 데리고 폭풍에 맞설 무렵의 이야기, 번외편 3은 모든 것이 정리되고 왕국으로 돌아온 다음의 이야기입니다. 그 뒤에 다음 권으로 이어지기 위한 에필로그 2가 있기도 합니다. 솔직히 말씀드려, 번외편 3은 이 에필로그 2 다음의 이야기가 됩니다.

마지막까지 즐겨 주신다면 감사하겠습니다.

# ♛ 번외편 1 ✦ 대사의 귀환

그란 케이오스 제국의 서부 끝에 제도 [바로아]가 있다.

프리도니아 왕국의 수도보다도 규모가 크고, 도시에 인접한 언덕 위에는 여황제 마리아의 거처, 장엄한 [바로아 성]이 우뚝 서 있다.

산 위에 지어졌기에 적에게 쉽게 공격당하지 않는 구조이지만, 기능적이라고는 말하기 힘든 이 성은 디자인을 중시하여 세워졌다. 이것은 인류 측 최대, 최강 국가라는 것을 다른 나라에게 과시하기 위해서라고 한다.

그런 바로아 성 안에 있는 한 방.

여황제 마리아의 여동생이자 장군이기도 한 잔느 유포리아의 집무실에서 지금 한 쌍의 남녀가 마주하고 있었다. 책상에 앉아 있는 것은 이 방의 주인인 잔느, 그 앞에 서 있는 것이 프리도니아 왕국에서 파견된 주제국 대사 필트리 사라센이었다. 잔느는 필트리에게 말을 건넸다.

"그런가. 귀공은 오늘 귀국하는 것이었군요."

"예. 아내를 위해서, 일시적이기는 하지만 휴가를 받았습니다."

필트리는 경례를 하며 그렇게 대답했다.

필트리는 주제국 대사로서 파견되었지만 왕국을 떠나기 전에, 노예상이었을 무렵인 진저의 가게에서 사들인 안즈와 시호라는 미소녀 자매를 아내로 삼아 제국에도 데려왔다. 그중 언니인 안즈의 임신 사실이 밝혀졌기에 익숙지 않은 나라에서 낳는 것보다는 왕국에 있는 필트리의 본가인 사라센 가에 맡기기로 한 것이었다.

필트리는 안즈를 왕국으로 배웅하기 위하여 일시적으로 귀국, 본가에 맡긴 뒤에는 또다시 되돌아올 예정이었다.

"제가 귀국한 동안에는 남은 시호가 왕국과의 중개를 맡게 되었습니다."

"죄송합니다. 부인도 귀공 곁에 있고 싶을 텐데……."

"아뇨…… 제 역할이 얼마나 중요한지는 아내도 잘 알고 있습니다."

왕국과 제국의 비밀 동맹. 그 중계 역할인 주재 대사의 존재는 양국의 연계에 없어서는 안 되는 것이며 또한 한정된 이들밖에 알지 못하는 극비 중의 극비였다.

왕국과 제국은 비밀 동맹 결성 이후, 양국의 국왕 방송과 간이 수신 장치를 사용해서 언제든지 화상 통화 회담 같은 것이 가능한 체제를 구축했다.

중대한 문제에 대해서는 소마와 마리아가 직접 회담을 나누지만, 그럴 필요까지는 없는 일(정보 교환 등)에 있어서는 두 사람의 뜻을 받들어 재상 하쿠야와 잔느가 이야기를 나누었다.

필트리의 역할은 주로 이 두 사람의 스케줄 조정이었다.

　"그렇지. 귀국하는 귀공에게 한 가지 부탁드리고 싶은 일이 있습니다만……."

　"부탁, 말씀이십니까?"

　그러더니 잔느는 책상 서랍을 열어 무언가 아름다운 나무상자를 꺼냈다.

　"이것을 재상 하쿠야 경에게 전해 주십시오."

　그러면서 잔느가 나무상자를 열자 안에는 호화로운 상표가 붙어 있어 자못 고급스러워 보이는 와인 병이, 완충재인 톱밥과 함께 들어 있었다.

　"좋은 포도주가 두 병 손에 들어와서, 한 병을 드려야겠다고 생각했어요."

　"이걸 재상님께 말입니까?"

　"딱히 독 같은 게 들어 있진 않아요. 걱정되시면 누군가에게 먼저 맛을 보게 하고……."

　"아, 아뇨! 의심하는 건 아닙니다만!"

　허둥대는 필트리를 보고 잔느는 유쾌하다는 듯 웃었다.

　"하하하, 알고 있어요. 제국의 2인자가 왕국의 2인자에게 선물을 보내는 거예요. 억측하는 심정도 이해가 갑니다. 하지만 이건 항상 언니에 대한 불평을 들어 주는 하쿠야 경을 향한, 제 자그마한 감사의 마음이에요."

　"아, 예…… 그렇다면……."

　필트리가 나무상자를 받아든 바로 그때였다.

갑자기 방 바깥에서 타박타박 발소리가 들린다 싶더니, 집무실 문이 기세 좋게 벌컥 열렸다. 안으로 들어온 것은 오른손에 붉은색, 왼손에 푸른색 드레스를 든 이 나라의 여황 마리아 유포리아였다. 방으로 들어오자마자 마리아는,

"있잖아, 잔느! 오늘 방송은 어떤 드레스가 좋을 것 같아?"

그러면서 잔느 앞으로 양손에 든 드레스를 들이밀었다.

게다가 그 드레스가 또 엄청난 프릴이 달렸고 치맛단도 짧은 데다가 복부가 뚫려 있고 가슴이 강조되는 디자인이라, 소마가 봤다면 '무, 무슨 아이돌 코스프레?'라며 고개를 갸웃거렸을 물건이었다. 잔느는 책상을 쾅 두드렸다.

"언니! 손님이 와 계시잖아요!"

"어머, 필트리 경. 안녕하세요."

잔느의 노성 따윈 전혀 신경도 안 쓴다는 느낌으로, 부드러운 미소를 지으며 말했다.

갑자기 나타난 제국의 수장을 앞에 두고 필트리는 잠시 사고가 정지했지만, 정신을 차리고는 등줄기를 쫙 펴고 경례를 했다.

"옛! 마리아 님도, 안녕하시온지, 인사를 드리, 옵니다?"

아이돌 드레스를 든 여황제의 난입이라는 너무도 갑작스러운 사태에, 필트리는 엉망진창에다 더듬더듬 인사를 하는 것이 고작이었다.

그런 필트리의 모습에 마리아는 "우후후." 하고 미소 지었다.

"그렇게 딱딱하게 안 하셔도 돼요. 당신은 소마 님의 가신이니까 제게 님을 붙이실 필요도 없으니까요. 자, 릴랙스, 릴랙스~."

마리아는 그렇게 말하고 보는 이를 매료시킬 법한 미소를 띠었다.

한편으로 여동생 잔느는 벌레라도 씹은 듯한 표정이 더욱 짙어졌다.

"언니는 너무 느슨해요! 아무리 그래도 제국의 황제나 되시는 분이, 그런 화려한 복장을 손에 들고서 복도를 타박타박 뛰어다니시다니 대체 뭐 하시는 건가요!"

"어머, 이것도 국민을 위한 일인걸?"

마리아는 장난기 가득한 미소를 띠었다.

"국왕 방송을 사용한 오락 방송. 매일매일 생업에 힘쓰는 국민들에게 잠깐의 즐거움을 제공할 수 있다…… 소마 님은 멋진 걸 고안하셨다고 생각해요."

"화, 황송하옵니다."

모시는 주군이 칭찬을 받았기에 필트리는 또다시 등줄기를 폈다. 반면에 잔느는 이마를 누르며 "이것 참, 정말이지……." 라는 느낌으로 고개를 가로저었다.

"그렇다고 해서 언니 본인이 [로렐라이]가 될 필요는 없을 텐데."

"하지만 내가 노래를 해 줬으면 하는 요청은 많다고 들었다고요?"

"그건…… 그렇지만요……."

[로렐라이]란 소마가 이 세계에게 가져온 개념이었다. 요컨대 지구에서 말하는 [아이돌]을 이 세계에서는 [로렐라이]라고 부르는 것뿐이지만, 그럼 아이돌에게 필요한 요소는 무엇인지 묻는다면 [미모]와 [카리스마]일 것이다.

노래나 춤이 능숙해서 나쁠 것은 없겠지만, 남들보다 빼어난 용모와 (이건 이미 천부적인 재능이리라) 사람을 잡아끄는 매력이 있다면 아이돌로 충분히 역할을 다할 수 있다.

그렇다면 현재의 제국에서, 빼어난 [외모]를 지녔으며 가장 [카리스마]가 넘치는 인물이 누구냐고 묻는다면, 우선은 틀림없이 여황제 마리아 유포리아라고 대답할 수 있을 것이다.

게다가 마리아는 노래나 춤도 상당히 뛰어났기에 톱아이돌이 되는 것조차 꿈이 아닐 정도로 소질이 넘쳤다. 그 실력은 주나에게도 미칠 정도였다.

그래서 여황제 폐하께서 춤추시는 모습을 보고 싶다는 국민들의 요청은 무척 많아서, 최근에는 마리아의 별칭 [제국의 성녀] 앞에 [춤추고 노래하는]이 점점 붙는 추세였다.

"[노래하고 춤추는 제국의 성녀]라니…… 언니는 그걸로 괜찮으세요?!"

"내 입장에서는, 성가신 직함은 [성녀] 쪽인걸. 기왕이면 [춤추고 노래하는 여황제 마리아]라고 불러 줬으면 좋겠는데."

"취향의 문제가 아니라고요……."

잔느는 어깨를 풀썩 떨어뜨렸다. 그런 잔느를 보고,

'그렇군, 이런 일에 대한 불평을 재상님은 듣고 있다는 건

가…….'

……라며 필트리는 묘한 부분에서 납득하고 말았다.


————그로부터 며칠 뒤. 소마가 성룡 산맥으로 이끌려갔을 무렵.


필트리는 프리도니아 왕국의 왕도 [파르남]에 있는 성, [파르남 성] 안에 있는 재상 하쿠야 쿠온민의 서재에 있었다.

임신 중인 아내 안즈를 자신의 본가에 맡기고 본인은 이제부터 다시 제국으로 가고자 왕성에 인사를 하러 온 것이었다.

다만 지금 현재, 소마 왕은 성룡 산맥으로 외유를 나간 상황이었기에 대신 자리를 지키는 하쿠야에게 온 것이었다. 책상에 앉은 하쿠야 앞에서 필트리는 경례했다.

"그럼 재상님. 지금부터 다시 제국으로 가겠습니다."

"수고하십니다. 본래라면 아내분 곁에 있고 싶으실 텐데……."

하쿠야는 그다지 감정이 겉으로 드러나지 않는 표정으로 그렇게 말했다. 무미건조한 대응으로 여겨질지도 모르지만, 애당초 아내의 임신 사실을 알고 필트리에게 일시 귀국을 권유한 것은 하쿠야였다.

소마 왕이 도시의 위생 문제에 집중했고 또한 힐데와 브래드를 중심으로 의료 개혁을 진행하였기에, 지금 이 나라는 [대륙에서 가장 아이를 낳기 좋은 나라]가 되어 있었기 때문이었다.

또한 하쿠야는 임신한 안즈를 힐데 측에서 진료하도록 수배도 해 주었다. 게다가 필트리의 영지에서 힐데가 있는 신도시 베네티노바까지 와이번 곤돌라로 오갈 수 있도록 배려도 했다.

무감정하면서도 후대해 주는 하쿠야에게 필트리는 한없이 감사할 따름이었다.

"아뇨…… 제 역할이 얼마나 중대한지는 잘 알고 있사오니."

바로 요전날, 잔느와도 비슷한 대화를 나누었음을 떠올리며 필트리는 대답했다. 하쿠야는 일어서서 찬장으로 향했다.

거기서 나무상자 같은 것을 꺼내더니 그것을 책상 위에 내려놓았다.

"제국으로 가는 귀공께서 잔느 경에게 전달해 주셨으면 하는 게 있습니다."

"답례품, 입니까?"

필트리가 고개를 갸웃거리자 하쿠야는 나무상자 뚜껑을 열었다.

그 안에는 표면에 아름다운 조각이 새겨진, 고급스러워 보이는 유리잔이 하나 들어 있었다.

유리잔 옆에는 같은 유리잔이 하나 더 들어갈 정도의 홈이 있어서 이것이 본래는 두 개 세트라는 사실을 나타냈다.

"전날 좋은 포도주를 받았으니 그 답례품입니다. 평소, 폐하에 대한 불평을 들어주시는 잔느 경에게 드리는 자그마한 감사의 마음도 포함되어 있습니다."

"불평…… 재상님도 말입니까?"

잔느는 하쿠야에게 언니에 대한 불평을 털어놓는다고 한다.

하쿠야 또한 잔느에게 불평을 털어놓는다는 것일까?

그런 생각을 하는 사이에 복도를 달려오는 소리가 들리고, 노크도 대충 넘기고 방문이 벌컥 열렸다. 선대 국왕 알베르토의 딸이자 지금은 소마의 제1정실 후보가 된 리시아 공주였다. 방으로 들어온 리시아 공주는 필트리에게는 눈길도 주지 않고, 당황한 듯 하쿠야에게 손에 들고 있던 서첩을 건넸다.

"하쿠야, 또 카를라한테서 전서 쿠이가 왔어! [우리 세 사람으로는 '대상'을 멈추는 것은 곤란!! 시급히 지원을 청한다!] 라잖아!"

"큭…… 또 말입니까."

하쿠야는 날카로운 표정을 살짝 일그러뜨렸다.

"알겠습니다. 목격자를 늘리고 싶지는 않으니 원군을 보낼 수는 없겠지만, 국방군과 교섭해서 그 지역을 봉쇄토록 하겠습니다. 또한 해당 지역에 함구령을 내리죠. 이 이상은…… 장래 제2정실의 나쁜 풍문이 될 테니까요."

"부탁할게."

그러더니 리시아 공주는 들어온 기세 그대로 방을 나갔다.

머리에 손을 대고 의자 등받이에 몸을 기댄 하쿠야에게, 필트리는 조심스럽게 물었다.

"저기…… 무슨 일이 있습니까?"

걱정스러워하는 필트리와는 달리 하쿠야는 메마른 미소를 띠며 대답했다.

"뭐…… 잔느 경에게 털어놓을 불평이 하나 더 늘어났을 뿐입니다."

그 표현을 듣기로는, 아마도 소마 왕과 관련된 문제가 발생한 것이리라.

그리고 필트리는 어떤 예감 같은 것을 느꼈다.

분명히 하쿠야와 잔느는 조만간에, 국왕 방송의 화면 너머로 같은 상표의 포도주를 같은 유리잔으로 마실 것이다.

소마와 마리아, 쌍방의 주군에 대한 불평을 안주 삼아서.

그런 광경을 상상하며 필트리는 제국으로 돌아갔다.

## ♟ 번외편 2 ✦ 네임리스 히어로즈

　프리도니아 왕국에서는 매일 저녁, 국왕 방송에서 다양한 버라이어티 방송이 방송된다.

　날에 따라서 음악 방송, 연극 형태의 연속 드라마, 개그나 거리 공연이 중심인 예능 방송 등이 나오는데, 어느 방송이든 국민의 마음을 사로잡고 있었다. 국민들에게 높은 평가를 받아 고정형 방송 수신기 설치 숫자도 늘어나고 있었다. 이제는 소규모 마을에도 설치되었고 대규모 도시에는 복수의 수신기가 설치되어 시청할 수 있는 장소가 많이 늘어났다.

　녹화라는 것을 할 수 없어서 항상 생방송이라 자유롭게 만들지 못하는 장면도 있지만, 음악 방송은 이 나라 문화로서 단단히 뿌리박히기 시작했다. 그런 방송 프로그램 가운데, 최근에 각별히 국민들 사이에서 인기인 다큐멘터리 드라마가 있었다.

　방송의 이름은 [네임리스 히어로즈]라고 한다.

【드라마 [네임리스 히어로즈] 제3화 '빈틈을 메우는 이들' 】

　이 드라마의 특징은 뭐니 뭐니 해도 화면 깊숙이 설치된 암막의 존재이리라.

국왕 방송은 아직 생방송뿐이라서 드라마는 방송 개시와 동시에 배우들이 연기하는 연극을 그대로 방송한다. 그래서 조금이라도 연극으로 덜 느껴지도록 연기하는 배우의 등 뒤에는 탄탄히 만든 세트([배경] 등)가 설치되는 것이 보통이었지만, 이 드라마는 새카만 암흑을 배경으로 촬영이 진행되었다.

그와 동시에 신경 쓰이는 것이, 등장인물이 전원 *쿠로코 같은 두건을 뒤집어쓰고 있는 것이었다. 목 아래로는 제대로 역할에 맞은 복장을 하고 있음에도 불구하고.

이것이 어떤 효과를 초래하느냐면, 배경의 암막과 어우러져서 얼굴이 없는 것처럼 보이게 된다. 얼굴 정면은 얇은 검은색 천이라서 배우는 제대로 연기할 수 있을 정도로는 앞이 보이지만, 방송을 통해서 보는 시청자에게는 배우의 얼굴은 보이지 않았다.

어째서 그런 연출을 하는지는 이 드라마를 보는 사이에 이해할 수 있으리라. 자, 오늘의 드라마에서 무대 위에 마련된 것은 어딘가 실험실 같은 기자재, 기구로 넘치는 풍경이었다.

그곳에서는 백의를 입은 젊은 두 남녀 연구원이 저울만으로 분말의 무게를 측정하거나 알코올램프 위에 올린 둥근 플라스크를 아래쪽에서 들여다보거나 하고 있었다.

[아, 정말이지!]

저울만으로 무게를 재고 있던 남성 연구원이 책상을 쾅 두드

---

* 일본 전통극에서 검은 옷을 입고 배우 뒤에서 연기를 돕는 사람. 배경 같은 구성요소로 취급된다.

렸다.

[잠깐만, 토트 군. 위험한 약품이 있으니까 흔들지 말라고.]

그런 남성 연구원을 보고 여성 연구원은 비난하는 말을 던졌다. 그러나 토트라고 불린 남성 연구원은 그럼에도 분노가 사그라들지 않는 모양이었다.

[하지만, 모모 선배! 저희가 '왕립 아카데미'를 나와서 이곳 '코스노 연구소'에 들어온 건, 이 나라의 사람들을 위한 물건을 개발하고 싶다는 열의가 있었기 때문이 아닙니까! 그야말로 맥스웰 가의 지냐 양처럼! 그런데…… 위에서 우리한테 돌아오는 일은 그녀의 '연구의 연구'를 하라는 것뿐이니…….]

토트의 말에 모모라고 불린 여성 연구원도 부정할 수는 없어 한숨을 내쉬었다.

[……확실히 지냐 양은 굉장한 발명을 잔뜩 하고 있어. 하지만 기초 연구도 마찬가지로 중요하다고, 마티스 선생님도 말씀하셨잖아.]

[그래요, 그거! 저한테는 그게 납득이 안 간다고요!]

토트는 분하다는 듯 주먹을 움켜쥐었다.

[마티스 선생님은 훌륭한 연구자예요! 견실하고 착실하게 연구를 거듭해서 결과를 낸 위대한 연구자죠! ……하지만 세상 사람들이 칭송하는 건 엉뚱한 발명을 차례차례 만들어내는 지냐 양뿐…….]

[……응. 뭐, 그 마음은 모를 것도 아니지만…….]

[제가 뭐라도 했나요?]

두 사람이 이야기를 나누는 사이, 장년의 남성 연구원이 등장했다.

이 인물 역시도 검은 두건을 뒤집어썼다. 얼굴이 보이지 않는 상태에서 장년의 느낌을 연출하기 위해서인지 토트, 모모보다 백의를 익숙한 느낌으로 흐트러뜨려서 입었고 낡은 신발을 신었다.

[[마티스 선생님!]]

토트와 모모가 입을 모아 말했다. 이 인물이 이 연구소의 연구 주임인 마티스 코스노인 듯했다. 마티스는 일어선 두 사람을 보고 "핫핫핫." 하며 웃었다.

[그렇게 치켜세우지 마시게나, 토트 군. 발상력에서 지냐 양에게 뒤처진다는 건 나 자신이 가장 잘 아는 바야. 나는 지냐 양처럼 혁신적인 것을 생각해 내는 것보다 착실하게 뚜벅뚜벅, 연구를 거듭해 나가는 게 적성에 맞기도 하고 말이야.]

[큭! 하지만, 선생님!]

더욱 말이 격해지려는 토트를, 마티스는 손을 들어 제지했다.

[이 나라의 사람들을 위한 물건을 개발하고 싶다고, 지금 자네가 말하지 않았나. 연구자나 기술자들의 바람은 언제나 오늘보다 멋진 내일이 될 수 있는 물건을 만들어내는 거지. 칭찬을 받고 싶다는 심정이 없다고 할 수야 없을 테지만, 그것이 가장 큰 목적이 되어서는 안 되네.]

[선생님…….]

[자, 내 말을 이해했다면 오늘도 연구에 매진합시다. 마침 또

새로운 연구 재료가 왕도에서 온 참이니까.]

그러더니 마티스는 책상 위에 무언가 덩어리 같은 것을 내려 놓았다.

검붉은, 벽돌 같은 그것을 보고 모모는 미간을 찌푸렸다.

[그건 뭔가요? 선생님.]

[이건 말이지, 충격 흡수 재료야.]

[충격 흡수 재료?]

[그래. 소마 폐하께서 지냐 양에게 라이노사우루스 트레인의 진동을 줄일 수 있는 장치를 개발해 달라고 의뢰를 하셨더니, 차축 부분에 이런 충격 흡수 소재를 조합시키는 구조를 고안해 낸 모양이더군.]

[또 지냐 양, 입니까…….]

토트가 불쾌하다는 듯 말했지만 마티스는 "핫핫핫." 하고 웃어넘겼다.

[역시 맥스웰 가의 연구자, 착안점이 훌륭해. ……하지만 이 구조에 사용된 이 소재는, 기간트 아르마딜로의 갑각 안쪽 살점을 사용하는 터라 양산화가 불가능하다더군. 라이노사우루스 트레인은 앞으로의 운송 수단, 또한 국민의 교통수단으로 큰 발전이 기대되네. 하지만 양산화할 수 없어서야 의미가 없지. 우리에게 온 연구 의뢰는 이 소재의 대용품이 될 수 있는 물건의 개발이야.]

무척 설명조라고 생각할지도 모르겠지만, 실제로 이 마티스의 대사는 보고 있는 시청자에게 설명하는 것이었다. 그러자 모모가 그 충격 흡수 소재를 똑똑 두들겨봤다.

[……꽤 단단하네요.]

[그 정도 힘으로는 덩어리 상태인 이건 꿈쩍도 안 해. 그러면서 큰 힘을 받으면 변형되어 충격을 흘리지. 그러니까 이 소재의 중요한 요소는 튼튼함과 신축성에 있다는 게야.]

[튼튼하고 신축성이 있다…… 아니, 어쩐지 모순되지 않습니까?]

토트의 지적에 마티스는 또다시 웃었다.

[모순이든 어떻든, 실제로 눈앞에 있어. 우리에게 주어진 사명은 양산 가능한 이것의 대체품을 찾아내는 거야. 두 사람 다, 협력을 부탁하겠네.]

[[예! 선생님!]]

이리하여 [코스노 연구소]의 멤버들은 온 힘을 다하여(라고는 해도 연극이라 배우는 세 사람밖에 없었지만), 이 충격 흡수 소재의 대체품이 될 만한 소재를 찾았다. 하지만 떠오르는 어떤 재료를 시험해 봐도 좀처럼 발견되지 않았다.

튼튼하면서 신축성이 있는 것.

튼튼한 것을 시험하면 신축성이 없어 충격 흡수 소재로 기능하지 못하고, 신축성이 있는 것을 시험하면 충격 흡수 소재로 기능해도 금세 부서져버린다.

거대한 라이노사우루스가 견인하는 화물 열차나 객차에 쓰이는 부품이다.

만에 하나, 억에 하나의 사태라도 생긴다면 대참사가 벌어진다. 그렇기에 소재 선정은 신중하고 엄격하게 진행되었다. 세 사람에게도 점점 피로의 기색이 짙어졌다.

한 번 암전되고 또다시 밝아진 무대 위에는 토트가 책상에 엎드려 있었다.

[이래서야 안 돼! 신축성이 있고 튼튼한 소재라니, 그런 건 못 찾습니다!]

[그러네. 이 소재가 발견된 것도 상당히 기적적인 일인 것처럼 여겨져.]

토트의 등에 손을 얹으며 모모도 한숨을 내쉬었다. 그렇게 완전히 지쳐 버린 두 사람을, 마티스는 쓴웃음 지으며 격려했다.

[자 자, 그렇게 서두르지 않더라도 괜찮아. 그렇게 너무 몰두해도 좋은 생각은 안 나오겠지. 우유라도 좀 데울까.]

그러면서 마티스가 자리에서 일어난…… 그때였다.

[응? 우왁?! 서, 선생님!!]

갑자기 토트가 의자에서 굴러떨어지더니 크게 소리쳤다.

[왜, 왜 그래, 토트 군?!]

[무슨 일 있나?]

모모와 마티스가 의자에서 굴러떨어진 토트 곁으로 다가오자, 토트는 어쩐지 겁먹은 기색으로 한 점을 가리키고 있었다. 그 손가락이 향한 곳에는, 세상에나, 바닥으로 떨어지던 펜이 둥실둥실 떠 있는 것이 아닌가. 이것을 보고 두 사람도 당황했다.

[말도 안 돼…… 누구 마법이지?]

[아니, 이 연구소에는 중력 조작이 가능한 마법의 사용자는 없을 텐데.]

[하, 하지만 선생님. 저 펜은 실제로 떠 있잖아요?]

[흠…… 하지만 어쩐지 떠 있는 모습이 묘하군. 마치 무언가에 매달려 있는 것 같은데?]

그러더니 마티스는 다가가서 그 펜 위로 손을 훑어봤다. 그러자 펜은 마티스가 움직이는 오른손 아래에 고정된 것처럼, 그 손에 맞추어 스윽 이동했다.

[[?!]]

[그렇군…… 그런 거였나.]

놀란 연구원 두 사람을 흘끗 쳐다보고, 마티스는 영문을 알겠다는 표정으로 고개를 끄덕였다. 그리고 비어 있던 왼손으로 떠 있던 펜을 붙잡더니 오른손과 펜 사이 부분을 두 사람에게 자세히 보여줬다.

[잘 보게. 이 사이에 뭔가 안 보이나?]

[……앗! 엄청 가늘지만 실 같은 게 보입니다!]

[아, 정말이다! 엄청 가늘지만 실 같은 게 있어!]

두 사람의 그 말을 듣고 마티스는 미소 지으며 고개를 끄덕였다.

[그렇지. 이건 거미줄이로군. 아마도 책상에서 아래로 늘어진 거미줄이 떨어지던 펜에 달라붙은 거겠지.]

[뭐, 뭐야…… 깜짝 놀랐어요…….]

토트는 맥없이 그 자리에 주저앉았다.

[하지만 거미줄이란 건 굉장하네요. 이렇게나 가늘면서도 펜을 들어올리다니.]

[정말, 이렇게나 부드러워 보이는데.]

[…………앗?!]

두 사람의 말을 들은 순간, 마티스는 머릿속에서 스파크가 번쩍인 것 같은 기분이었다.

이제까지 충격 흡수 소재는 고형인 물체를 중심으로 찾아봤는데, 이 실은 어떨까. 거미줄은 튼튼하면서 신축성도 있다. 이것을 굳히면 어떻게 될까. 다행히도 이 세계에 거미는 소형부터 대형까지 있고, 거미 이외에도 실을 뿜어내는 생물은 잔뜩 있다. 이것들 가운데서 충격 흡수 소재로 유망한 것을 찾을 수 있다면 양산도 가능하지 않나.

[찾았어! 드디어 찾았다고!]

마티스가 그렇게 외치는 것과 동시에 화면이 어두워졌다.

무대가 다시 밝아졌을 때, 풍경은 바뀌어 있었다.

응접실 같은 장소에서 두 인물이 서로를 마주보는 형태로 의자에 앉아 있었다.

이번에는 배우가 아니라 두 사람 모두 얼굴이 보였다.

한 사람은 이 나라에서는 이미 친숙한, [프리마 로렐라이]로 칭송되며 최근에는 교육 방송의 [노래하는 언니]로 활약 중인 주나 도마였다.

다른 한 사람은 백의를 입은 마흔 살 정도의, 차분한 분위기의 남성이었다.

머리와 마찬가지로 회색이 드리운 수염이 입가에 빽빽이 나 있었다. 바로 그가 진짜(배우가 연기하는 것이 아닌) 마티스 코스노 연구 주임이었다.

그런 마티스를 향해, 주나는 검은 덩어리를 손에 들며 물었다.

"그렇게 만들어낸 것이, 바로 이 [충격 흡수 소재]라는 이야기군요?"

"그렇습니다. 다양한 생물이 생산하는 실을 시험한 결과, 어느 누에가 만드는 고치가 가장 적합하다는 걸 알아냈습니다. 그것이 이겁니다."

주나의 질문에 마티스도 자신만만하게 대답했다.

그리고 여기서부터는 두 사람의 대담 파트가 시작되었다.

조금 전까지의 드라마는 말하자면 [재현 드라마]였던 것이다.

이 다큐멘터리 드라마 [네임리스 히어로즈]는 2부로 구성되어 있어서, 우선은 그 회의 주역(이번 편의 경우에는 마티스)이 어떤 공적을 올린 인물인지를 [재현 드라마]로 설명하고 그 후에 본인과 주나가 대담을 나누는 구성이었다.

"그럼 마티스 씨. 이 소재는 양산이 가능한가요?"

"예. 누에고치를 원료로 하고 있으니 비단을 생산하는 것과 똑같이 양산이 가능합니다. 다만 불이나 열기에 약하다는 약점도 있었기에 가공할 때는 내화, 내열 가공을 하고 있습니다. 그 방법에 대해서는…… 국가 기밀로 취급됩니다."

"그렇군요. 첨단 기술은 나라의 보물이로군요. 정말…… 훌륭한 물건을 만들어 주셨다고 생각해요. 소마 폐하께서도 분명 기뻐하셨겠죠."

"예. 왕성으로 불려갔을 때는 무슨 일일까 싶었는데, 이 소재를 개발했다는 사실에 치하의 말씀을 해 주셨습니다. 저희 연구원이 세상에 알려지는 경우는 좀처럼 없습니다만, 그때는…… 그렇군요. 이 직업을 가지길 잘했구나 싶었습니다."

"선생님. 오늘은 귀중한 이야기를 들려주셔서 감사합니다."

마티스의 마무리 멘트를 듣고 주나는 머리를 숙였다. 마티스도 그에 이끌려 머리를 숙였다. 주나는 머리를 들더니 국왕 방송의 보옥을 향해 말했다.

"그럼 마티스 씨가 소마 폐하와 대면했을 때를 재현한 드라마와 함께, 이 방송을 마치도록 하겠습니다."

주나 씨가 그렇게 말하자 장면은 또다시 암전되었다.

"주나 언니, 수고했다."

방송이 끝나고 주나가 마티스와 인사를 나눈 뒤에 보옥에 비치지 않는 장소로 빠지자, 생글생글 웃는 로로아가 맞이했다. 주나도 미소로 답했다.

"고마워요, 로로아 씨. 어땠나요?"

"좋았다. 달링이랑 시아 언니네한테 못 보이주는 게 아쉽다."

소마와 리시아 등등은 지금 나덴과 함께 성룡 산맥으로 갔다. 성룡 산맥을 덮친다는 [폭풍]에 대처하기 위해서라나.

그들은 걱정되지만 왕국에 남은 두 사람은 모두 무사하기를 기도하며 자신들이 할 수 있는 일을 해서 그들의 빈자리를 확실하게 지킬 뿐이었다. 그렇게 다짐하고 임한 방송은 주나에게 만족스럽게 마무리되었다.

"아, 하지만 마지막에 나온 달링? 그건 좀 어떨까 싶은데."

하지만 로로아에게는 일부 불만이 있었나 보다.

로로아가 하는 이야기는 엔딩의 드라마 파트로, 양산할 수 있는 충격 흡수 소재를 개발한 마티스 일행을 소마가 불러서 하나하나 악수를 나누며 노고를 치하하는 장면이리라. 로로아는 팔짱을 끼며 말했다.

"그 배우, 왕관을 뒤집어쓰고, 호화로운 망토를 걸치고, 장갑을 낀 손에 지팡이를 들었잖아? 달링이 그런 차림새를 한 거 본 적이 없다."

"그건, 뭐…… 누군지 알아보기 쉽게 만드는 걸 중시한 연출이겠죠."

대관식 전이라서 왕관은 아직 선대 국왕 알베르토가 맡고 있으며, 망토나 지팡이 같은 장비를 소마는 선호하지 않았다. 그렇다고 캐주얼 셔츠에 바지라는 소마의 평소 복장으로는, 도저히 국왕과의 면회 장면이라 여겨지지는 않으리라.

그 말에는 로로아도 "하긴 그런가." 라며 웃었다.

"그건 그렇고, 이 [네임리스 히어로즈]도 엄청 인기 많네~."

"세간의 사람들 입장에서는 지냐 양 같은 천재형보다 마티스 경 같은 장인형, 수재형에게 더 친근감을 느끼겠죠."

일반인이 공감할 수 있는 것은 재능이 있는 사람보다 노력해서 결과를 낸 사람이다.

"뭐, 잘 됐다고 생각한다. 달링의 정책은 얼핏 보믄 일부 천재들 덕분에 전체가 성립된 거처럼 보이지만, 그 뒤에서는 이런 [이름 없는 영웅들]의 견실한 노력이 있다는 걸 국민들도 알아줄 테이까, 말이다."

"예. 정말 그렇다고 생각해요."

국민들에게 전해지면 좋겠구나, 두 사람은 얼굴을 마주 보며 함께 웃는 것이었다.

"지냐와!"

"메, 메루라의!"

""레츠, 검증!""

주먹을 들어 올리고 동시에 외친 사람은, 요전날 근위기사단장 루드윈 아크스와 약혼한 오버 사이언티스트 지냐 맥스웰과 탐구심이 너무 강해서 루나리아 정교황국으로부터 마녀 인정을 받고 쫓기는 신세가 된 가란 정령 왕국 출신 하이 엘프 메루라 메를란이었다. 두 사람은 지금 맥스웰 가문 소유의 폐던전 공방에 있었다.

"……저기, 이 구호에 의미가 있나요?"

하얀 얼굴을 붉히며 메루라가 지냐에게 물었다.

"으응? 그야 당연히 분위기 만들기지."

"분위기라니…… 지냐 씨, 당신 말이죠…….."

"자, 메루메루. 시간은 유한해. 얼른 검증을 시작하지 않겠나!"

"메루메루라고 부르지 마세요!"

메루라의 항의를 흘려 넘기고, 지냐는 등 뒤에서 어떤 물건을 꺼냈다. 그것은 복싱 샌드백 정도 크기에 꼬질꼬질한 느낌의 주머니였다.

"오늘 검증한 건 이거. 짠자자잔~. [용사의 천주머니]."

"[용사의 천주머니]?"

"(소마) 국왕이랑 마찬가지로 이세계에서 용사로 소환된, 초대 엘프리덴 국왕 폐하가 사용했다고 하는 천주머니야. 이렇게 보여도 물건이 꽤 많이 들어가서, 최근에는 폰초 경이 이 주머니 안에 대륙 전체에서 그러모은 식재료를 넣어서 가져왔어."

"초대 국왕 폐하라니…… 엄청난 보물 아닌가요?"

메루라가 천주머니를 쿡쿡 찌르며 말했다. 초대 엘프리덴 왕이라 하면 다양한 종족을 한데 모아서 이 왕국을 건국한 대영웅이다. 그 위업은 전설로 계속 전해지며 지금도 국민들로부터 경애받고 있다. 그런 초대 국왕이 사용했던 물건이라면 터무니없는 보물이 아닐까.

"일단은 국보로 취급되고 있어."

지냐는 별것 아니라는 느낌으로 말했다.

"구, 국보?!"

메루라가 저도 모르게 펄쩍 뛰어서 물러났다.

"아니, 국보를 이렇게 아무렇게나 다뤄도 돼요?!"

"소마 폐하한테 조사해보고 싶다고 했더니 '부수지 마—.' 라면서 빌려줬어."

"가벼워?! 무슨 막 사 온 회중시계라도 빌리는 것처럼?!"

"국왕은 오버 사이언스의 유물을 조사하고 싶나봐. 무슨 일 있었어?"

"저, 저한테 물어도…….."

성룡 산맥에서 예전에 있던 세계와 이 세계 사이에 관련성이 있다는 것을 알게 된 소마는, 그것을 알아내기 위한 열쇠가 될 [오버 사이언스]의 유물에 대해서 보다 더 구체적인 조사를 각 연구 기관에 지시한 것이었다. 다만 그 사정까지는 설명하지 않았지만.

"어쨌든 오늘은 이 [용사의 천주머니]에 대해서 검증해 보자."

지냐는 그 천주머니를 손에 들었다.

"자, 우선은 무게와 용량. 지금 현재는 이렇다시피 카냘프고 인도어파에 음침한 내 부실한 팔로도 가뿐히 들어 올릴 수 있어."

"지금 자학이 필요해요? 뭐, 보기에는 가벼울 것 같네요."

"웃차, 이 안에는 이미 상당한 양의 물건을 채워 뒀거든. 자, 골렘들이여. 가져와."

그러더니 지냐는 자신의 능력으로 만들어낸 흙 골렘들에게 사각형 커다란 수조를 가져오도록 지시했다. 크기는 커다란 창고 하나 정도는 되리라. 바닥은 가로가 4미터, 세로가 5미터 정도이고 높이도 4미터 이상이라 지냐가 가장자리에 서기 위해서는 사다리를 걸쳐야만 했다. 밑에서 올려다보는 형태가 된 메루라가 물었다.

"저기, 지냐 씨? 어째서 이런 걸?"

"사실 이 천주머니 말인데, 이미 반나절 정도 강물에 담가뒀
거든."

"국보에 무슨 짓이에요?! 이러고도 처벌받지 않나요?!"

메루라가 오들오들 떨고 있었지만 지냐는 신경도 쓰지 않았
다.

"학문의 발전을 위해서도 자잘한 일 따위를 신경 쓸 때가 아니
야."

"저…… 스스로를 연구광이라고 생각했는데…… 세계는 넓
네요."

"냐하하, 그렇게 칭찬할 거 없어. 메루메루~."

"칭찬 아니에요!"

"뭐, 어쨌든 말이지. 반나절 정도 강물에 담가 둔 덕분에 이 안
에는 강물이 잔뜩 들어 있겠지. 용량을 알 수 없으니까 가득 찼
는지는 불명이지만. 어쨌든 이 천주머니에 물이 얼마나 차 있는
지, 이 수조에 부어보면 알 수 있을 거라 생각했거든. 위험할 것
같을 때는 주머니 주둥이를 닫으면 그만일 테고."

그러더니 지냐는 천주머니 주둥이를 수조 안쪽으로 향했다.

"자, 그럼~ 엽니다~."

느긋한 목소리와 함께 지냐가 천주머니의 주둥이를 열자, 안
에서 굉장한 기세로 물이 쏴아 넘쳐흘렀다. 그 반동으로 지냐는
저도 모르게 뒤로 넘어질 뻔했지만, 얼른 부하 골렘에게 자신의
몸을 고정시켜 별일 없이 넘어갔다.

물은 계속 쏟아져서 순식간에 수조 절반 정도까지 찼다. 강물

을 그대로 담은 탓인지 탁하고 수초나 나뭇조각 같은 쓰레기도 많았다.

"아, 물고기……."

밑에서 보고 있던 메루라는 수조 안에서 물고기 몇 마리가 헤엄치는 것을 확인했다. 틀림없이 물속에 담가뒀을 때 들어온 것이리라.

'다른 건 몰라도 물고기는 주머니 안에서도 살아 있었어. 이건 무척 흥미 깊은 사실이네. 주머니 안의 구조는 모르겠지만 적어도 물고기가 살 수 있을 만큼의 조건이 갖추어져 있다는 거야.'

지냐에게 휩쓸린 모양새였지만, 메루라 역시 그녀에게 뒤처지지 않을 만큼 탐구심이 왕성했다.

이미 머리를 연구 모드로 전환하여 고찰을 시작했다. 무한히 계속되지는 않을까 싶을 만큼 쏟아지는 물은, 이윽고 욕조의 9할 정도에서 멈췄다.

"흠. 반나절을 담가 뒀는데 이만한 양밖에 안 들어갔을 리가 없겠지. 그렇다면 이 정도가 이 천주머니의 용량일지도 모르겠네. 대략 창고 하나 분량 정도인가? 게다가 본래 이만한 양의 물이 들어 있었다면 내가 들 수 있을 리가 없어. 그렇다는 건 안에 든 물건의 중량은 무시할 수 있는 건가?"

밑으로 내려온 지냐가 턱에 손을 대며 그렇게 추측했다.

"이만한 물의 무게를 무시할 수 있다니 굉장하네요……. 아, 저거 봐요, 지냐. 수조 안에 물고기가 헤엄치는 거 보이죠?"

"응? ……정말이네. 꽤나 팔팔하게 헤엄치고 있네."

"반나절 정도라면 이 정도 기운은 있으려나? 하지만 주머니 안에는 빛도 없잖아? 계속 물이 있었던 환경이라고는 해도, 밤이라고 생각해서 움직임도 둔해질 것 같아요."

"안의 물고기가 팔팔하다…… 그에 대해서는 짚이는 바가 있어. 폐하의 이야기로는, 안에 든 음식물이 잘 안 썩는다나. 그렇다면……."

이것도 아니다, 저것도 아니다. 그렇게 논의를 나누는 여자 둘. 그런 두 사람의 모습을, 페틴전 공방 안에 만들어진 오두막의 테라스에서 바라보는 두 남자가 있었다.

지냐의 약혼자인 근위기사단장 루드윈 아크스와, 메루라의 보호자(?)인 루나리아 정교황국에서 파견된 불량 사교 소지 레스터였다.

두 사람은 테라스에서 맥주를 나누며, 연구에 몰두한 여성들의 모습을 보고 있었다. 한쪽은 어이없다는 웃음으로, 한쪽은 머리를 부여잡으며.

"지냐 녀석, 또 저런 무모한 짓을."

머리를 부여잡은 것은 루드윈이었다. 성실한 미남 근위기사단장은 날이면 날마다 소꿉친구인 지냐에게 휘둘리는 것이었다.

"국보를 반나절이나 강물에 담가 뒀다고? 무슨 생각이야! 혹시 잃어버리면 맥스웰 가문이 망하는 정도로 그치지 않는다고!"

"껄껄껄. 뭐, 괜찮잖나. 어차피 너희 대에서 아크스 가문과 맥스웰 가문은 합쳐져서 맥스웰 아크스 가문이 되잖아?"

머리를 부여잡은 루드윈을 보고 소지는 경쾌하게 웃어넘겼다.

"큭, 그런 문제가 아닙니다! 아니, 그보다 소지 님도 메루라 경을 그냥 놔둬도 되는 겁니까? 보호자잖아요?"

"보호자라고 해도, 내 경우에는 본국에서 오는 요청을 빈둥거리면서 흘려 넘기는 게 일이니까 말이지. 본국에서 오는 체포 요청에서는 보호해 주겠지만, 그 이외에 일로 관여하고 끼어들 생각은 없거든. 연구 말고 다른 일이라면 나보다 저쪽이 더 성실하니까."

그러면서 소지는 호쾌하게 맥주를 들이켰다. 본래 루나리아 정교의 성직자는 금욕을 지켜야만 하는데도, 여전히 불량스러웠다.

"푸하~······. 끼어든다고 그러면 오히려 메루라 쪽이 더 참견쟁이라고? 방을 깨끗하게 쓰라느니, 칠칠치 못하다고 제대로 하라느니."

"아니, 그건 메루라 경의 말이 옳지 않습니까. ······같은 연구자면서도 그런 착실한 성격은 지냐와 정반대로군요."

"의외로 너와 메루라의 조합 쪽이 잘 맞지 않을까?"

"그런 식이라면, 당신과 지냐의 조합은 지금 이상으로 폭주할 것 같군요."

루드윈과 메루라, 소지와 지냐의 조합을 상상하고······ 두 사람은 쓴웃음을 지었다. 성격이 가까운 사람끼리 조합했는데도 영 와닿지가 않았으니까.

"뭐, 성격이 너무 닮은 사람끼리는 잘 안 맞는 법이지."

"······그런 걸까요."

두 사람이 절절이 그런 심정을 느끼노라니,

"어, 잠깐 괜찮을까? 소지 아저씨."

저쪽에서 지냐가 소지에게 손짓을 했다.

"응? 나 말인가? 지냐 아가씨."

"응. 미안하지만 이쪽으로 좀 와 주지 않겠어?"

"정말이지, 어쩔 수 없네······."

소지는 술기운에 살짝 휘청거리며 지냐와 메루라 쪽으로 향했다.

실험 중인 지냐의 지명······.

루드윈으로서는 좋지 않은 예감밖에 안 들었지만, 여기서 만류한다면 다음에는 자신에게 불똥이 튈 것 같았기에 조용히 소지의 뒷모습을 배웅하기로 했다.


소지가 지냐에게 불려가기 조금 전.

"나는 '천주머니에 든 음식물이 잘 안 썩는다'는 건, '음식물이 썩을 때까지의 시간이 연장되는' 것은 아닐까 생각했어."

"그렇다면."

"천주머니 안에서 흐르는 시간은 주머니 밖에서 흐르는 시간과 다른 게 아닐까, 그런 이야기야. 반나절 안에 들어 있던 물고기가 기운이 넘치는 것도, 시간의 흐름이 다른 것에 이유가 있지 않을까. 그래서, 이거야."

지냐가 꺼낸 것은 모래시계였다. 그것을 뒤집으니 위쪽에 차 있던 모래가 아래로 떨어지기 시작했다. 그 상태 그대로, 지냐는 모래시계를 천주머니 안에 넣었다.

"저 모래시계는 딱 5분이면 끝나도록 되어 있어. 이 상대로 5분 기다리자."

"……그렇군. 그런 거군요."

————5분 뒤.

지냐가 모래시계를 꺼내어보니 아직 모래가 전부 떨어지지는 않았고, 그러기는커녕 위쪽 모래의 양에도 그다지 변화는 보이지 않았다. 지냐는 턱에 손을 대고 신음했다.

"으~응…… 모래가 전부 떨어지지 않은 건 예상대로지만, 위쪽 모래의 양에 거의 변화가 없다는 건, 안의 시간은 거의 [정지] 상태라는 의미일까?"

"이 주머니 안에서는 시간이 멈춘다?! 그런 일이 있을 수 있나요?!"

"오버 사이언스의 유물에 우리의 상식은 통하지 않는 거야. 메루메루 군."

"메루메루 군, 이라고 하지 마요. …… 하지만 안의 시간이 멈춰 있는지, 어떻게 확인할 건가요?"

"흠…… 이렇다면 이제 최후의 수단밖에 없으려나."

"최, 최후의 수단?"

침을 꿀꺽 삼키는 메루라를 향해 지냐는 사나운 미소를 띠며 말했다.

"직접, 안으로 들어가 보는 거야."


그리고 소지가 호출된 것이었다. 메루라는 지냐를 향해 싸늘한 시선을 보냈다.

"당신이 들어가는 게 아니군요."

"우리는 관찰자야. 실험 기록을 남길 의무가 있지."

"정말이지…… 이거 정말 괜찮을까요?"

"저 아저씨가 걱정되나?"

지냐가 싱긋 웃자 메루라는 고개를 홱 돌렸다.

"저런 사람이라도, 무슨 일을 당한다면 잠자리가 사나운걸."

"괜찮아. 실제로 물고기는 팔팔하게 헤엄치고 있었잖아."

"표면적으로는 그렇게 보이지만 말을 못 하는 물고기가 정말로 무사한 건지는 알 수 없어요."

그리고 소지가 다가왔다.

"불렀나? 지냐 아가씨."

"후후후. 갑작스럽겠지만 좀 협력해 줬으면 해."

"협력? ……아니, 으어!"

그의 대답도 기다리지 않고 지냐는 소지에게 [용사의 천주머니]를 홱 뒤집어씌웠다.

소지는 성직자치고는 우람한 체격이라 본래라면 그런 천주머니에는 들어가지 않는 사이즈일 터인데, 뒤집어쓴 곳부터 스르륵 안으로 들어가더니 끝내는 완전히 들어가 버렸다. 메루라는 갑작스러운 사태에 당황했다.

　"잠깐만?! 정말로 괜찮은 거야?!"

　"걱정 없어, 걱정 없어. …………아마도."

　"아마도라니……."

　"일단 이대로 좀 기다릴까."

　그로부터 대략 20초 정도 지났을 무렵일까.

　지냐는 천천히 주머니 안에서 소지의 몸을 꺼냈다.

　메루라는 엉덩방아를 찧는 형태로 튀어나온 소지에게 달려갔다.

　"소지! 괜찮나요?!"

　"아야야…… 뭐야? 대체 무슨 일이 벌어진 거야?"

　"어디 이상한 곳은 없나요?! 팔이랑 다리는 둘씩 있나요?! 눈, 코, 귀는 제대로 둘씩 붙어 있나요?!"

　"아니, 인간족한테 코가 둘이라면 이상하잖아. 어라, 하지만, 어?"

　주위를 연신 둘러보는 소지에게 지냐가 질문했다.

　"소지 아저씨. 지금 아저씨는 주머니 안에 있었는데, 체감 시간은 어느 정도였나?"

　"시간? 그런 건 안 세봤지만…… 뒤집어씌우자마자 바로 꺼냈잖아?"

"아니. 아저씨는 사실 20초 정도 주머니 안에 있었어."

"무슨 바보 같은 소리. 그렇게 긴 시간이 아니었다고."

"흠…… 아얏!"

또다시 생각에 잠기려던 지냐의 머리에 딱, 꿀밤이 떨어졌다.

지냐가 돌아보니 여전한 미소와 함께 이마에 핏줄을 띄운 루드윈이 서 있었다. 그의 험악한 분위기에 지냐는 굳은 표정에서 억지로 미소를 만들었다.

"루, 루 오빠? 가, 가정 내 폭력은 아무리 그래도."

"시끄러워! 소지 님을 갑자기 실험대로 삼다니, 무슨 생각을 하는 거야?!"

"학문의 발전을 위해서는……."

"해도 되는 게 있고 안 되는 게 있잖아! 대체 너란 사람은……."

루드윈이 지냐에게 구시렁구시렁 설교를 시작한 한편, 메루라가 내동댕이쳐져 있던 [용사의 천주머니]를 지그시 바라보고 있었다.

그 시선을 알아차린 소지가 말을 걸었다.

"이, 이봐…… 메루라?"

말을 걸었지만 여전히 메루라는 천주머니를 지그시 바라보았다.

소지는 떠올렸다. 메루라 메를란이 탐구심의 덩어리이자, 고양이가 죽을지라도 호기심을 그대로 밀어붙이는 여자라는 사실을. 다름 아닌, 성역으로 취급되는 루나리아 정교 본교회에

숨어들어서 루나리아 정교가 숭상하는 루나리아 님의 신탁이 내려졌다는 비문 [루나리스]를 훔쳐보고 정교회로부터 마녀로 몰려 쫓길 정도로, 말이다.

그리고 메루라는 뜻을 다지 듯, "에잇." 하며 머리를 천주머니 안으로 집어넣었다.

"메루라?!"

소지가 목소리 높이자 루드윈과 지냐도 사태를 알아차렸다.

"메루라 님?!"

"메루메루!"

순수하게 그녀를 걱정하는 루드윈과 달리, 지냐는 어깨 부근까지 주머니에 삼켜진 지냐의 곁으로 다가가서는 꺼낸 회중시계를 보며 말을 걸었다.

"메루메루, 내 목소리가 들려?"

[예. 들려요.]

주머니 안에서 그런 대답이 돌아왔다. 아무래도 무사한 모양이었다.

"메루메루, 안은 어떤 느낌이야? 뭔가 보여?"

[입구로 들어가자마자 검은 게 보였어요. 뭐라고 할까, 어둠 같았어요. 그 어둠 속으로 얼굴을 집어넣게 되었는데, 지금은 아무것도 안 보여요.]

"어둠인가…… 내 목소리는 시간차 없이 들리나?"

[예. 들려요. 지금 상태로는 시간의 흐름은 외부와 다르지 않은 것 같아요.]

"흠…… 어디까지 들어가면 시간의 흐름이 바뀌는 걸까. 앞으로 나아갈 수 있겠어?"

[해볼게요. 만약의 사태에 대비해서, 제 발목을 붙잡아 주시겠어요?]

"알았어. 단단히 잡아 둘게."

포복 전진의 요령으로 스르륵 주머니 안으로 온몸을 집어넣는 메루라의 발목을 지냐가 붙잡았다. 몸이 반 정도 들어간 상태에서도 메루라에게는 지냐의 목소리는 시간차 없이 제대로 전달되는 듯했다.

"메루라. 여기서부터는 뭐든 노래를 부르면서 들어가겠어?"

[알겠어요. ……La~ ♪ LaLuLa~ ♪]

주머니 안에서 맑고 아름다운 노랫소리가 들렸다.

그 노래는 이곳에 있는 누구도 들은 적이 없는 멜로디였는데, 어쩌면 메룰라의 고향인 [가란 정령 왕국]의 노래인지도 모른다. 그런 노래가 들리는 가운데, 메루라의 몸이 계속 주머니 안으로 들어갔다. 그리고 메루라의 발이 지냐의 손목과 함께 주머니 안으로 들어간, 그때였다.

갑자기 메루라의 노랫소리가 끊어졌다.

"메루라, 내 말 들려?"

지냐가 불렀지만 메루라의 대답은 없었다.

하지만 지냐의 손은 확실하게 메루라의 다리를 붙잡고 있었다. 그리고 지냐는 루드윈과 소지의 도움을 받아 메루라를 주머니에서 끄집어냈다. 그러자,

[LaLaLa~ ♪]

끄집어낸 순간, 메루라의 노랫소리가 들렸다. 마치 아무 일도 없었던 것처럼 그녀는 계속 노래했던 것이다. 끌려나온 메루라는 고개를 갸웃거렸다.

"제 체감이긴 하지만, 노래를 했더니 금세 끌려나온 느낌이었어요. 노래도 아직 첫 곡을 다 부르지도 않았는데."

그런 메루라의 보고를 듣고 지냐는 "흠……." 하며 생각에 잠겼다.

"아무래도 이 주머니 안에 [대상]을 넣는 경우, [대상]이 완전히 안으로 들어갔을 때 그 [대상]의 시간을 멈추는 것 같네. 그러니까 다리가 나왔을 때의 메루라, 그리고 손을 넣은 것뿐인 내게는 영향이 미치지 않았어."

거기까지 말하더니 지냐는 짝짝, 손뼉을 쳤다.

"자, 일단 지금 안 사실을 보고서로 정리하자. 오버 사이언스의 유물은 실로 흥미롭네. 오늘 알게 된 것만으로도 폐하를 만족시킬 수 있겠지."

"그렇군요. 무척 흥미로운 물건이었어요."

어쩐지 생기 넘치는 태도로 오늘의 보고서를 정리하는 여성진. 그런 여성진을 보고 남성진은 한숨을 내쉬었다.

"하아…… 아무래도 무사히 끝이 난 모양이군요."

"루드윈 대장. 당신, 매번 이런 고생을 하는 건가?"

소지가 조심스럽게 건넨 질문에 루드윈은 메마른 웃음을 띠었다.

"예…… 하지만 이걸로 한동안은 조용히……."

"그러고 보니 메루메루. 폐하한테서 [소환의 방]을 조사해 달라는 의뢰가 와 있는데?"

"아아, 이세계에서 소마 폐하를 소환할 때 의식을 진행했다는 그 방인가요. 그건 무척 흥미롭네요."

"".............""

아무래도 이미 [레츠 검증!] 제2회가 결정된 모양이었다. 망연자실한 루드윈의 어깨를 소지가 다정하게 툭 두드렸다.

성룡 산맥에서 나덴, 루비와 계약한 우리는 일단 왕국으로 돌아왔다.

토모에한테도 말했듯이 왕성으로는 아직 날치기 혼담이 밀려들고 있기에 외유를 계속할 생각이었지만, [스스무 군 마크 Ⅴ 라이트]나 [무사시 도련님] 등 여행에는 걸맞지 않은 커다란 짐이 있었기에 그것을 놔두려고 돌아온 것이었다.

파르남 성 중앙 정원으로 흑룡 나덴과 레드 드래곤 루비가 내려서자 위사들이 크게 당황했다. 나덴에 대해서는 이미 알고 있었더라도 설마 루비까지 추가로 나타날 줄은 몰랐겠지. ……그보다도 보고하는 것을 까맣게 잊고 있었다.

어쨌든 나는 나덴에게서 내려와서는 루비가 운반한 곤돌라로 향했다. 갈 때는 나덴이 곤돌라를 옮겼지만, 나덴은 내 왕비가 되었기에 할의 아내가 된 루비가 빈손이어서야 체면 문제가 된다며 역할을 바꾼 것이었다.

"루비. 흔들리지 않게 제대로 옮겼겠지?"

"시끄러워, 나덴. 제대로 옮겼어."

사람 모습으로 변한 나덴과 루비는 금세 말다툼을 시작했다.

왕비와 가신의 아내라는 상하 관계가 생겼을 터인데도 당사자들은 그런 입장 따윈 신경도 안 쓰고 사이좋게 싸우는 모양이었다. 두 사람한테는 이런 관계가 마음 편하겠지.

그리고 곤돌라 문이 열리며 리시아가 내렸다.

"윽……."

"리시아?!"

지상으로 내려선 순간, 리시아가 휘청거렸기에 황급히 끌어안았다. 품속으로 들어온 리시아를 보니 새파란 얼굴로 입가에 손을 대고 있었다.

"괘, 괜찮아?! 어디 안 좋아?!"

"미안해…… 좀, 흔들려서…… 멀미였나 봐."

곤돌라 멀미……인가? 그런 리시아를 보고 나덴이 루비를 질책했다.

"안 흔들렸다고 그랬잖아!"

"그, 그렇게 흔들리진 않았다고 생각하는데?!"

"진정하세요. 확실히 그렇게 흔들리진 않았다고 생각해요."

이어서 나온 아이샤가 그렇게 말하며 나덴을 달랬다. 리시아가 가냘픈 미소를 띠며 "아마도 루비 탓이 아니야." 라고 덧붙였다.

"장거리 이동의 피로 때문이라고 생각해. 몸 상태 관리에 실패했네."

"정말로 괜찮아?"

"응……. 하지만, 먼저 방에서 좀 쉴게. 카를라, 같이 가 줄래?"

"아, 알았어. 날 붙잡아."

"나도 따라갈까?"

"소마는 하쿠야한테 일의 경위를 보고해야 되잖아? 나덴이랑 루비의 이주 수속도 해야 되고. 나는 괜찮으니까 할 일을 해."

으으…… 그렇게 말하면 아무 말도 할 수가 없다.

결국 나로서는 리시아가 카를라의 어깨를 빌려 방으로 향하는 모습을 바라볼 수밖에 없었다. 너무 걱정해도 화를 낼 것 같으니까 우선은 해야 할 일을 하자.


"자, 또 모두 모여 줬는데……."

집무실로 돌아와서 다른 이들에게 경과 설명, 나덴과 루비에 대한 이런저런 수속과 연구 기관을 상대로 [오버 사이언스]의 유물에 대한 조사 지시를 내린 참에 날짜가 바뀌었다. 일이 정리되었기에 다시금 여행 동행 멤버를 소집했다.

방에는 함께 돌아온 아이샤, 나덴, 카를라, 할버트, 카에데, 루비까지 여섯 명에 더해 빈자리를 지키던 하쿠야, 주나 씨, 로로아도 있었다. 리시아는 아직 컨디션이 돌아오지 않은 것 같아서 방에서 쉬도록 두었다.

"아직 나는 왕성에서 떨어져 있는 편이 나을까?"

하쿠야에게 시선을 향하며 묻자 그는 고개를 끄덕였다.

"그렇군요…… 아직 왕성으로 들어오는 혼담의 숫자는 진정되질 않습니다."

역시 그런가. 성룡 산맥에서는 사태가 너무도 빨리 진행되어 예상보다도 시간이 안 걸렸으니까 말이지. 아니, 그만한 일이 있었는데도 금세 해결할 수 있었던 것은 경사로운 일이지만.

"……뭐, 그러하다니 또 다른 나라로 외유를 갈까 생각해. 리시아의 몸 상태가 걱정이지만, 당사자인 리시아도 다녀오라고 그러고."

사실은 리시아가 쾌유할 때까지는 성에 있으려고 했지만 막상 리시아는,

[소마가 외국에 갈 귀중한 기회를 내 건강 문제로 망치고 싶지 않아.]

[다른 나라의 문화와 접촉하는 건 소마의 양식이 될 거야. 그러니까 세계를 보고 왔으면 해.]

……힘주어 그렇게 말했다. 그런 식으로 말하면 갈 수밖에 없겠지.

"토모에가 그 마을에서 기다리고 있으니까 내일에는 출발하고 싶어. 그리고 다음으로 갈 나라 말인데…… [톨기스 공화국]으로 가 볼까 생각해."

톨기스 공화국은 대륙 남쪽 끝에 있는 추운 나라다. 겨울에는 눈과 얼음으로 뒤덮이고 상공은 차가운 기류가 어지러워서 와이번도 날 수 없는, 그런 폐쇄적인 나라였다. 북상 정책이 국시로, 최근의 움직임은 아미도니아 공국과 엘프리덴이 전쟁을 치를 때 북상하려는 기미를 보였던가.

나는 동료들을 둘러보며 말했다.

"그 나라의 움직임은 잘 모르겠어. 잘 모르는 나라니까, 내 눈으로 내정을 봐 두고 싶어. 앞으로 적대하든 우호를 맺든, 그 나라의 내정을 좀 더 알아 두는 편이 더욱 적합한 판단을 내릴 수 있을 테니까."

아미도니아 공국과 전쟁을 치를 때는, 이미 상대가 적대하겠다는 뜻을 굳혔기에 내정까지 조사할 여유가 없었다. 그렇기에 그야말로 최후의 순간에는 로로아한테 한 방 먹었다고도 할 수 있다. 이번에는 그런 일이 없도록 밑조사를 단단히 해 두고 싶었다.

"토, 톨기스 공화국이라고?"

"……별로 가고 싶지 않은 나라네."

톨기스 공화국이라는 말에 나덴과 루비가 싫다는 표정을 지었다.

와이번은 한랭지를 싫어한다는데, 그건 용과 드래곤도 마찬가지인가보다.

지금은 5월 중순이라 왕국은 이미 완전히 따듯해졌지만 공화국에서는 이 시기에도 기온은 10도 전후까지밖에 오르지 않는다나.

나덴과 루비에게는 혹독한 환경이겠지.

"추운 나라니까요. 저도 경호로서는 과연 도움이 될까 싶습니다."

두 사람과 마찬가지로 추위에 약한 드래고뉴트인 카를라도 그렇게 말했다. 두꺼운 옷을 입으면 따라갈 수 있겠지만 그것 때문에 움직임이 둔해져서야 경호로서 동행하는 의미가 없다는 이야기겠지. 이 세 사람을 데려갈 수 없다는 것은 대폭적인 전력의 저하겠지만, 선천적인 종족의 측면에서 무리인 것은 어떻게 할 방도가 없다. 무리한 여행으로 컨디션이 무너지는 것도 곤란하니까. 이번에는 포기하자.

"나덴, 루비, 카를라는 왕국에 남아 줘. 리시아도 이번에는 안정을 취하도록 하고. 아이샤, 할, 카에데 세 사람은 계속 내 경호로 동행해 줬으면 해. 토모에와 이누가미도 데려간다."

"맡겨주세요."

""예, 알겠습니다.""

아이샤는 가슴을 턱 두드리고 할과 카에데는 경례했다.

"그리고…… 로로아."

"응? 내 말이가?"

갑자기 이야기가 자신에게 돌아오자 로로아는 어리둥절한 표정을 지었다.

"로로아도 같이 가 줬으면 해. 공화국과 교역할 물품을 조사하고 싶어. 상회를 가진 로로아라면 교역품에 대해서도 능통할 테니까."

내가 그렇게 말하자 로로아의 얼굴이 화악 환해졌다.

"어, 내도 따라가도 되나?! 만세! 으흐흐, 내한테 맡기도. 달링을 위해서라도 괜찮아 보이는 교역품을 확실하이 찾을게."

그러면서 로로아는 내게 팔짱을 꼈다.

부드럽게 머리를 쓰다듬으며, 이번에는 주나 씨 쪽을 봤다.

"로로아를 데리고 간다면 전력이 불안해지겠죠. 그러니까, 주나 씨."

"예."

"주나 씨도 함께 가 줬으면 하는데, 스케줄은 괜찮을까요?"

프리마 로렐라이인 주나 씨는 국왕 방송의 얼굴이다. 교육 방송의 사회도 있고, 노래 방송에도 나갈 필요가 있다. 그래서 스케줄이 비어 있을 리는 없으니까 괜찮냐, 라는 것은 그 스케줄이 조정 가능하냐는 의미였다.

그러자 주나 씨는 싱긋 웃고,

"우후후, 괜찮아요. 아니, 괜찮도록 만들게요."

가슴에 손을 대고 인사하며 그렇게 단언했다.

"교육 방송의 사회는 코마리 씨와 시에나 씨한테 맡기면 괜찮겠죠. 후배도 계속 육성했으니까 한동안 휴가를 받아도 문제없을 거라 생각해요."

"그런가요. 잘됐네요."

"아뇨, 로로아 씨와 마찬가지로 저도 폐하와 함께 여행하고 싶으니까요."

주나 씨는 장난스럽게 윙크했다. 음, 정말 차밍하군요.

일단 이것으로 동행 멤버는 정해졌구나.

"하쿠야, 일단 톨기스 공화국 쪽으로 회담 요청을 해 두겠어? 기본적으로는 몰래 갈 생각이지만, 어쩌면 그 자리에서 회담을 청할 필요가 생길지도 모르니까 말이야. 재량껏 잘 조치해 줘."

"알겠습니다."

하쿠야가 인사와 함께 책임을 도맡았다. 좋아, 이것으로 필요한 준비는 얼추 갖추었다.

"그럼, 다들. 가 볼까."

————혹한의 남쪽 나라. 톨기스 공화국으로.

# 현실주의 용사의 왕국 재건기 6

2019년 02월 25일 제1판 인쇄
2020년 06월 05일 2쇄 발행

**지음** 도조마루 ㅣ **일러스트** 후유유키

**옮김** 손종근

**발행** 영상출판미디어(주)
**등록번호** 제 2002-000003호
**주소** 21311 인천광역시 부평구 평천로 132 (청천동)
**전화** 032-505-2973(代) ㅣ FAX 032-505-2982

**ISBN** 979-11-319-9557-0
**ISBN** 979-11-319-7219-9 (세트)

Genjitsusyugi yuusha no oukoku saikenki by Dojyomaru
ⓒ2018 by Dojyomaru
First published in Japan in 2018 by OVERLAP, Inc.
Korean translation rights reserved by YOUNGSANG PUBLISHING MEDIA, INC.
Under the license from OVERLAP, Inc., Tokyo JAPAN

구매 시 파손된 도서는 구매처에서 교환하실 수 있습니다.
기타 불편사항, 문의사항이 있으신 독자님께서는 노블엔진 홈페이지
[ http://novelengine.com ] 에서 Q&A 게시판을 이용해 주시기 바랍니다.

 노블엔진(NOVEL ENGINE)은 영상출판미디어(주)의 라이트노벨 및 관련서적 브랜드입니다.